HEINER SCHAEFER

„SCHNUPF, BRUDER!"

PRISEN · DOSEN · TABAKFLASCHEN

HEINER SCHAEFER

„Schnupf, Bruder!"

PRISEN · DOSEN · TABAKFLASCHEN

1. Auflage 1985
© Morsak-Verlag, 8352 Grafenau
Alle Rechte vorbehalten!
Nachdruck, auch auszugsweise, nur mit Genehmigung des Verlages
Gesamtherstellung:
Buch- und Offsetdruckerei Morsak oHG, 8352 Grafenau

ISBN 3-87553-229-5

DEN

GLASMACHERN

IM

BAYERISCHEN WALD

Inhalt

Kapitel 1:
ÜBER DAS SAMMELN VON SCHNUPF-
TABAKGLÄSERN 11

Kapitel 2:
DER SCHNUPFTABAK, DIE HERSTELLER
UND DIE LIEBHABER 13

- Geschichte des Schnupftabaks 13
- Die Schnupftabakherstellung im alten
  Europa 18
- Die heutige Schnupftabakherstellung in
  Europa 26
- Geschichte des Schnupftabaks in Übersee . 30
- Die Schnupftabakproduktion in Übersee . 33

Kapitel 3:
DIE SCHNUPFTABAKBEHÄLTER:
VOM PULVERHORN ZUR GOLDENEN DOSE 34

- Geschichte der Schnupftabakbehälter in
  Europa 34
- Geschichte der Schnupftabakbehälter in
  Übersee 37
- Snuff-Bottles aus China, die chinesischen
  Schnupftabakflaschen 43

Kapitel 4:
DER WETTBEWERB ZWISCHEN DOSE UND
FLASCHE 51

- Handhabungsunterschiede 51
- Überblicke über zeitgenössische, industrielle
  Schnupftabakbehälter in Europa 52

Kapitel 5:
DIE SCHNUPFTABAKGLÄSER IN DER
FAMILIE DER RIECHFLÄSCHCHEN,
PARFUMBEHÄLTER, FLAKONS 54

- Geschichte der kleinen Glasfläschchen . . 54
- Die Unterschiede bei Flakons, Riech- und
  Schnupftabakfläschchen 55

Kapitel 6:
DIE CHRONIK DER BAYERISCHEN
SCHNUPFTABAKGLÄSER 59

- Ursprünge, das 17. und 18. Jahrhundert . 59
- Verwandte in Böhmen und Oberösterreich 61
- Die bayerischen Glashütten im 19. Jahr-
  hundert 62
- Die Schnupftabakgläser in der ersten Hälfte
  des 19. Jahrhunderts 70
- Verkauf von Schnupftabakgläsern im 19. Jahr-
  hundert, das Glasgeschäft Polzinger und
  Hetzenecker in Viechtach 71
- Die Hüttenfertigung von Schnupftabakgläsern
  im 19. Jahrhundert 76
- Veredelung von Schnupftabakgläsern im
  19. Jahrhundert 79
- Die Glashandlung und Malerwerkstatt
  Heinrich Ulbrich in Zwiesel, 1889–1926 . 81
- Die Schnupftabakgläser um 1900 . . . 84
- Kostenbestandteile bei Schnupftabakgläsern
  im 19. Jahrhundert und Preise 89
- Schliff und Schnitt bei den Schnupf-
  tabakgläsern 89
- Malerei auf Schnupftabakgläsern 92

Kapitel 7:
DIE SCHNUPFTABAKGLÄSER IN UNSEREN
TAGEN 94

- Hüttenfertigung und Schinderarbeit . . . 94
- Die Veredler 101
- Die Verschlußspezialisten 102
- Sammler, Sammlungen, Fälschungen . . 103

NACHTRAG 105

Kurze Technologieübersicht, die Herstellung
von Glas und Schnupftabakgläsern 105

BILDKATALOG 107
Taf. 1 bis 157

KATALOG 189
   Zu den Farbtafeln 1 bis 157

Tabelle 1:
   Historisch gesicherte Daten über den Gebrauch
   und die Herstellung von Schnupftabakgläsern   217

Tabelle 2:
   Auswahl aus den Bezügen von Schnupftabak-
   gläsern der Glashandlungen Polzinger und
   Hetzenecker in Viechtach 218

Tabelle 3:
   Schnupftabakfabriken in Bayern um ca. 1910 . 220

Preislisten der Firmen Bernard, Lotzbeck,
   Pöschl, Wittmann 222

Literaturverzeichnis 226

Orts- und Namensregister 227

Sachregister 228

Bildnachweis 228

VORWORT

Das vorliegende Buch hat sein Hauptanliegen darin, eine umfangreiche Darstellung bayerischer Schnupftabakgläser aus alten und neuen Tagen zu geben. Darin wird es zur Fortsetzung meines Buches „Brasilflaschl und Tabakbüchsl – Schnupftabakgläser aus vier Jahrhunderten", das 1978 im selben Verlag erschienen ist (im Text hier abgekürzt zu „B&T"!). Wo jedoch dort vor allem das bayerische Schnupftabakglas in das Umfeld der Glastechnologie gestellt worden ist, soll derselbe Gegenstand hier nun im Bezug zum Schnupftabak und den Schnupftabakbehältern in aller Welt gewertet werden.

Als überraschendes Ergebnis jahrelanger Recherchen kann gleich an dieser Stelle vermerkt werden, daß trotz einer weltweiten Verbreitung des Schnupftabaks und einer vielseitigen, aber in den Grundzügen doch recht ähnlichen Ausbildung der Behälter, das gläserne Fläschchen als dominierende Form sich nur in Bayern und China herausbilden konnte.

Die bedeutendste Unterstützung für dieses Buch, das wie das vorhergehende als Freizeitsteckenpferd entstand, war über fünf Jahre der enge und freundschaftliche Kontakt zu den Menschen im Bayerischen Wald, der mir so lieb geworden ist. Zusätzlich bedanke ich mich besonders bei

- *den Quellenlieferanten: Dr. Haller, Heimatpfleger in Zwiesel, Herrn und Frau Grotz in Viechtach, Oskar Ulbrich in Zwiesel, Rudolf Seidl, Archivar im Schnupftabakmuseum Grafenau, Herrn Steger, Betriebsleiter in Riedlhütte, Dr. Dimt im Oberösterr. Landesmuseum Linz, Dr. Pichler im Stift Schlägl, Bo Bramsen in Kopenhagen, Walter Loewe in Stockholm, Dr. Ronge in Bonn und allen mir befreundeten Glasmachern*

- *den Sammlern: Bachl in Deching, Höltl in Tittling, Weiß in München, Zanella in Schönberg, Fastner in Zwiesel*

- *den Schnupftabakfabrikanten: den Firmen Bernard, Lotzbeck, Pöschl und Wittmann*

- *meiner Frau und meiner Schwester für tatkräftige Unterstützung*

Eine besondere Anerkennung muß ich aber meinem Verleger, Herrn Stecher aussprechen, der mit Großzügigkeit und Geduld dieses Vorhaben gefördert hat!

München, im Herbst 1985

Heiner Schaefer

KAPITEL 1:

Über das Sammeln von Schnupftabakgläsern

In unserer Zeit, die über lange Jahre hinweg von wirtschaftlicher Sicherheit und steigendem Wohlstand gekennzeichnet war, hat in breitesten Bevölkerungsschichten das Sammeln von Gegenständen unterschiedlichster Art immer mehr Raum gewonnen. Naturgemäß spielen beim Sammeln die Antiquitäten mit ihrem Flair vergangener Zeiten, mit der Verfügbarkeit von Fachliteratur als Leitfaden, unter Zuhilfenahme etablierter Dienstleistungen von Handel und Auktionshäusern die größte Rolle. Dazu kommt, daß im ersten Jahrzehnt nach dem Krieg viele schöne und geschätzte Dinge spottbillig und für einen engagierten Sammler auch mit kleinem Portemonnaie erschwinglich waren. Die rasanten Preiskorrekturen nach oben brachten später auch dem Privatmann die Möglichkeit, durch geschickten Tausch oder Verkauf Dubletten durch wichtige Neuzugänge zu ersetzen, ohne sich finanziell bis zum letzten verausgaben zu müssen. In jüngster Zeit war das Interesse am Antiquitätenmarkt schließlich geprägt vom Bemühen, inflatorischen Tendenzen durch eine Art Sicherstellung in festen Werten vorzubeugen. Doch wäre es unbedingt verkehrt, wollte man das Sammeln von Antiquitäten mit rein materiellen Überlegungen verknüpfen, wie es der Handel gerne tut. Der Markt lebt schließlich hauptsächlich von der Begeisterungsfähigkeit der echten Sammler, von Menschen, die bereit sind, auf vieles zu verzichten, die Geld, Zeit und Mühe investieren in das Zusammentragen von Gegenständen, deren Ordnung sie nach eigenen Gesetzen aufbauen, um aus der Sammlung ein eigenes Wesen zu schaffen mit Geschichte und Gesicht, mit Geschichten und Charakterzügen, in denen sich letztlich die Person des Sammlers widerspiegelt.

In mancher Hinsicht wird der Privatsammler neben den musealen Institutionen immer seine Berechtigung haben. Zum einen, weil er oft in Neuland vorstößt, lange bevor die Historiker ihr Augenmerk auf bestimmte Dinge gerichtet haben, zum anderen, weil von ihm auch Dinge gepflegt werden, die zunächst von minderer Bedeutung scheinen, zum Dritten aber, weil die etablierte Szene vom privaten Sammeln Belebung und Unterstützung erhält. So haben auch staatliche Sammlungen und öffentliche Museen oft engen Kontakt mit spezialisierten Sammlern, die mit fachkundigem Wissen die Ausstellungsstücke in intensivem Studium aus dem Staub der Vergangenheit an ein neues Licht und wieder zum Leben bringen.

Es ist selbstverständlich, daß jeder Sammler sich sehr schnell eine passende Philosophie zurechtzimmert, warum gerade das eigene Sammelgebiet von hohem Reiz und besonderer Bedeutung ist. In diesem Bewußtsein möchte ich bezüglich des Sammelns von Schnupftabakgläsern nicht selbst das Wort ergreifen, sondern auf die Ausführungen eines guten Freundes verweisen, der Jahrzehnte seines Lebens dem Sammeln und der Wissenschaft der chinesischen Schnupftabakflaschen gewidmet hat. Ich forme die Erläuterungen von Bob C. Stevens (Lit 19) insoweit um, als es für unsere Verhältnisse nötig ist. Im Großen und Ganzen treffen sie aber ohnehin auch für den Sammler von bayerisch-böhmischen Schnupftabakgläsern zu und können jedem interessierten Neuling treffende Erklärung sein.

Warum sammelt man also Schnupftabakflaschen, obwohl sie für einen selbst mit Sicherheit und für die ursprünglichen Besitzer manchmal auch keinen eigentlichen Gebrauchswert – ich verweise auf die nicht selten wie ladenneu erhaltenen Gläser der Jahrhundertwende – gehabt haben?

– Zwei wichtige Punkte sind, daß der potentielle Besitzer einerseits von den kunsthandwerklichen Qualitäten oder andererseits von der Verbindung zu einer verklärten Vergangenheit fasziniert wird.

– Alle Schnupftabakgläser sind verschieden und doch sind sie ähnlich. Die Gesetze der Handhabung, die ja bis Anfang des 20. Jh's nie verlassen wurden und bei guten neuen Exemplaren immer noch spürbar sind, prägen das äußere Erscheinungsbild. Größe und Form unterstreichen die Verwandtschaft. Die große Variation der angewandten Techniken, aber auch die Unmöglichkeit des exakten Reproduzierens beim handwerklichen Schaffungsprozeß haben allerdings zur Folge, daß kein Exemplar wie das andere ist. Im Gegenteil, gerade die Gegenüberstellung möglichst und doch unmöglich „gleicher" Stücke hat hohen Reiz!

– Kaum hat man die Vielseitigkeit erkannt, ist man ihr aber auch als Sammler schon erlegen. Nun gibt es nämlich zahllose Möglichkeiten, nach verschiedenen Gesichtspunkten zu ordnen, bzw. sich innerhalb des Sammelgebietes zu spezialisieren.

– Selbst die eigene vorhandene Sammlung kann immer wieder nach neuen Gesichtspunkten umgestellt werden, da die Gegenstände klein sind, und eine Aufbewahrung ungeordnet (eine mir bekannte, herrliche Sammlung liegt einfach als Schüttgut in einer Truhe!) und geordnet gleichermaßen und ohne Probleme möglich ist. Das erhöht aber das Vergnügen an einer permanenten Beschäftigung mit den Sammelobjekten ganz wesentlich!

– Schnupftabakgläser sind klein. Sie fordern in ganz besonderem Maße die Fähigkeiten des Glasmachers oder -veredlers heraus, und es entstehen kleine Miniaturen der größeren Verwandten aus dem Kunst- oder Gebrauchsglasbereich. Kleine Dinge sind aber immer schon für den Menschen besonders liebenswert gewesen. Oftmals ist ein Vergleich zu „Handschmeichlern" nicht abwegig, wohingegen größere Kunstwerke oft bombastisch und „unhandlich" wirken.

– Schnupftabakgläser wirken in der Menge. Das Ganze ist mehr als die Summe der Einzelteile. Diese einfache Feststellung gilt natürlich für nahezu alle Sammelobjekte. Ich meine aber damit z. B. den Effekt, wenn die Sonne eines ruhigen Wochenendtages die bunten „Glasl" in der Vitrine zum Leuchten bringt, und im Wechselspiel der Farben der Schönheitssinn ganz besonders angeregt wird.

– Oft ergeben sich direkte Bezüge zum Erstbesitzer und seiner Lebensart. Namen, Berufsbezeichnungen oder -darstellungen, Devisen oder figürliche Szenerie, manchmal sogar ein Portrait und bei alten Gläsern die Spuren echten Gebrauches, all dies regt die Phantasie an, und man fühlt sich versucht, der Psyche des Vorbesitzers oder Herstellers und ihrer Zeit nachzuforschen.

Bedarf es noch weiterer Erläuterungen über die Faszination des Sammelns von Schnupftabakgläsern?

KAPITEL 2:
Der Schnupftabak, die Hersteller und die Liebhaber

Geschichte des Schnupftabaks und seine Verbreitung in Europa

Obwohl das zentrale Thema dieses Buches die Schnupftabakbehälter sind, soll auch auf die Geschichte des Schnupftabakes, seine Verbreitung, Rezepturen und Fabrikation eingegangen werden.

Die ursprüngliche Heimat der Tabakpflanze ist Amerika. Sie ist dort seit Tausenden von Jahren von der Eskimoregion über Mexiko bis Peru, Ecuador und Brasilien verbreitet. Lange vor dem Eintreffen der spanischen und portugiesischen Eroberer benützten die einheimischen Indianer den Tabak als Heil- und Anregungsmittel und gebrauchten ihn als wichtiges Requisit bei religiösen und gesellschaftlichen Zusammenkünften. Das amerikanische Altertum weist uns Tonpfeifen (Kalumets) in Minnesota nach. Pfeifen benutzten auch die Mayas und später die Azteken, bei denen auch schon die zu Pulver zerriebenen Blätter der Tabakpflanze als Schnupftabak in Gebrauch waren. Zigarren waren in Zentralamerika bekannt und Zigaretten fand man in Grabhöhlen in Arizona, wo sie lange vor der Entdeckung der neuen Welt als Weihgaben aufbewahrt worden waren. Pulverisierter Tabak wurde u. a. auf Haiti und in Brasilien geschnupft. Auch die Inkas hatten das Schnupfen schon lange von vor ihnen in Peru ansässigen Indianerstämmen übernommen. Als Schnupftabakbehälter dienten Tierknochen und Flaschenkürbisse (Lit 7).

Somit fanden die europäischen Entdecker in der neuen Welt bereits eine sehr vielseitige Tabakkultur vor. Ramón Pane, ein spanischer Mönch, der Kolumbus auf dessen zweiter Reise begleitete und dann auf San Domingo zurückblieb, schickte als erster um 1497 ausführliche Berichte über den indianischen Tabakgenuß nach Europa, dabei erwähnte er auch das Schnupfen bei sakralen Handlungen auf Haiti. Ein weiterer Begleiter von Kolumbus, Rodrigo de Jerez, war der erste Europäer, der wegen des Tabakkonsums von der Inquisition ins Gefängnis gebracht wurde. Als er mit Rauch aus Mund und Nase durch seine Heimatstadt Agamonte spazierte, wurde er nämlich von entsetzten Mitbürgern für nichts Geringeres als den Teufel gehalten. Die stürmische Verbreitung des Tabaks rund um den Erdball, die der eines so wichtigen Grundnahrungsmittels wie der Kartoffel weit voraus eilte, war aber nicht einmal durch abergläubische Vorbehalte zu bremsen und gibt einen eindeutigen Aufschluß darüber, wie hoch die Genußsucht bei den menschlichen Eigenschaften zu werten ist. Vermutlich kamen zu Anfang des 16. Jh. – vielleicht über Cortez – die ersten Tabakpflanzen nach Südeuropa. In Portugal informierte sich einige Jahrzehnte später der französische Gesandte Jean Nicot über dieses neue Gewächs, dem man große Heilkraft zuschrieb, und sandte um 1560 Tabakblätter und -samen an den französischen Hof. Die Königin Katharina von Medici, voll Begeisterung über die Heilerfolge bei ihrem von Kopfschmerzen geplagten Sohn Franz, trug viel zu seiner Verbreitung als medizinisches Wundermittel bei. Da dabei der Tabak meist in pulverisierter Form angewandt wurde, sprach man vom Schnupftabak als dem „poudre de la reine", dem Pulver der Königin. 1588 wird in dem Arztwerk von Sebicio aber auch schon auf eine Anwendung als Genußmittel durch zurückkehrende Seeleute verwiesen. Es heißt:

„... dieselbige (Schiffsleute) bringen allwegen ... solche Rhor auß Palmenplettern ... darein stecken sie viel dürre zusamen gewundene platter von disem jetz mehr gemalten Kraut, zünden sie an, und empfahen den Rauch so viel als ihnen möglich durch den

Abb. 1
Rauchender Mayapriester um 300 v. Chr. Relief im Tempel von Palenque.

Abb. 2
Tabakpflanzen. Detail eines Bildteppichs nach Entwurf von Peter Candid, Gobelinmanufaktur München. (Bayer. Nationalmuseum München)

Mund: geben also für, das solcher Rauch ihnen den grossen Hunger stellen, und den unleidlichen Durst löschen soll ... (Lit 15).

Natürlich wurden die anderen Formen des Tabakgenusses den staunenden Zurückgebliebenen nicht vorenthalten, sodaß man davon ausgehen kann, daß zu einem ähnlich frühen Zeitpunkt auch die Sitte des Tabakschnupfens nach Europa kam. Vor 1650 war der Schnupftabak aber nur in Spanien, Frankreich, Irland, Rußland und Italien verbreitet. Er war – ausgehend von Spanien – vor allem bei der katholischen Geistlichkeit sehr beliebt, so daß 1624 eine pästliche Bulle von Urban VIII. all denen die Exkommunikation androhte, die in der Kirche das Schnupfen nicht sein lassen konnten. Aufgehoben wurde dieses Verbot erst etwa hundert Jahre später. Aber auch andernorts wurde gegen die grassierende Sucht vorgegangen: Jakob I. von England verstieß 1604 Edelleute vom Hof, die dem Tabak verfallen waren. Nach der Feuersbrunst von 1633 in Konstantinopel wurde über Raucher die Todesstrafe verhängt, die daraufhin wohl zum Schnupftabak griffen, der dort 1642 erstmals urkundlich Erwähnung gefunden haben soll (Lit 3). 1634 wird von Moskau von drakonischen Strafen beim Verstoß gegen das Rauchverbot berichtet, nicht einmal die Schnupfer blieben davon ausgenommen:

„... die Nasen pflegt man denen, welche Schnupf Toback genossen haben, aufzureißen ..." (Lit 15)

Neben der erkannten Suchtbildung war vermutlich die Rauchbelästigung und besonders die Brandgefahr – vielerorts war ja Holz das übliche Baumaterial – die Ursache für die verhängten Verbote. Oft ging man deshalb vom Rauchen bewußt zum Schnupfen über, dem man zudem einen heilkundlichen Vorwand geben konnte, und das in der Eleganz der Tabakaufnahme dem höfischen Treiben genug Möglichkeiten zu rituellen Glanzlichtern bot. Die Vergabe von sog. Tabakmonopolen, z. B. 1641 in Schweden, 1659 in Venedig, 1662 in Österreich und 1675 in Bayern zeigen, daß die Staatsmacht vom Tabakkonsum überrollt wurde und aus der Not wenigstens eine die Finanzen aufbessernde Tugend machte.

Nun aber zur Entwicklung des Schnupftabakkonsumes in den wichtigsten europäischen Staaten (Lit 8):

Frankreich:

Die Medizin, die Nicot in Form von pulverisierten Tabakblättern Katharina v. Medici empfohlen hatte, wurde als „clysterium nasi" (Nasenspülmittel) von der Heilkunde schnell übernommen. Um 1635 hatte das Schnupfen in Frankreich bereits ein solches Ausmaß angenommen, daß die Illusion, es handele sich um den Gebrauch von Medizin, nicht mehr aufrecht erhalten werden konnte. Ludwig XIII. bestimmte zwar, daß man Schnupfpulver als Medizin nur gegen Rezept in Apotheken erhielt, mit dem Erfolg, daß es zu einem erheblichen Rezeptmißbrauch kam. Daraufhin wurde unter Richelieu eine Tabaksteuer festgelegt, aus der sich das heute noch bestehende französische Staatsmonopol entwickelte. Mit Beginn des 18. Jh. war das Schnupfen und Hantieren mit den Tabatieren bereits zum Zeremoniell hochstilisiert, das weit über die napoleonische Zeit ins 19. Jh. andauerte. So soll Napoleon 1806 vergoldete Portraitdosen an verdiente Untergebene verteilt haben. Einen anschaulichen Bericht über die Mode des Tabakschnupfens in Frankreich gibt das Lexikon der Erfindungen (Leipzig u. Berlin, 1872):

„In Frankreich schnupfte man zuerst unter Ludwig XIII., also im ersten Drittel des 17. Jh. Die damalige galante Zeit war glücklich, ein frisches Feld für ihre hohle Erfindungsgabe zu haben. Eine neue Manier, den Tabak zu bereiten, wurde der Mittelpunkt des Gespräches, und Kavaliere so-

Abb. 3
Schnupfender Adeliger aus Frankreich. Kupferstich 1694 (Victoria & Albert Museum).

wohl als die feinsten Damen ließen es sich nicht nehmen, sich das reizende Pulver auf besonderen Mühlen oder kostbaren Reibeisen klar zu machen. Die Façon der Dose eines gerade berühmten Mannes wurde Mode ... Ja, selbst die Manier zu schnupfen wurde mit Wichtigkeit behandelt ... Da der Tabak, vorzüglich der Schnupftabak, salonfähig war, so darf es uns nicht verwundern, daß selbst die reizendsten Frauen zu seinen Verehrern zählten. Die Dose war ebenso unentbehrlich wie der Fächer. Man schnupfte im Salon, auf der Straße, in der Kirche, und die Sitte, bei Begegnungen sich Tabak zu offerieren, hat aus jener Zeit ihren Ursprung ..."

England:

1580 bereits findet man in Harrison's „Chronicle" einen Hinweis über die „Aufnahme von einem fein pulverisierten indianischen Kraut, genannt Tabak, durch ein Instrument, das wie ein kleiner Schöpflöffel geformt ist" (Lit 13). 1584 erließ die Königin Elisabeth ein Dekret gegen den Tabakkonsum, später griff sie zum bewährten Instrument der Besteuerung. Ihr Nachfolger, James I., wetterte 1604 in seinem „Counterblast to Tobacco" gegen die rapide um sich greifende Sucht und erhöhte die elisabethanische Steuer um ein Mehrfaches. In der Londoner Gazette bot 1683 der Schnupftabak- und Parfumfabrikant James Norcock hauptsächlich spanische und italienische Sorten von Schnupftabak feil (Lit 8). Als Prisengut von gekaperten spanischen Handelsschiffen gelangte 1702 die stattliche Menge von ganzen 50 Tonnen Schnupftabak nach England. 1720 wurde die heute noch existierende Firma Fribourg & Treyer gegründet, 1727 zitiert ein Autor: „... die Sorten von Schnupftabak und ihre Namen sind unendlich ...". 1740 führte der Tabakhändler Wimble in London 46 Sorten, vom „Common Scotch" zu 1 Schilling/Pfund, über „Strassburger Violet" für Damen zu 4 Sh/Pfd. bis „Best Brazil" zu 24 Sh/Pfd. 1773 berichtet ein Dr. Johnson: „Das Rauchen ist unmodern, weil alle Welt schnupft ...". Tatsächlich konsumierten die Engländer bereits zu 90% Schnupftabak und nur zu 10% Pfeifentabak! Eine lustige, kleine Publikation aus dem Jahr 1840 (Lit 2) beschreibt sehr genau etwa zwei Dutzend der damals in England beliebtesten Sorten Schnupftabak. Da einige Namen auch heute noch gebräuchlich sind, soll hier ein kleiner Ausschnitt aufgenommen werden:

Black Rappée, aus Virginia – Montagne Carotte, besonders scharf – Etrenne, besonders beliebt, früher die Bezeichnung für die jährlich neu bestimmte Lieblingssorte des französischen Königs – Bolongaro, nach einem Tabakhändler aus Offenbach – Paris und Façon de Paris, einfache Sorten – Scotch, nur aus den Rippen der Tabakblätter, sehr stark – Masulipatam, dunkel, feucht, stark aromatisiert, von der Küste von Koromandel – Grimstone's Eye Snuff, bester Scotch – Natchitoches, aus Louisiana, weniger bekannt.

Es folgen die aromatisierten Mischungen, bei denen die Zusätze oft die schlechtere Tabakqualität überdecken sollten:

Violet Strasburg, Mischung aus Rappée und Bittermandeln – Prince's Mixture, brauner Rappée mit Rosenöl – Macouba, aus Martinique, dunkel und sehr aromatisch.

Im Jahr 1848 wurden über 17 Mill. kg Rohtabak und über 0,7 Mill. kg Zigarren importiert. Dagegen nahm sich der Import von fertigem Schnupftabak mit 3625 Pfund recht bescheiden aus, allerdings lag der Verbrauch zusammen mit der eigengefertigten Produktion viel höher. Interessant ist aber die Übersicht über die Bezugsquellen (Lit 3):

3413 Pfd aus	Ver. Staaten	5 Pfd aus	Türkei, Syrien, Ägypten
4	Kuba	70	Frankreich
6	Brit. Westind.	30	Holland
13	Brasilien	22	Belgien
2	Chile, Peru	9	Hansestädte
20	Brit Ostind.	38	sonstige
3	Westküste Afrikas		

Abschließend soll erwähnt werden, daß im 18. Jh. der Gebrauch von Schnupftabak für die Schotten als ähnlich typisch angesehen wurde, wie heute von Whisky.

Dänemark:

Soldaten aus dem 30jährigen Krieg brachten das Rauchen und Schnupfen in der ersten Hälfte des 17. Jh. in ihre Heimat. Der „Snoptuback" war schnell beliebt. 1680 kaufte König Christian V. eine „Snuftobackdose" von einem Franzosen. 1704 erhielt der portugiesische Jude Jacob France ein Privileg zur Herstellung von Schnupftabak und 1711 gab es bereits 11 Tabakhändler in Kopenhagen. Um 1720 war der Schnupftabak bereits so verbreitet, daß wie anderenorts Kampfschriften gegen den „Mißbrauch" erschienen. Ein Rektor dichtete: „... du bist meiner Nase Freude, meines Hirnes Gift und Pest ...". Der Rat Christen Henriksen Pram überlieferte 1801 eine Statistik, aus der sich folgendes darstellen läßt: 10% der weiblichen Bevölkerung in Dänemark über 15 Jahre, etwa 32 000, sollen geschnupft haben, dagegen nur etwa 8000 Männer. Der durchschnittliche Jahresverbrauch hat angeblich pro Person 1,75 kg betragen, wobei der Spitzenschnupfer auf ca. 20 kg jährlich gekommen sein soll, was etwa 200 Prisen am Tag ausmachte ...

Norwegen

Der Schnupftabak war dort ebenfalls schon seit dem 17. Jh. bekannt und 1702 hatte der Tabakimport in Norwegen einen solchen Umfang, daß vom König ein Dreijahresprivileg, speziell auch für Schnupftabak, an Hans Emitz aus Strømsø vergeben wurde. 1723 wurde der Apotheker Niels Bolder in Fredrikshald erster norwegischer Fabrikant. 1763 annoncierte der Kaufmann Lars Klouman „Besten französischen Rappée für 2 Mk 8 sk das Pfund", spanischer Cotillon kostete hingegen etwa das Dreifache.

Schweden:

Gustav Adolfs Soldaten brachten den Tabak aus dem 30jährigen Krieg mit. Um 1680 wird aus Schweden berichtet, daß Schnupftabakdöschen sogar während der Predigt herumgereicht wurden. Im Gegensatz zu den meisten europäischen Ländern, in denen der Verbrauch von Schnupftabak um 1760 kulminierte und dann zurückging, erhielt sich die Gewohnheit des klassischen Schnupfens in Schweden bis 1900, wurde seit etwa 1840 aber zusehends vom „Tabaksaugen" verdrängt, bei dem feuchter, geriebener Tabak unter die Unterlippe geschoben wird. Berühmte Marken im 18. und 19. Jh. waren „Ljunglöfs Ettan" aus Stockholm, „Barcellona" aus Norköping, „Malmö Rapé" aus Südschweden und viele andere.

Finnland:

Zu Beginn des 17. Jh. kam der Tabak vermutlich über Schweden nach Finnland. Bereits 1638 wird das Schnupfen und Trinken (Rauchen) von Tabak urkundlich erwähnt. Die erste Schnupftabakfabrik entstand 1722 in Vasa, neun Jahre später eine in Åbo.

Deutschland:

Angeblich soll das Tabakschnupfen im 17. Jh. von Hugenotten eingeführt worden sein (Lit. 3). Wie in den meisten Ländern wurde aber auch in Deutschland erst das 18. Jh. zur Blütezeit des Schnupftabaks. Es sei dabei nur auf die umfangreiche Tabatierensammlung Friedrichs des Großen verwiesen. Parallel zu dieser Entwicklung erhoben sich aber auch zahlreiche Stimmen gegen den übermäßigen Tabakgenuß, beim Schnupftabak oft wegen der mangelnden Reinlichkeit der Kosumenten. Die Schriften „wider den Schnupftabak" belegen, wie erstaunlich verbreitet er tatsächlich war. Ein Flugblatt aus der Anfangszeit des Schnupfens um 1640 zitiert noch leicht ironisch:

> *„Mein Naß die ist verstopffet seer,*
> *Brauch Schnupff Tabac daß ich sie leer.*
> *Der Schnupff Tabac purgiret gut,*
> *Verzeiht, wann was entfahren thut."*

1666 bereits schrieb Grimmelshausen, der Autor des Simplizissimus:

> *„Es ist keine Baurenhaus in Deutschland, darinnen sich nicht etwa eine Pfeife findet. Teils saufen (rauchen) sie den Tabak, andere fressen ihn und von etlichen wird er geschnupft, also daß es mich wun-*

Abb. 4
Ausschnitt aus Flugblatt um 1640
über „Crafft, Tugent und Würckung
des hochnutzbarlichen Tabac"

Mein Naß die ist verstopffet seer,
Brauch Schnupff-Tabac daß ich sie leer.

Der Schnupff-Tabac purgiret gut,
Verzeiht, wann was entfahren thut.

dert, warum sich noch keiner gefunden, der ihn auch in die Ohren steckt ..."

Und lange vor der Gründung der Fa. Bernard in Offenbach 1733 berichtet schon im Jahr 1667 derselbe Autor von einer Schnupftabakfabrik:

„... und hab ich nicht weit vom Rheinstrom eine Mühl gesehen, die nur den Schnupftabac darauff zu mahlen erbauet worden ..."

Gegen den Mißbrauch des Schnupftabaks erschien 1720 die interessante Kampfschrift von Cohausen:

„Taback schnupfft man in allen Ständen, vom höchsten biß zum niedrigsten ... Taback schnupfft man so häufig, daß die Nase im Gesicht mehr einem heimlichen Gemach, als einer Nase ähnlich sieht, so unvernünftig, daß man den Staub um Nase und Mund vor einen Zierrath hält ..." (Lit 1)

Ein Otto von Münchhausen schrieb um 1770:

„Das Tobacksschnupfen finde ich gewissermaßen noch unanständiger (als das Rauchen), wenn ich mir nemlich jemanden vorstelle, der solchen im äußersten Grade nimmt. Nicotianus hat sich den Gebrauch des Rappé und Spagnols bis zur Ausschweifung angewohnt; er führt gemeiniglich noch eine dritte Dose mit Son d'Espagne und eine vierte mit Havanna Toback bey sich. Denn, sagt er, wenn man mir nicht einerley Toback nimmt, sondern abwechselt, so schadet es nicht. Wo er eine halbe Stunde gestanden oder gesessen hat, ist der Fußboden mit Rappé schwarz bestreuet; denn so wie er die Finger mit Toback zur Nase bringt, zieht er mit der andern Hand die Tabattiere schon wieder aus der Tasche, und öffnet sie, ehe er einmal die erste Prise los ist; greift was er zwischen zween Finger fassen kann; die verstopfte Nase nimmt wenig davon an, also wird fast alles verstreuet . . ." (Lit 12)

Liselotte von der Pfalz, die Schwägerin Ludwig des XIV. schrieb:

„Nichts in der Welt ekelt mich mehr, als der Schnupftabak; er macht häßliche Nasen, durch die Nase reden und abscheulich stinken. Ich habe Leute hier gesehen, so den süßesten Atem von der Welt gehabt haben, und nachdem sie sich dem Tabak ergeben, sind sie in sechs Monden stinkend geworden wie Böcke . . ." (Lit 15)

Um die Stimmen gegen den Schnupftabak hier nicht zu laut werden zu lassen, sei hier folgendes Zitat eingeschoben:

*„Kautabak ist der Körper des Tabaks,
Rauchtabak der Geist,
Schnupftabak die Seele."*

Etwas weniger lyrisch formulierte ein Schwede einen ähnlichen Dreiklang:

*„Wer Tabak raucht, riecht wie ein Schwein,
wer ihn schnupft, sieht aus wie ein Schwein,
wer ihn kaut, ist ein Schwein . . ."*

Aber lassen wir lieber abschließend einen Dichter zu Wort kommen. Molière schrieb 1665 im Don Juan über den Schnupftabak:

„Nicht nur erfrischt und reinigt er das Gehirn, nein, er leitet sogar die Seele zur Tugend und lehrt sie rechtschaffen werden. Aristoteles und die ganze Philosophie mögen sagen, was sie wollen, es gleicht doch nichts dem Tabak, und wer ohne Tabak lebt, ist nicht würdig zu leben . . ."

Die Schnupftabakherstellung im alten Europa

Schnupftabakrezepte:

Bis zum heutigen Tag liegt die besondere Faszination beim Schnupftabak in der Vielzahl seiner Rezepturen, in der großen Variation seiner Aromen. Die einfachste Art, Schnupftabak zu sich zu nehmen, war zunächst die, den in Rollenform gehandelten Tabak (Karotten) auf einer handlichen Raspel oder Taschenreibevorrichtung, die der Schnupfer immer bei sich trug, portionsweise selbst herzustellen. Derartige Vorrichtungen finden sich noch in vielen Museen. Glockenförmige „Tabakreiber" wurden z. B. in der Ausstellung im Schloßmuseum Linz (Lit 15) gezeigt, weitere Hinweise finden sich in alten Quellen des frühen 18. Jh. (Lit 14).

Abb. 5
Franzose mit Tabakreiber und Karottentabak. Druck um 1700 nach Berey, Paris.

Doch bald konnten fertige, raffiniert aromatisierte Schnupftabake aus Spanien und Frankreich erstanden werden. Ergänzend zu den beliebten Duftwässerchen und Parfums wirkten Prisen mit dem Geruch von Rosenöl, Eukalyptus, Kampfer, Bergamotte, Lavendel, Jasmin, Zitrone . . .

In Bayern und Böhmen wurde trotz industrieller Fertigung der Schnupftabak in ländlichen Gebieten lange Zeit in Heimarbeit hergestellt. Den Rohstoff kaufte man pfundweise oder in noch kleineren Mengen bei den Krämern, und zwar in Form von gerollten und gebeizten Blättern, die zu schwarzen Stricken gedreht waren. Diese wurden auf einem Brettchen feingeschnitten und dann im „Towagscherm", einem runden Tiegel, etwa 35 cm im Durchmesser und 15 cm hoch, mit einer Erhöhung in der Mitte ähnlich einer Gugelhupfform, mittels einer etwa einen Meter langen, schweren Holzkeule zerrieben. Als Bindemittel wurde Schmalz zugesetzt, als Aromastoffe Zwetschgen, Zwetschgenkerne, Feigen, Majoran, Rosenöl und Zucker. Zur Entwicklung einer beißenden Schärfe waren Buchenasche oder Kalk beliebt. Aus diesem Do-it-yourself-Verfahren entstanden in Bayern zum Ende des 19. Jh. kleine Heimbetriebe, oft in engsten Räumen, die nach gewissen Rezepturen Schnupftabak erzeugten. Die industrielle Fertigung von Schnupftabak im 18. und 19. Jh. war ein Prozeß, der die Herstellung von anderen hochwertigen Konsumartikeln, wie z. B. Champagner o. ä. an Kompliziertheit noch übertraf. In der Offenbacher Rundschau vom Nov. 1940 heißt es aus einem Buchkalender der Fa. Bernard über die Kunst der Schnupftabakfabrikation:

Abb. 6
Tabakreiben im „Towagscherm"

„Geeigneter vergorener Tabak wird sortiert und mit Saucen, deren Zusammensetzung sorgsam gehütetes Fabrikationsgeheimnis ist, angefeuchtet. In diesem Zustande wird der Tabak im Gegensatz zu dem Rauchzwecken dienenden Material zu einer nochmaligen Gärung (Fermentation) angesetzt, deren Verlauf auf die Qualität und Eigenart des Schnupftabaks von maßgebendem Einfluß ist. Die Menge der hierbei in Frage kommenden Einheiten ist ebenso verschieden (von wenigen Pfunden bis zu Hunderten von Zentnern) wie die Dauer und Intensität der Fermentation, wobei der Verlauf der Gärung durch Beobachtung der Temperaturen und rechtzeitige Unterbrechung sorgfältig überwacht werden muß. Es gibt Schnupftabake, deren Werdegang erst nach einer langen Reihe von Jahren beendet ist und die, wie gute Weine, durch lange Lagerung in mäßig kühlen Räumen im Laufe der Jahre immer noch an Qualität gewinnen. Die auf diese Weise vorbereiteten Tabake, in deren Klasse alle sog. „schwarzen" Sorten (wie Pariser, Saarbrücker, Virginy usw.) gehören, werden nach vollendeter Vergärung mit Stampf- oder Wiegemessern zu Grob-, Mittel- oder Feinkorn zerkleinert und durch Zusatz von teilweise aromatischen Fertigsaucen angefeuchtet und haltbar gemacht. Zum Verkauf gelangten diese Sorten früher in großen oder kleineren Fässern (oft auch in Steingutkrügen), während heute die Verpackung in Zinnfolien mit Papierumhüllung und aufgedrucktem Etikett, deren Anfänge bei Schnupftabak schon sehr weit zurück verfolgbar sind, bei weitem überwiegt. Besonderes Interesse verdient infolge ihrer Eigenart, die in der Gegenwart allerdings immer mehr außer Gebrauch gekommene Herstellung von Karotten, bei der zusammengerollte, edle Tabake mit Schnüren fest zusammengepreßt werden und im Laufe der Jahre zu einer festen Masse verschmelzen, die nur mit geeigneten scharfen und kräftigen Raspelwerkzeugen zu der gewünschten Korngröße gemahlen (rapiert) werden können. Bei den eingangs erwähnten gepreßten Spindeln und Stangen, die in der ersten Zeit der Schnupftabakerzeugung unzerkleinert in den Handel gebracht wurden, handelt es sich um derartige Halberzeugnisse . . . Die größte Bedeutung innerhalb der

Schnupftabakherstellung hat gegenwärtig (1940!) die Erzeugung von Brasiltabak (Schmalzler), der seinen Namen der Verarbeitung von sog. Brasilrollen (Mangotes) verdankt. Diese Rollen bestehen aus frisch vom Felde unter Verwendung besonderer Saucen in Brasilien zu Seilen gesponnenen Brasiltabaken, die eng auf Stöcke gewunden, gepreßt und in frische Ochsenhäute eingenäht werden. Solche Rollen haben ein Gewicht von 80 Kilo und werden in diesem Zustande in Brasilien verladen und nach Deutschland verschifft...
Die Rollen werden nach Fertigstellung einer viele Monate dauernden Vergärung unterworfen, bei der die Tabake an Qualität gewinnen, wie alter, gut vergorener Wein. Nach beendeter Vergärung werden die Tabake getrocknet, auf Spezialmaschinen gerieben, mit Fett angemacht (daher der Name „Schmalzler") und in großen und kleineren Packungen aus Metallfolie oder Pergament in den Verkehr gebracht."

Ein Handbüchlein für Jedermann, herausgegeben von C. F. Marschall 1799 zu Leipzig verrät uns zahlreiche Rezepte zur Herstellung besonderer Schupftabaksaucen, darunter die folgende zur Behandlung der Sorte „Marocco":

„Man nehme Brunnen- oder fließend Wasser 96 Kannen, und koche darinnen: 32 Pfund trokne Zwetschken mit den Steinen gestossen; 10 Pfund große Rosinen, gestossen; 1 Loth Gewürznelken, gestossen; 1 Pfund Wacholderbeeren, gestossen; 2 Pfund geschnittenes Rosenholz; 2 Pfund Lavendelblüten ... Alles dieses wird in einen Kessel gethan, recht zugedekt und gekocht. Hierauf läßt man die Sauce durch ein Sieb in eine Wanne laufen, das Dicke, so im Siebe übrig bleibt, wird mit 25 bis 30 Kannen Wasser anderthalb Stunden recht gekocht, dann 6 Pfund Honig in ein Geschirr gethan, 4 Kannen guten Weineßig und 6 Bouteillen rothen Burgunderwein darauf gegossen. Dieses alles in die kaltgewordene Sauce nach und nach gethan, und in einem Fasse in einer warmen Stube 8 bis 10 Wochen stehen gelassen, bis sie sauer und brauchbar ist. Wenn diese Sauce gebraucht werden soll, so thut man 6 Pfund Salz darein."

Wen gelüstet jetzt nicht nach einer delikaten Prise, wer hört jetzt noch auf die prüden Stimmen, die sich „wider den Schnupftabak" erhoben haben?

Die Schnupftabakproduktion:

Große Schnupftabakfabriken waren im 18. Jh. und z. Tl. schon früher in Spanien, Italien und Frankreich entstanden. 1840, zu einer Zeit, als in Bayern und Böhmen der häusliche Tabakreiber dominierte, wurde in Sevilla, von der größten Schnupftabakfabrik Europas in über 80 Tabakmühlen die von Maultieren in Bewegung gehalten wurden, jährlich eine Million Kilogramm Schnupftabak erzeugt (Lit 3). Dabei soll aber erwähnt werden, daß der Export des deutschen Herstellers Lotzbeck in Lahr im Jahr 1813 immerhin noch mehr als die Hälfte betrug, nämlich 565 000 kg (Lit 12). 1840 findet sich im Bericht zur allgemeinen Industrieausstellung in Nürnberg folgender Vermerk:

„(Die Tabakfabrikation) welche in unserem Vaterland in dem lebhaftesten Betrieb steht und hier allein wohl gegen 400 Menschen beschäftigt, sah sich nur repräsentiert durch Schwarz und Comp. dahier, von welchen 7 Paquets verschiedener Rauchtabake und 4 Büchsen verschiedene Schnupftabake vorlagen, und durch W. Moos dahier, von dem wir 11 Sorten Cigarren, 8 Paquets Rauchtabake und 6 Sorten Schnupftabake vorfanden ..."

Der Bericht zur Industrieausstellung 1896 in Nürnberg zitiert als Aussteller:
– „Landshuter Brasiltabakfabrik von Jos. Gremmer's Wwe; gegr. 1854, Betrieb mit Motoren und Wasserkraft. Älteste Schmalzlerfabrik.
– Weiss J. & Co, Brasiltabakfabrik, Brasil-Schnupftabak. Gegr. 1887, durchschn. 10 Arbeiter, Betrieb mit Wasser und Dampfkraft.
– Pauer J. Tabakfabrik Passau. Spezialität österr. und ungarische Tabake; Schmalzler-Brasiltabak. Gegr. 1765".

Abb. 7
Neben dem Wind- und Wassermühlenantrieb
benutzten kleine Fabriken auch
Pferdekraft zum Tabakreiben um 1700
(Kissner, Berlin 1914)

Abb. 8:
Steinerner Schnupftabakreiber, dat. 1804, Durchmesser ca. 20 cm, Fülltrichter für Schnupftabakgläser aus Holz und Ton, Steingutflasche, um 1900.

Abb. 9:
Schnupftabakgläser mit emailgemalter Reklameaufschrift bayerischer Schnupftabakfirmen, um 1900.

Abb. 10:
Mit 49 cm ist dieses Schnupftabakglas mit emailgemalter Reklameaufschrift wohl das größte der Welt!

Abb. 11:
Reklameschild aus Blech,
Fa. Bernard, Regensburg,
ca. 1910 (?).
(Schnupftabakmuseum Grafenau)

Abb. 12:
Nahezu lebensgroße Holzplastik eines Schnupftabakreibers –
Markenzeichen der Schnupftabakfabrik in Perlesreut
(Schnupftabakmuseum Grafenau)

Abb. 13:
Das Ölbild aus dem Tabakladen der Fa. J. H. Sturk & Co in Kapstadt, Südafrika, zeigt Behälter für Rauch- und Schnupftabake (ca. 1855)

Abb. 14:
Schnupftabakladen in der Stadt Madurai in Südindien.

Auf der bayerischen Landesausstellung 1906 finden Erwähnung die Exponate

„... der Brasiltabak- (Schmalzler-) Fabrik Johann Prößl Söhne, Weiden i. B., und der 1. Zwieseler Brasiltabakfabrik von Andre Gaschler, Zwiesel, von denen jene den echten Fresko Rollen-Brasiltabak, sowie hellen, dunklen, feinen, groben und körnigen Schmalzler in Gläsern, Schweinsblasen, Paketen und Fläschchen in Verbindung mit der plastischen Darstellung der die Fabrikmarke bildenden humoristischen Frauengruppe ausgestellt hat, während die Zwieseler Fabrik, die sich uns als elektrische Tabakreiberei vorstellt, in der Mitte ihres geschmackvollen Arrangements einen Aufbau von grauen Steinzeugfläschchen angeordnet hat. Brasilrollen bietet auch die gediegene Rauch-, Kau-, Schnupftabak, Tabakblätter und Zigarren aufweisende Ausstellung der Gebr. Beck in Nürnberg ..."

In der Offenbacher Monatsrundschau von 1940 ist ein sehr detaillierter Bericht über die Fa. Gebr. Bernard enthalten, die bereits im Jahre 1733 gegründet wurde. In einigen Auszügen heißt es:

Die Firma Gebrüder Bernard dürfte die älteste der heute noch bestehenden deutschen Schnupftabakfabriken sein ... Als Gründungstag gilt ... der 31. Jan. 1733 ... Die hauptsächlichste Form des Tabakgenusses war zu jener Zeit das Schnupfen. Es gab damals einige schon seit dem 17. Jh. bestehende Schnupftabakfabriken, die aber inzwischen alle eingegangen sind ... Der Einkauf der zur Fabrikation benötigten Rohtabake erfolgte in der Hauptsache über Amsterdam und London ... Die Vermahlung des Rohtabaks zu Schnupftabak geschah etwa bis zum Jahre 1792 durch Windmühlen, von denen damals verschiedene am Mainufer auf der Offenbacher Seite bestanden haben ... Im Jahre 1769 heißt es im Windmühl Buch, in dem die Mahlleistungen der Mühle verzeichnet sind: „In diesem Monath hätte man gantz gemächlich 70 Zentner mahlen können, mit 1 Gang, wenn das Schicksal nicht gewollt, die Stangen an 1 Flügel ganz durch den Wind herabzureißen." Etwa im Jahre 1792 erfolgte dann der Abschluß eines Erbpachtvertrages mit dem Fürsten von Isenburg-Birstein über die Überlassung einer Wassermühle ... Nach der Erfindung der Dampfmaschine waren die Gebr. Bernard eine der ersten Offenbacher Firmen, die zur Aufstellung einer solchen Maschine übergingen. Dies wird wohl um das Jahr 1850 gewesen sein ... Der in und nach dem Weltkrieg aufgetretene Kohlenmangel zwang dann zum Anschluß an das Netz des Städtischen Elektrizitätswerks ..."

1812 wurde eine Zweigniederlassung in Regensburg gegründet, 1870 die Fabrikation von Kautabak und Zigarren aufgenommen. 1939 wurde vom gesamten Schnupftabakverbrauch in Deutschland, der damals etwa 1,6 Mill. kg betrug, von der Fa. Bernard über die Hälfte bestritten. Diese kurze Firmenchronik deutet aber gewisse Veränderungen bei den Verbrauchergewohnheiten an, die in Deutschland und Österreich, sowie auch in den anderen europäischen Staaten stattfanden. Obwohl schon den Indianern bekannt, verbreitete sich die Zigarette in Europa erst ab 1820, dann aber sehr schnell. Seit dem Krimkrieg 1856, wo Türken und Russen mit Papier umhüllte Tabakstäbchen rauchten, trat dann die Zigarette endgültig ihren Siegeszug an. Billige und praktische Streichhölzer erleichterten außerdem den Umgang mit den Rauchtabaken ganz wesentlich. Über diese Entwicklung sind zwei Statistiken aus dem Nachbarland Österreich aufschlußreich. 1852 verteilten sich Schnupftabak und Rauchtabak wie folgt (Lit 3):

		ST	RT
deutsch-slaw.	Kronländer:	2,1 Mill. kg	15,6 Mill. kg
ital.	"	0,84	0,95
ungar.	"	0,26	8,64

Der Schnupftabak hatte insgesamt noch einen Anteil von ca. 12%. Bereits 1876 (Lit 15) ergaben sich beim Tabakkonsum demgegenüber bereits erhebliche Verschiebungen:

39 Mio Stück	Zigaretten im Wert von	1 Mio	Gulden
49 Tsd "	Zigarren	6 500	"
67 Tsd Kilo	Schnupftabak	150 000	"
3 Mio Stück	Kautabak im Pack	250 000	"
800 Tsd Kilo	Kautabak geschnitten	750 000	"
15 Tsd Kilo	Rauchtabak	27 000	"

Somit dominierten ganz klar die Zigarette und der Kautabak, der Umsatz von Schnupftabak war mit ca. 7,5% (vom Wert berechnet) stark zurückgegangen. Ähnliches zeichnete sich in Frankreich ab. Unterlagen der französischen Monopolgesellschaft SEITA aus dem Jahr 1982 weisen nach, daß 1859 noch 8,2 Millionen kg „tabac à priser" hergestellt wurden. Dieser Wert fiel bis 1900 auf die Hälfte, bis 1938 sogar auf 1,7 Millionen kg ab. In England sank gegen Ende des 19. Jh. der Anteil von Schnupftabak an der Tabakproduktion von 90% im 18. Jh. auf nunmehr 10%. 1890 wurde die Produktion in Dänemark eingestellt, in Norwegen wurde der klassische Schnupftabak vom schwedischen „Saugtabak" verdrängt. Nur in England und Bayern rettete sich der klassische Schnupftabak als bedeutende Form des Tabakgenusses weit ins 20. Jh., ja, bis in unsere Tage, hinüber. In Island soll er sogar immer noch die dominierende Rolle spielen.

In Bayern hielt sich von allen deutschen Staaten der Schnupftabak am längsten. Übrigens wurden vor dem Ersten Weltkrieg in Deutschland immerhin noch rund 4 Millionen kg Schnupftabak verbraucht. Im Anhang ist eine Tabelle enthalten, die für den Zeitraum um 1900 über 50 Schnupftabakfabrikanten in Bayern nachweist. Dabei ist auch vermerkt, von welchen Fabriken Schnupftabakgläser mit Reklameaufschrift erhalten sind.

Die heutige Schnupftabakproduktion in Europa:

Eine Statistik aus dem Jahr 1969 gibt einen sehr guten Überblick darüber, wie sich die Produktion von Schnupftabak in Mittel- und Nordeuropa seinerzeit aufgeteilt hat (Lit 9). Von der Gesamtherstellung von etwa 4 Millionen kg entfielen auf

Schweden		2 386 000 kg
Dänemark	ca.	320 000 kg
Norwegen		283 000 kg
England		363 000 kg
Italien	ca.	260 000 kg
Deutschland		230 000 kg
Frankreich	ca.	200 000 kg
Finnland	ca.	20 000 kg
Österreich		5 000 kg

Interessant ist der extrem hohe Verbrauch in Schweden. Ergänzt werden soll noch, daß der Jahresverbrauch in USA 1969 immerhin mit 12 Millionen kg Schnupftabak dreimal so hoch war, wie in ganz Europa! Es handelt sich hierbei, wie auch z. B. in Schweden, Dänemark, Norwegen und Finnland um „Saug"-Tabak, der in kleinen Portionen im Mund gelutscht wird. Er entspricht in der Herstellung etwa dem Schnupftabak und hat insoferne mit dem üblichen Kautabak wenig gemeinsam.

In Österreich ist seit einigen Jahren die Produktion von Schnupftabak aufgegeben worden. Zwei Hersteller existieren noch in der Schweiz. In Frankreich produziert die staatliche Monopolgesellschaft SEITA (Soc. nationale d'exploitation industrielle des tabacs et allumettes) die Marke „poudre ordinaire" mit uralten Rapiermaschinen im Werk Morlaix an der Atlantikküste. Die Produktion ist seit Mitte des 19. Jh. von 8 Millionen kg im Jahr kontinuierlich und seit dem Zweiten Weltkrieg schlagartig abgesunken. 1980 wurden nur noch 42 000 kg hergestellt. Vereinzelte Fabrikanten von Schnupftabak sitzen noch in Belgien, Luxemburg, Irland und der DDR. Abgesehen von Skandinavien liegen die Produktionsziffern aus den genannten europäischen Staaten in den vergangenen Jahren meist weit unter den Werten von 1969. Am besten hat sich Deutschland gehalten, das 1982 incl. Export etwa 350 000 kg Schnupftabak hergestellt hat.

Derzeit gibt es in Deutschland nur noch fünf Schnupftabakhersteller, davon vier in Bayern:

Der größte Schnupftabakhersteller mit – nach eigenen Angaben – etwa 70% Marktanteil an dem Gesamtabsatz von derzeit etwa 300 000 kg pro Jahr in Deutschland ist die Fa. Pöschl in Landshut. Sie wurde 1902 vom Schnupftabakvertreter Alois Pöschl gegründet und fand, wie die damals sehr zahlreichen Wettbewerber – etwa 15 sollen es alleine am Ort gewesen sein (Lit 12) –, in Landshut auf Grund der zentralen Lage im wichtigsten bayerischen Absatzgebiet, sowie der vorhandenen Wasserkraft zum Betrieb der Schnupftabakmühlen, einen günstigen Standort. Die Schmalzlermarke „Doppelaroma" brachte den durchgreifenden Erfolg, und nach dem Zweiten Weltkrieg wurden in Landshut die Schnupftabake der Konkurrenten Weiß, Ebenherr, Weitzenauer und Baier und in Grafenau die bekannte Firma Bogenstätter (Perlesreuter Schmalzler) übernommen. Neben dem großen klassischen Sortiment werden seit Anfang der 60er Jahre auch englische Snuffs, meist mit Menthol angereicherte, feinstgemahlene und besonders aromatische Schnupftabake hergestellt. Von den insgesamt 35 Schnupftabaksorten im Jahr 1982 folgen bereits nahezu die Hälfte dem Modetrend des Snuffs, dabei ist die „Gletscherprise" mengenmäßig in Deutschland führend. Es wird auch unter Lizenz der englischen Firmen Gawith, Hoggarth & Co und Brumfit & Radford produziert, und jährlich gehen etwa 30 000 kg Pöschl-Schnupftabake nach Frankreich, England, Österreich, Italien, in die Schweiz und nach Übersee.

Auf die Fa. Gebr. Bernard mit Sitz in Regensburg, als derzeit ältester deutscher Schnupftabakhersteller, wurde bereits ausreichend hingewiesen. Das Bild der etwa 36 Sorten ist etwas konservativer als das Pöschls. Snuffs und tabakfreie Sorten machen ein Viertel der Produktionspalette aus, daneben dominieren die alten Markennamen. Die Fa. Lotzbeck & Cie. in Ingolstadt ging aus dem gleichnamigen Unternehmen hervor, das bereits 1774 in Lahr gegründet und 1926 von der Tochterfirma in Augsburg übernommen wurde. Josef Winter, Mitarbeiter eines bayerischen Bankhauses, wurde 1927 mit der Durchführung der Liquidation der ehemaligen Lotzbeck & Cie. AG in Augsburg beauftragt. Es gelang ihm, durch den Verkauf der Grundstücke alle Aktionäre befriedigend abzufinden, und da er für das Unternehmen gute Chancen sah, übernahm er selbst die Firma samt den noch vorhandenen Schnupftabak-Halbfabrikaten und siedelte 1928 nach Ingolstadt über. Im Laufe der Jahre wurden mehrere bekannte Schnupftabakhersteller übernommen, wie Jos. Gremmer's Witwe, Brasiltabakfabrik, Landshut, Joseph Schürer, Würzburg, Hans Bollenbeck, Köln, Raulino, Bamberg und C. Grunenberg, Wormditt in Ostpreußen, später Friedrichstal in Baden. Die verbreitetsten Sorten waren noch nach dem Zweiten Weltkrieg südlich der Donau „Saarbrücker No. 2", nördlich der Donau „Pariser No. 2", heute aber „Lotzbecks Perle". Von allen deutschen Herstellern weist die Preisliste von Frau Heck, der Tochter Josef Winters, derzeit das vielseitigste Sortiment aus. Eingerechnet zwei Sorten Snuff kommen mit den klassischen Marken derzeit (1982) nahezu 50 verschiedene Sorten zusammen! Darunter finden sich herrliche alte Namen, die besonders auf den mittels alten Stöcken selbst gedruckten Etiketten sehr ehrwürdig wirken.

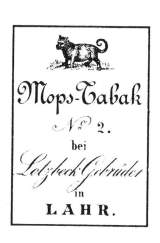

Abb. 15: Verpackungen diverser Schnupftabaksorten der Fa. Lotzbeck, Ingolstadt

Der vierte bayerische Hersteller ist die Fa. Ludwig Sternecker, Inhaberin Margareta Sternecker, in Straubing. Man führt nur zwei Sorten, „Fresko" und „Straubinger Schmalzler". Der Schnupftabak von Sternecker soll früher besonders bei der Geistlichkeit beliebt gewesen sein und hat auch heute regional, z. B. im Raum Viechtach, noch große Bedeutung.

Die Firma Snuff Tobacco, Wittmann GmbH, wurde 1955 in Konstanz gegründet und spezialisierte sich auf die Herstellung englischer Snuffs unter Lizenz der Firmen Singleton & Cole Ltd und Illingworth Tobacco Ltd. 1972 erweiterte man mit Übernahme der Fa. Doms, Orsoy, die 1811 in Ratibor gegründet worden war, das Sortiment auch auf Schnupftabake traditioneller Fertigung. Neben etwa einem Dutzen Sorten Snuff wird in modernen Produktionsstätten etwa die gleiche Zahl Sorten der alten Marke Doms hergestellt, bei der sich Namen wie „Echter gekachelter Danziger Art" und „Kownoer 1a", aber auch etwas moderner „Menthol Snuff Prise für Westfalen" finden. Mit einer Produktion von ca. 90 000 kg im Jahr 1981 ist man zu einem der größten Hersteller in Deutschland herangewachsen.

Von den europäischen Ländern sollen aber wenigstens noch die zwei wichtigsten genauer durchleuchtet werden:

England:

Wie bereits vorher erwähnt, erfreuen sich, wie die umfangreiche Lizenzfertigung in Deutschland zeigt, die vielseitigen, aromatischen und erfrischenden englischen Snuffs auch bei uns großer Beliebtheit. Im Gegensatz zu Deutschland hat sich eine sehr große Anzahl von Herstellern und Sorten bis in unsere Tage halten können. Eine Mitteilung der „Society of Snuff Grinders, Blenders & Purveyors" (Lit 16) weist bei 20 Herstellern insgesamt fast 300 Sorten nach! Die ganz in der alten Tradition stehenden Snuffs werden unterschieden nach Type (z. B. feucht, mittel und trocken), Farbe, Konsistenz (grob, mittel und fein) und Aroma. Dazu die Übersicht über die 29 Sorten des ältesten Herstellers Fribourg & Treyer in London:

FRIBOURG AND TREYER

Brand	Type	Colour	Texture	Special Flavouring	Special Character
Asthoroth	Medium	Dark Brown	Medium	Jasmin	Latakia leaf.
Black Rappee	Moist	Black	Coarse	None	Traditional
Bordeaux	Medium	Brown	Medium	3 Blends of snuff	Best for beginners
Brown Rappee	Medium	Brown	Medium	None	—
Bureau	Medium	Dark Brown	Medium	6 Blends of snuff	—
Comore	Medium	Brown	Medium	Oriental	Masculine
Dieppe	Medium to Moist	Brown	Medium	Bergamot	Connoisseur
Etrenne	Dry	Brown	Medium	Carnation	Piquant
French Carotte	Dry	Light Brown	Fine	Sandalwood	Connoisseur
High Dry Toast	Dry	Light Brown	Fine	Toasted	Irish origin
Jasmin	Medium	Brown	Medium	Jasmin	Ladies
Dr. James Robertson Justice	Moist	Dark Brown	Medium	None	Private blend
Kendal Brown	Medium	Brown	Medium	None	Traditional
Lavande	Dry	Light Biscuit	Fine	English Lavender	Ladies
Light Dutch	Dry	Golden Brown	Fine	None	—
Macouba	Moist	Dark Brown	Medium	Rose	Sold for 150 years

Masulipatam	Moist	Black	Coarse	None	Heavy Cuban
F. & T. Menthol	Medium	Brown	Medium	Menthol	Soft
Mitcham Mint	Medium	Light Brown	Fine	English Mint	–
Morlaix	Medium	Brown	Medium	Secret	Unique
Morocco	Moist	Dark Brown	Medium	Geranium	Connoisseur
Old Paris	Moist	Black	Coarse	Asian	Beau Brummel favourite
Princes Special	Moist	Dark Brown	Medium	None	Connoisseur
Princes	Moist	Black	Coarse	None	Regency favourite
S.P.	Dry	Light Brown	Medium	None	Most popular dry snuff
S.P. Special	Dry	Light Brown	Fine	None	–
Santo Domingo	Moist	Black	Coarse	Violet	Connoisseur
Seville	Dry	Light Biscuit	Fine	Orange Character	Connoisseur
Verbena	Medium	Brown	Medium	Lemon	Ladies

Bei den Herstellern werden derzeit folgende Firmen aufgeführt, von denen allerdings nur 5 Schnupftabak selbst reiben, die anderen sind „Blender", d. h. man bezieht das Halbfabrikat und mischt die eigenen Sorten:

Craftman Snuffs	6	Sorten
Fribourg & Treyer	29	"
Gallaher Ltd.	2	"
Samuel Gawith & Co. Ltd.	37	"
Gawith, Hoggarth & Co. Ltd.	33	"
John Grant (Irland)	5	"
James Hargreaves & Sons	1	"
Hedges L 260 Snuff	1	"
Illingworth's Tobaccos Ltd.	33	"
Jip Snuff Ltd.	1	"
McChrystals Ltd.	8	"
Robert McConnell	6	"
Alfred Preedy & Sons	1	"
Regency Beau Snuff	2	"
Rizla	1	"
G. Smith & Sons	54	"
Wilsons	42	"
J. & H. Wilson	11	"
W. P. Solomon Ltd.	6	"
James Upshall	6	"

Zu vermerken ist, daß die Gesamtproduktion in England derzeit etwa 250 000 kg beträgt.

Schweden:

Schweden hat bei weitem den größten Pro-Kopf-Verbrauch an Schnupftabak in der Welt. Heutzutage ist er sogar wieder im Steigen begriffen! 1962 betrug er jährlich noch 0,334 kg; 1981 lag er bereits bei 0,56 kg, also über einem Pfund! Seit dem 17. Jh. ist der Schnupftabak in Schweden bekannt und bei der dominierenden Holzbauweise der Häuser, sowie der großen holzverarbeitenden Industrie dem brandgefährlichen Rauchtabak immer größer Konkurrent gewesen. Interessanterweise ging man um etwa 1830, wie bereits erwähnt, vom Schnupfen zu einer für Schweden typischen Variante des Tabakgenusses über. Vermutlich auf Grund des damals herrschenden enormen Preisunterschiedes zwischen Kau- und Schnupftabak erfand man eine Verbindung zwischen beiden. Geriebener Schnupftabak wurde zu Kügelchen geformt und unter die Ober- oder Unterlippe geschoben. Damit die Klumpenbildung leichter ist, wurde in späterer Zeit der geriebene Tabak mit ca. 50% Feuchtigkeit angereichert. Dieser „angefeuchtete" Schnupftabak, die engl. Bezeichnung lautet „moist snuff", die schwedische „snus", verdrängte den eigentlichen Schnupftabak völlig. Ein Versuch der Wiedereinführung von „Luktsnus" (Riechtabak) in den 70er Jahren dieses Jahrhunderts scheiterte an den Verbrauchergewohnheiten. Interessant ist, daß diese Spezialität von ausgewanderten Schweden auch nach USA übertragen wurde, wo enorme Mengen von „moist snuff" verbraucht werden. Erwähnt werden soll noch, daß „Snus", der ja von der Herstellung echtem Schnupftabak entspricht, gelegentlich auch geschnupft wird, so daß die Zuordnung zum Schnupftabak tatsächlich zu Recht erfolgt. Eine Statistik aus dem Jahr 1981 berichtet über die Eigenherstellung von Tabaken in Schweden:

Zigaretten	10 062 Mio. Stück
Zigarren	122 Mio. Stück
Kau- und Rauchtabak	828 Tonnen
Snus inkl. Heftchenverpackung	3 773 Tonnen

Um 1919 betrug der Konsum von Snus noch etwa 7000 Tonnen, reduzierte sich aber, wie in allen anderen europäischen Ländern, in den folgenden Jahrzehnten ganz beträchtlich. Bei jährlichen Zuwachsraten um 5% liegt der Verbrauch heute bereits wieder bei nahezu 3000 Tonnen im Jahr. Die Rezepturen sind zwar wegen des industriellen Herstellungsverfahrens vereinfacht, enthalten aber immer noch wie früher die für bestimmte Sorten wichtigen Bestandteile, wie Honig, Malagaweine und Rosenöl. Derzeit werden vom einzigen Hersteller, der schwedischen Tabakgesellschaft, folgende Sorten produziert:

> Svenskt Exportsnus, Ljunglöfs Ettan, Röda Lakket, Skåne Snus, Goteborgs Rapé, Karlskrona Snus, Göteborgs Prima Fint, Grov Snus, Stjärnsnus, General Snus, Mörkbrunt Snus, Micks Mint, Rallar Snus und Tre Ankare (Portionstabak in Heftchen).

Eine hervorragende Übersicht über das derzeitige Lieferprogramm zahlreicher europäischer und sogar überseeischer Schnupftabakhersteller vermittelt ein Besuch im Grafenauer Schnupftabakmuseum. Eine schier unübersehbare Anzahl von Schmalzlern, Prisen, Snuffs ist in den unterschiedlichsten Behältern ausgestellt, vom einfachen Papierpäckchen bis zur Kunststoffdose mit „Schußvorrichtung" in das Nasenloch. Die Aromen der geschmalzenen oder mit Menthol angereicherten Köstlichkeiten reichen vom Veilchenduft über Aprikose und Anis bis zum traditionellen altbairischen Brasil. Ein Besuch an der Schnupferbar im Kassenraum könnte manchen Schnupftabakgegner zum überzeugten Liebhaber machen!

Geschichte des Schnupftabaks in Übersee:

Auf dem amerikanischen Kontinent, auf dem die Tabakpflanze ja ursprünglich beheimatet war, wurde der Gebrauch von Schnupftabak durch die europäischen Seefahrer in vielen Gebieten festgestellt. So z. B. in Mexiko, wo zwar das Rauchen vorherrschte, das die Azteken von Indianerstämmen aus Nordamerika übernommen hatten, aber getrocknete und pulverisierte Tabakblätter auch geschnupft wurden. Überliefert ist das Schnupfen außerdem von den Inkas in Peru, die dagegen mit dem Rauchen nicht vertraut waren (Lit 3). Bis ins 19. Jh. erhielt sich das Schnupfen bei einigen wilden Stämmen am Amazonas, und in Brasilien soll es zu dieser Zeit noch wesentlich beliebter als das Rauchen gewesen sein. In Nordamerika hingegen dominierte die Pfeife, die als Kultgegenstand zusammen mit dem Zeremoniell des Rauchens höchste Bedeutung hatte. Das Kalumet, die Friedenspfeife, fehlte bei keinem Vertragsabschluß, das feierliche gemeinsame Rauchen eröffnete und beschloß Geschäfte und rituelle Handlungen.

Zur weiteren Verbreitung des Tabaks auf dem amerikanischen Kontinent trugen in der Zeit nach den Eroberungszügen alle beteiligten europäischen Nationen bei, die ja sämtliche Formen seines Konsumes schnellstmöglich übernommen hatten. Kapitän Cook berichtet 1776 von seiner Reise zur Nordwestküste Amerikas vom Schnupfen der dortigen Volksstämme, ebenso der Missionar Crantz von den Grönländern. Im 18. Jh. wurde in Kanada in jedem Farmgarten Tabak angebaut, geschnupft wurde von Männern und Frauen in allen Bevölkerungsschichten.

In Neuengland, dem Kern der späteren Vereinigten Staaten, wurde der Tabak von europäischen Kolonialisten sozusagen re-importiert. Da diese die höfischen Sitten in Europa verachteten, wurde er von ihnen – was beim Jagen und Arbeiten tatsächlich ja auch am praktischsten war – gerne oral genossen, d. h. als Kautabak. Der Export von Tabak aus Virginia nach England explodierte von 20 000 Pfund im Jahr 1629 bereits auf 1,5 Millionen Pfund nur zehn Jahre später, obwohl die spanische Produktion den besseren Ruf hatte (Lit 7). 1776 erbat Benjamin Franklin zur Verwirklichung seiner politischen Ziele einen hohen Kredit in Frankreich und bot als Sicherheit die Verpflichtung an, Virginiatabak an die französische Monopolgesellschaft zu liefern. Als wirtschaftliche Druckmittel wurde von den Briten dann während der amerikanischen Revolution die Tabakfabrik von Gilbert Stuart geschlossen. Von Anfang an spielte neben dem Kautabak auch der Genuß von Schnupftabak in USA eine große Rolle. Heute noch werden im Capitol zu Washington die fest eingebauten Schnupftabakbehälter für die Senatoren im Kongreßsaal täglich neu gefüllt. Eine der ersten Schnupftabakfabriken wurde 1782 von John Garrett gegründet und produziert noch heute. Eine Reklametafel eines weiteren Herstellers aus dem Jahre 1869 zitiert: „Copenhagen Snuff, Manufactored only by Weyman & Bro., established 1822". Das europäische Schnupferzeremoniell wurde in Amerika jedoch nicht übernommen, es herrschte die orale Aufnahme des Schnupftabaks, das Tabaksaugen, ähnlich wie in Schweden vor.

Von England aus war der Tabakgenuß bereits im 16. Jh. in Rußland, Persien und kurz darauf im Osmanischen Reich eingeführt worden. Die Russen verbreiteten ihn nach der Aufhebung der bis zum Ende des 17. Jh. anhaltenden Verbote schnell bis weit nach Sibirien, bis sie auf eine ähnliche Ausbreitungswelle von China ausgehend stießen. Von Persien aus gelangte er bis nach Afghanistan. In der Türkei wurden die aus religiösen Gründen ausgesprochenen Verdikte durch den Brand Konstantinopels im Jahr 1633 wesentlich verschärft, so daß, wie 1642 schon berichtet wurde, man Zuflucht zum Schnupftabak nahm. Von der

Türkei aus gelangte noch im 17. Jh. der Tabak in die arabischen Länder. Vom Schnupfen wird aber, z. B. aus Syrien erst um 1753 berichtet, 1760 wurde dort ein Monopol vergeben. Die Bewohner Ägyptens, Tunesiens, Algeriens und Marokkos, also im gesamten nördlichen Teil des afrikanischen Kontinents, wurden ebenfalls sehr schnell durch Engländer, Franzosen, Italiener oder Türken mit dem Tabakgenuß vertraut gemacht. In Marokko war auch das Schnupfen sehr beliebt. Abseits der Küstenregion sah man wenig Männer ohne ihre Schnupftabakdose. Als begehrte Handelsware und Luxusartikel wurde der Tabak von Karawanen ins Landesinnere gebracht. Von den Nubiern z. B. wurde er auch pulverisiert, mit Natron gemischt und geschnupft (Lit 3). Im französischen Teil des Sudan war neben dem Rauchen auch der Schnupftabak bekannt, der in verzierten Lederbeuteln aufbewahrt wurde. Die Tuaregs benutzten überhaupt nur Schnupf- und Kautabak.

Vermutlich ist die Verbreitung des Tabaks im übrigen Afrika von mehreren Stellen gleichzeitig ausgegangen und vor allem den Portugiesen, Arabern und Holländern zu verdanken. Jedenfalls läßt sich sein Anbau vielerorts bereits im frühen 17. Jh. nachweisen (Lit 6). Doch ungeachtet der unterschiedlichen Theorien, wie und wann der Tabak auf den afrikanischen Kontinent gelangte, eines ist sicher: Sein Gebrauch wurde in Windeseile und überall mit Begeisterung aufgenommen, egal, ob man ihn rauchte, schnupfte, kaute oder mit Hanf mischte.

Die Madingos in Sierra Leone waren – so wird im 19. Jh. berichtet – Freunde des Schnupftabaks und führten ihn nicht mit den Fingern, sondern mit einem kleinen Pinsel oder einem löffelförmigen Eisen zur Nase. Die Aschantis in Westafrika setzten als starke Schnupfer dem Tabak Salmiak zu. Aus Ostafrika waren u. a. die Somalis und die mohammedanische Bevölkerung in Abessinien als Schnupfer bekannt. Bei Laufer (Lit 6) ist nachzulesen, daß noch zu Anfang des 20. Jh. in portugiesisch Ostafrika die Eingeborenen den Schnupftabak als das „Pulver, das das Gehirn anregt" bezeichneten. Begegnungen und Gespräche begannen mit dem Anbieten von Schnupftabak. Auf Hochzeiten schüttete eines der Tanzmädchen Schnupftabak auf die Hand der Braut, die ihn an den Bräutigam weiterreichte. Nachdem er die Prise genossen hatte, warf sie ihm den Rest ins Gesicht und flüchtete mit dem Brautführer. In Sansibar war das Rauchen verpönt, Kauen oder Schnupfen durchaus üblich. Der Schnupftabak wurde von den Suahelis mit pulverisierten Korallen oder Kaurischnecken angereichert. Nahe der Ostküste des Tanganjikasees wurde flüssiger Schnupftabak gebraucht. Jeder Mann trug einen kleinen irdenen Behälter, aus dem er Wasser, in dem Tabakblätter gelegen hatten, auf die Hand schüttete. Nach dem Schnupfen wurde die Nase mittels einer Klammer verschlossen. Das Schnupfen ist auch von den Massai überliefert, ebenso von den Wambugwes am Victoriasee, oder den Stämmen in Urundi. Die Kikuyus in Kenia mischten ihren Schnupftabak mit Schafsfett und das Anbieten dieses afrikanischen „Schmalzlers" war eine höfliche Geste gegenüber Fremden.

Zum Ende des 18. Jh. wurde von Reisenden der Schnupftabak sogar im Inneren Westafrikas angetroffen. In Liberia wurden dem Schnupftabak, der hauptsächlich in kleinen Ziegen- oder Schafshörnern verwahrt wurde, Asche, Bananenschalen oder Seife zugesetzt. In Nigeria benutzten die Kagoros, ein Stamm von Kopfjägern, Schnupftabak als Mittel gegen Kopfschmerz. Die Schnupfer in Kiru, im östlichen Kongogebiet verschlossen ihre breiten, aufwärts gebogenen Nasenlöcher nach der Prise mit einer Holzklammer, die – wenn nicht benötigt – sonst am Ohr getragen wurde. In der Waldregion von Kamerun ließ man sich einen Fingernagel lang wachsen, um ihn als Löffel für Schnupftabak zu benutzen. Schnupfer in Angola mischten ihre Prise mit Asche oder sogar Chili. Ihre einfachen Dosen bestanden aus Bambusrohr, das um den Hals getragen wurde. In Britisch-Zentralafrika war neben dem Rauchen und Kauen auch das Schnupfen beliebt, der Tabak wurde hierfür mit zermahlenen Schneckenschalen vermischt.

In Südafrika war der Tabakgenuß bereits vor der Landung von Jan van Riebeeck im Jahr 1652 am Kap bekannt. Die Überlieferung zählt dabei z. B. Stämme wie die Namas und Bergdamaras in Südwestafrika, die Ovambos und Tswanas in Südafrika auf. Die Süd-Sothos sollen durch Portugiesen aus Mozambique mit dem Tabak vertraut gemacht worden sein, die Vendas in Nordtransvaal sollen ihn zuerst nicht geraucht, sondern geschnupft haben. Besonders verbreitet war der Tabak seit langem bei den südöstlichen Stämmen. Jeder Haushalt hatte seine eigene Tabakanpflanzung. Obwohl alle anderen Formen des Pflanzenanbaues Sache der Frauen waren, um den Tabak kümmerten sich die Herren der Schöpfung selbst, was einen guten Hinweis darauf gibt, welche Bedeutung ihm beigemessen wurde.

Hier muß nochmals darauf verwiesen werden, daß in bestimmten Gegenden der Schnupftabak dem Rauchtabak durchaus vorgezogen wurde und besonders bei den Hirtenvölkern, den Kaffern und Betschuanas sehr beliebt war. Letztere rösteten den Tabak und zerrieben ihn zu feinem Pulver, das sie mit Holzasche mischten und durch einen Federkiel oder ein Stück Schilfrohr in die Nase sogen. Gerade das Schnupfen bietet auch viele Möglichkeiten soziale und zeremonielle Elemente zu pflegen, wobei sich zahlreiche spezielle Regeln ausbildeten. Ähnlich wie bei den anderen Stämmen forderte die Sitte bei den Zulus, daß nur die bedeutendste Person in der Gemeinschaft den Schnupftabak anbieten durfte. Dabei mußte jedoch eine Aufforderung abgewartet werden. Der zerriebene Tabak wurde entweder durch die Nase geschnupft oder (ähnlich wie in USA oder Skandinavien) zwischen Gaumen und Lippen als „Saugtabak" genossen. Die Schnupfzeremonien schlossen Jugendliche nach der Geschlechtsreife und Erwachsene bis ins hohe Alter ein. Es war allerdings verboten, daß ein Jüngerer Schnupftabak von einem älteren Stammesmitglied erbat. In einigen Stämmen war es verboten, im Stehen zu schnupfen oder Schnupftabak von einem Fremden anzunehmen. Dies wird aus dem Venda-Lied deutlich, wo ein Mädchen von einem Stammesfremden, namens Gabara, schnupft:

> „Schnupfen ist unrecht!
> Oh, es ist unrecht,
> daß ich eine Prise nahm!
> Oh, es ist unrecht
> aus der Hand von Gabara,
> oh, es ist unrecht!
> Es wurde entdeckt,
> oh, es ist unrecht!"

Schnupftabak wurde dadurch hergestellt, daß die getrockneten Tabakblätter in eine Lehmschale mit rauher Oberfläche gelegt und mit einem schweren Holzstock zerrieben wurden. Die Blattstengel wurden entfernt und die zerriebenen Blätter auf einem Mahlstein feingemahlen. Einige Stämme mischten verschiedene Gewürze, z. B. Aloe darunter oder einfach Holzasche. Die Mixtur wurde dann über dem Feuer getrocknet. Heutzutage wird in Südafrika geraucht, gekaut, geschnupft und „gesaugt", d. h. pulverisierter Tabak oral aufgenommen. Das Schnupfen ist unter der schwarzen Bevölkerung weitverbreitet, das „Tabaksaugen" soll vor allem bei den Xosas und Fingos üblich sein, aber auch bei anderen Stämmen und besonders Frauen. Immerhin betrug der Verbrauch an Schnupftabak 1982 in Südafrika mit ca. 1,1 Mio kg ein Mehrfaches des Konsumes in Deutschland!
Handel und kolonialistische Aktivitäten verbreiteten den Tabak auch in den fernen Osten. Bereits zum Beginn des 17. Jh. ist der Tabakanbau – vermutlich von den Portugiesen übernommen – in Japan nachweisbar. Ebenfalls durch die Portugiesen soll der Tabak im ersten Jahrzehnt des 17. Jh. nach Java und Indien gelangt sein. Ähnlich früh erhielten auch die Chinesen, vermutlich über die von den Spaniern besetzten Philippinen diese neue Pflanze, die ihnen zunächst als Heilmittel gegen Erkältungen, Malaria oder Cholera nützlich schien. Infolge exzessiven Gebrauches in der Armee wurde 1638 durch einen kaiserlichen Erlaß das Rauchen untersagt, der aber aufgegeben werden mußte, da die höfische Gesellschaft im Geheimen an dieser Neuheit festhielt. Das Schnupfen in Asien beschränkte sich auf die Brahmanen in Indien, die Japaner, Tibetaner und besonders die Chinesen, die den Schnupftabak zunächst als Fertigware aus Frankreich oder von den Portugiesen in Macao bezogen hatten. Vom kaiserlichen Hof zu Peking aus soll bis Mitte des 18. Jh. eine Verbreitung über ganz China stattgefunden haben (Lit 19). Von dort gelangte er auf dem Handelsweg weit bis nach Sibirien, in die Mongolei und die Himalayastaaten. In Tibet wurde aus religiösen Gründen das Rauchen zumindest von den Lhamas abgelehnt, das Schnupfen jedoch toleriert. Dieses ist seit Jahrhunderten in allen Gegenden und Bevölkerungsschichten verbreitet, obwohl in Tibet selbst kein Tabak angebaut, sondern aus Indien, China und benachbarten Himalayastaaten importiert wird. Die trockenen Tabakblätter wurden früher in Heimarbeit selbst aufbereitet, nämlich auf Steinen zerrieben und mit Asche aus Walnuß- oder Wacholderholz gestreckt. Sonst wurden keine Zusätze beigegeben. Parfümierte Sorten, wie sie z. B. in China früher üblich waren, lehnten die Tibeter ab. Neben der Selbstversorgung bestand aber auch das Angebot auf den Märkten größerer Dörfer. Das Anbieten von Schnupftabak war üblich bei der Begrüßung oder als Einleitung einer längeren Unterhaltung. Es finden sich auch Berichte über den zeremoniellen Austausch der Behälter, allerdings nur unter Gleichgestellten. Der Schnupftabak wurde dabei vom Daumennagel aufgenommen, den der abgewinkelte Zeigefinger umschloß. In

Abb. 16:
Flaschenkürbis mit Glasperlen (Zulu)
(Africana Museum, Johannesburg)

den Klöstern war das Schnupfen zumindest während der Feierlichkeiten untersagt.

Die Schnupftabakproduktion in Übersee:

Von den überseeischen Gebieten sind nach Auskünften des Verbandes der deutschen Rauchtabakindustrie Herstellerfirmen für Schnupftabak in folgenden Ländern tätig:

- Algerien, Marokko, Libyen, Tunesien
- Indien, Sri Lanka
- Südafrika
- USA

Eine große Verbreitung hat der Schnupftabak auch heute noch in verschiedenen Regionen Indiens. Aus dem Staat Tamil Nadu in Südindien wird von Spezialläden berichtet, in denen etwa einhundert verschiedene Sorten angeboten werden. Teils werden sie aus offenen Keramikgefäßen entnommen, nach Geschmack gemischt und in getrocknete Blätter eingewickelt. Daneben werden auch fertig abgepackte Industrieprodukte in verschiedenen Größen bis ca. 250 g angeboten, darunter die Blechdosen der „Maha Sugandhi Snuff Works" und der „T.A.S. Rathnam Bros." in Madras.

In Tunesien wird – nach Berichten von Reisenden – hauptsächlich von älteren Männern geschnupft, währenddessen die jüngere Generation die Zigarette bevorzugt. Deshalb wird auch nur eine Sorte Schnupftabak produziert, Fabrikat „Neffa" in Papierbeuteln. Einige Spezialisten mischen sich eine eigene Sorte, die sehr wenig nach Schnupftabak riecht und wohl eher eine Art Marihuanaverschnitt darstellt. Ein Bericht von Alois Pöschl in der Tabak-Zeitung aus dem Jahr 1980 lautet:

„Nach Nordamerika und Südafrika sowie in einige ostasiatischen Länder liefert die englische und deutsche Schnupftabakindustrie ihre Produkte, kleinere Mengen auch in andere Staaten, z. B. nach Südamerika und Australien. In allen diesen Ländern spielt die Herstellung von Schnupftabak für den heimischen Bedarf, vielleicht mit Ausnahme Südafrikas, keine Rolle. In den Balkanländern ist der Genuß von Schnupftabak nahezu unbekannt, ebenso im Nahen Osten. In Indien gibt es gemessen an der Bevölkerungszahl eine nicht unbeträchtliche heimische Herstellung. Interessant ist, daß in Brasilien der Schnupftabakgenuß fast unbekannt ist, obwohl von dort der wichtigste Rohstoff für den bayerischen Schmalzler-Schnupftabak, der in Tierhäute eingenähte, mit Zuckersoßen vergorene und aus Tabakblättern zu Seilen gesponnene „Mangotes" stammt . . .

Ergänzend hierzu noch einige Anmerkungen über den Schnupftabak in USA:

Man unterscheidet in USA zwei Sorten von Schnupftabaken, die sog. „Dry oder Scotch Snuffs" und die „Moist Snuffs". Letztere sind gröber, eher feingeschnitten als pulverisiert, und stark angefeuchtet, damit sie mit den Fingern geformt werden können. Sie werden auch als „Snoose" bezeichnet, womit die Verbindung nach Schweden ausreichend hergestellt ist. Die Bezeichnung „Scotch Snuff" soll von „Scorched Snuff" herkommen. Man sagt in der ersten Zeit sei einem Hersteller der Tabakvorrat in Brand geraten und der brandige (scorched) Geschmack sei dann von Schnupfern als reizvoll aufgenommen worden. Allerdings wäre aber auch eine Verbindung zu den in England im 18. Jh. verbreiteten Scotch-Schnupftabaksorten denkbar. Für „Scotch" gibt es drei Geschmacksgruppen: Einfach, mild und süß. Die einfache ist ohne Zutaten, die milde nur wenig aromatisiert. Die süße dagegen stark, meist mit den klassischen Aromen, wie Rosenöl, Lavendel, etc., heutzutage aber auch mit Spearmint, usw. Alle Snuffs können geschnupft werden. Die Regel ist jedoch die – wie in Skandinavien – orale Aufnahme als Saugtabak zwischen Unterlippe und Zahnfleisch. Der „rauchlose Tabakgenuß" hat in Amerika den dreifachen Umsatz wie Pfeifentabak!

Hier einige zeitgenössische Sorten von Snuff:

Scotch Snuff:
- Railroad Mills, Sweet Scotch Snuff
- Bruton Scotch Snuff (Nashville Tennessee)
- Sweet Mild Snuff (W. E. Garrett & Sons)
- Navy, Sweet Scotch Snuff
- Sweet Scotch Snuff (Carhart's)
- Tobacco Scotch & Rappée Snuff (Levi Garrett & Sons)
- Tops Sweet Snuff

Moist Snuff:
- Copenhagen Snuff
- Royal Danish

KAPITEL 3:

Die Schnupftabakbehälter: Vom Pulverhorn zur goldenen Dose

Geschichte der Schnupftabakbehälter in Europa

Wenn hier die Rede von Schnupftabakbehältern ist, dann sollen nicht die zu verschiedenen Zeiten üblichen Behältnisse zum industriellen Versand, wie Fässer, Bleibehälter, Steingutkrüge, Weichpackungen, z. B. Zinnfolien, Pergamentpäckchen und Papiertütchen angesprochen sein, sondern vielmehr die handlichen, bequemen Aufbewahrungsmittel, die dem Schnupfer jederzeit und überall einen schnellen Zugriff zu seiner Prise gestatten.

Die ersten Schnupftabakbehälter in Europa werden, als im 17. Jh. der Schnupftabak sich zusehends über den Erdball verbreitete, zwar nicht gerade aus getrockneten Blättern wie in Afrika angefertigt worden sein, sicher hat man aber sehr unterschiedliche, gerade zur Verfügung stehende Behältnisse, manchmal auch in Zweckentfremdung benutzt. Darunter fallen Glasbehälter, wie die in Massen hergestellten Apothekerfläschchen, primitive Dosen aus Holz, Bein, Metall, Rinde, Spanschachteln und ähnliche Behältnisse. Tiedemann (Lit 3) berichtet:

„... Zur Aufbewahrung des Schnupftabaks bediente man sich ehemals kleiner gläserner Gefäße, welche kleinen Pulverhörnern glichen, aus denen man den Tabak auf den Rücken der Hand schüttete und zur Nase führte, wie sie noch jetzt (um 1850) hin und wieder in Böhmen, in der oberen Pfalz und in Tyrol gebräuchlich sind. Dosen ... kamen erst später zum Vorschein ..."

Sehr schnell ging man aber zu feineren Gegenständen über. Hübsch liest sich das Preisgedicht von Francesco Zucchi aus dem Jahr 1636 (Lit 15):

*„Tabakdosen aus Knochen,
aus indischen Lupinen, andere aus kretischen,
aus Kristall, aus Elfenbein, andere aus Buchs
trägt man in Alabaster, und man verbietet nicht,
ihn (den Tabak) auch in Vasen aus dunklem Ebenholz zu tun,
in Zitronenholz, in Orangenbaumholz aus Gaeta
sind sie schön aus Silber, noch schöner aus Gold.
Im Kastanienholz Indiens, in Pinienholz
verwahrt man ihn, und auch in Nußholz, in wertvoller
Bearbeitung sieht man viele aus Fischbein
aus Perlmutt und aus Muscheln, die
von der Natur mit feinem Lorbeer geschmückt sind."*

Liebevoll klingt die Gebrauchsanweisung aus dem Jahr 1701 zur Herstellung einer Schnupftabakdose:

„Aus den alten Pomerantzen kan man Tabackbuechslein machen, wan man grüne, doch wolgewachsene nimmet, etliche Tage in Händen umziehet, daß sie gantz weich werden; darnach mit einem starcken Faden nach Belieben in gewisse Falten bindet und gleich eintheilet, den man taeglich das Band enger zusammen ziehen kan, biß sie anfangen hart zu werden; hernach lässt mans im Schatten drocken werden, hohlt sie sauber aus und läßt sie mit Silber beschlagen (Lit 15)"

Sehr unterschiedlich sind die frühen Schnupftabakbehälter aus dem 17. Jh., die Bramsen (Lit 8) für den Bereich Mittel- und Nordeuropa sehr anschaulich darstellt: Runde, flache und bauchige Flaschen aus Elfenbein, Holz, Bein, z. T. herrlich figural geschnitzt, sind aus Deutschland und Skandinavien bekannt. Berühmt sind die Flaschen der Norweger aus Birkenholz mit Silberbeschlag. Sie haben einen Schraubstöpsel aus Silber an der Öffnung am Boden, die zum Befüllen diente, und einen schlanken Stöpsel an der Entnahmeöffnung oben, der meist über eine Silberkette mit der Flasche verbunden war. Ähnliche Flaschen mit Einlegearbeiten in Bein sind aus Schweden bekannt. Ganz eigenständig sind die Schnupfhörner, die vom Pulverhorn abstammen und in vielen Ländern rund um den Erdball in Gebrauch waren. Sie sind in einigen Exemplaren aus Deutschland erhalten, waren aber von Anfang an sehr verbreitet in Finnland (aus Kuhhorn mit Metallbeschlag) und noch mehr in Island, wo sie sich bis zum heutigen Tag als Schnupftabakbehälter behauptet haben. Dort wurden verschiedene Hörner, z. B. von der Kuh, verwendet, daneben existiert aber auch Holz als Material. Die isländischen Hörner sind mit Silber beschlagen, mit Befüllung von unten, oben ein feiner Verschlußstopfen an einer Kette. Zum Schnupfen wird das Horn direkt mit der Spitze an die Nase gehalten. Daneben existierten in Skandinavien natürlich verzierte Büchschen und Dosen aus verschiedenen Materialien. Berühmt sind heute noch die feingeschnitzten Beindosen der Lappen.

Eine gute Darstellung der Verfeinerung von Schnupftabakbehältern in Frankreich und Deutschland findet sich im bereits zitierten Lexikon der Erfindungen von 1872:

„... Ebenso wie in der Pfeifenform herrschte die allergrößte Verschiedenheit in der Gestalt der Schnupftabaksdosen. Schuhe, Boote, Flaschen, alles nur erdenklich Natürliche und Unnatürliche mußte das Modell dazu hergeben. Der Isländer schnupft aus einem Büffelhorn und gießt den Tabak in die Nase. Die Kaffern bedienen sich eines ausgehöhlten Kürbisses und füttern die Nasen mit Löffeln. In

Abb. 17:
Norwegische Schnupftabakflaschen aus Birkenholz.
Teils Mitte 18. Jh. Aus Bramsen „Nordiske Snusdåser",
Kopenhagen, 1965.

*Schottland hatte man früher Widderhörner, an denen Löffel, ein
Hasenfuß und andere Berloquen zum Feststampfen, Wiederauflok-
kern des Tabaks und zum Reinigen der Gefäße hingen ... Die Käst-
chenform ist die verbreitetste, und nur in wenigen Landstrichen
weicht man von ihr ab. Nicht selten hängt eine solche Verschiedenheit des Aufbewahrungsgefäßes auch mit der Verschiedenheit des
Tabaks oder seiner Zubereitung zusammen. Im nördlichen Teil des
Böhmerwaldes, vorzüglich auf der bayerischen Seite, und hier auf
ganz scharf begrenztem Gebiete, schnupft man mit einer wahrhaft
verzehrenden Leidenschaft jetzt noch den sogenannten brasiliani-
chen Tabak, oder, wie er dort im Volksmund heißt, „Brisil". Dieser
Brisil wird auf einem besonderen Reibeisen fein gerieben, mit etwas
ungesalzener Butter versetzt und so in einem kleinen, flaschenähnlichen Behälter, den man keine Dose mehr nennen kann, aufbewahrt.
Ein eingeschliffener Glasstöpsel hindert, daß das Aroma etwa ver-
fliege ... Während Ärmere ... ein Fläschchen von gewöhnlichem
Glase mit sich herumtragen, ist es bei Wohlhabenderen künstlich
geschliffen und oft auf die luxuriöseste Weise verziert ..."*

Abb. 19:
Schnupfender Isländer, aus Reisebeschreibung Browne,
New York 1867 (aus Bramsen, Nordiske Snusdåser).

Abb. 18:
Beschlagene Kuhhörner. Links Island um 1850,
Kunstmuseum Reykjavik, rechts Finnland, datiert 1789
(aus Bramsen, Nordiske Snusdåser).

Neben den bereits erwähnten Muscheln und Kuhhörnern wurden aber auch noch andere tierische Erzeugnisse
als Schnupftabakbehälter kultiviert. Die im Lexikon der
Erfindungen erwähnten schottischen Hörner von Jung-
ziegen wurden unter Hitzeeinwirkung stark eingedreht,
um eine handliche Form zu erhalten und dann mit Silber
beschlagen. Derartige „snuff-mulls", – der Name soll von
Mühle, d. h. Tabakreiber kommen –, zusammen mit einem ganzen ausgeschlagenen Widderkopf zur Aufbewahrung von Zigarren und Schnupftabak für ein be-
rühmtes schottisches Regiment, sind im Schnupftabakmuseum in Grafenau zu besichtigen. Seltsamerweise ist
aus dem Land, das den Tabak nach Europa brachte, wenig
über Schnupftabakbehälter bekannt. Ein englischer Autor schreibt 1966: *„Trotz der Vorherrschaft Spaniens beim Verbrauch und der Erzeugung von Schnupftabak, stellt sich die Herstellung von dessen Behältern als völlig unbedeutend dar ... (Lit 13)".*

Am wenigsten braucht hier wohl über die allgemein bekannten Dosen aus den verschiedenen Materialien gesagt zu werden. Auf die in ganz Europa heimischen Rin-
dendosen in ovaler Form mit eingesetztem Holzboden
und Steckdeckel, deren Herstellung bis ins frühe Mittelal-

ter zurückreicht, sowie die schlichten Spandöschen, die bis ins späte 19. J. in Bayern und Böhmen in Heimarbeit hergestellt wurden, ist bereits verwiesen worden. Weitverbreitet waren die beinernen Dosen aus Sterzing. Die frühesten Dosen aus Metall stammen aus der zweiten Hälfte des 17. Jhs. (Lit 8) und finden sich gleichermaßen in Frankreich, England, Italien, Deutschland und Skandinavien. Als „Jahrhundert der Tabatiere" gilt jedoch das 18. Jh. Dabei soll kurz an die Schnupftabakdosenmanie von Friedrich dem Großen erinnert werden.

Er rief eine Produktionsstätte in Berlin ins Leben und überredete ausländische Handwerker, sich dort niederzulassen. Er selbst überwachte die Entwürfe und Herstellung der üppigen, überladenen Schnupftabakdosen, die er als Geschenke verteilte oder seiner eigenen Sammlung einverleibte, die bei seinem Tod etwa 1500 Dosen umfaßt haben soll (Lit 13). Französische, englische und deutsche Goldschmiedewerkstätten belieferten im 18. und 19. Jh. Kaiser- und Königshöfe in ganz Europa mit Dosen aus Edelmetall, oft herrlich graviert oder mit Edelsteinen, Perlmutt, Email oder Lackplättchen eingelegt. Berühmt aus deutscher Herstellung sind daneben die Meißener Porzellandosen und die Dosen aus goldbesetzten Halbedelsteinen aus Dresden, wie Amethyst, Topas, Jaspis, Onyx, Achat, usw. Sehr gut in Miniatur ausgeführte Malerei nach klassischen Motiven weisen die Dosen aus Pappmaché aus der Fabrikation der Firma Stobwasser auf.

Natürlich blieben derartige Kostbarkeiten den obersten Schichten vorbehalten, so daß die Kultur einfacherer und einfachster Behälter bis in unsere Tage nahezu genauso vielseitig geblieben ist, wie die der Luxusartikel. Dabei sei zum Beispiel nur an die weitverbreiteten Steingutflaschen erinnert, die nahezu jede deutsche Schnupftabakfabrik als Reklamebehälter führte.

Geschichte der Schnupftabakbehälter in Übersee:

So verbreitet der Schnupftabak in allen Kontinenten und bei vielen Völkern ist, so unglaublich vielseitig sind auch die Mittel und Gefäße zu seiner Mitführung. Die Inkas in Peru sollen dazu Tierknochen und Flaschenkürbisse benutzt haben (Lit 7).

Aus Brasilien lautet ein Bericht aus dem 19. Jh. (Lit 3):

„*Selbst der ärmste Sklave führt eine Schnupftabakdose, gewöhnlich von Blech oder Horn. Oft besteht sie nur aus einem bloßen Abschnitt eines Kuhhornes, welches durch einen Pfropf verschlossen ist . . .*"

In Marokko waren noch im frühen 20. Jh. dazu junge Kokosnüsse mit eingelegtem Silberdraht im Gebrauch. Reisende aus Süd- und Ostafrika beschreiben Päckchen aus getrockneten Gräsern oder Bananenblättern, mit Holz-, bzw. Lederstopfen verschlossene Tierhörner, wie sie z. B. auch aus Nordeuropa, Südamerika und Tibet bekannt sind, und Flaschenkürbisse. Letztere dürften als Schnupftabakbehälter in den Tropen überhaupt sehr verbreitet gewesen sein, wie auch der Bericht des Ostafrikareisenden von der Decken aus den Jahren um 1860 und andere Quellen, zusammen mit Belegstücken u. a. aus Indien und Afghanistan nachweisen. Von Flaschenkürbissen als Schnupftabakbehältern wird auch aus West- und Südafrika berichtet, wobei der Schnupftabak von der Hand oder mit hölzernen Löffelchen, Schilfrohr und Federkielen aufgenommen wurde (Lit 3).

In Liberia verwahrte man den Schnupftabak in kleinen Ziegen- oder Schafshörnern, in Angola in Bambusrohr. Schnupftabakbehälter in Südafrika wurden meist aus kleinen Flaschenkürbissen hergestellt, die mit Gravuren oder Glasperlen verziert wurden. Beliebt und praktisch waren natürlich auch kleine Hörner. Die Zulus hatten eine ganz besondere Methode zur Herstellung vielgestaltiger Schnupftabakbehälter. Haut- und Fleischreste, die beim Gerben anfielen wurden mit Blut vermischt und als Paste über Tonmodelle gestrichen. Nach dem Aushärten wurde ein Loch gebohrt und der Ton aus dem Inneren der Form entfernt.

Die Kirgisen waren dem Schnupftabak ebenfalls sehr ergeben und verwahrten ihn an am Gürtel hängenden Hörnchen. Auch für die Völker an Ob und Irtisch ist für das 18. Jh. das Schnupfen belegt. Tiedemann (Lit 3) berichtet:

„*Die Männer führen stets Schnupftabak in einem Gefäß bei sich, das einem Pulverhorn gleicht und in der Brusttasche des Oberkleides getragen wird. Aus der engen Öffnung des Horns schütten sie sehr vorsichtig etwas Tabak auf den Nagel eines Daumens, den sie sogleich zur Nase bringen. Sie lieben den Schnupftabak sehr scharf und vermischen ihn daher mit der alkalischen Asche von Birken- und Eschenschwämmen. Haben sie die Nase mit dem Pulver gefüllt, so verstopfen sie die Nasenlöcher mit geschabtem Weidenbast. Durch den scharfen Tabak wird das ganze Antlitz heftig gereizt und in Entzündung versetzt, was gegen die große Kälte schützt, so daß ihnen selten ein Teil des Antlitzes erfriert . . .*"

In Tibet dominierte als Behälter im Heim das große Yakhorn. Für den Bedarf unterwegs verwahrte der Nomade kleinere Yak- oder Ziegenhörner, die mit einem Holzpflock verschlossen wurden, an seinem Gürtel. Es gab auch verzierte, mit Silber beschlagene Exemplare. Befüllt wurde das Horn über die große Öffnung, die Entnahme erfolgte über die Spitze, die mit einem Nagel abgedichtet war. Daneben waren aber auch, z. B. in Lhasa, runde, ge-

Abb. 20:
Schnupftabakbehälter südafrikanischer Negerstämme (von oben):

– geschnitztes Horn mit Holzverschluß
  H. ca. 180 mm,

– geschnitzte Holzflasche (Shangaan) mit Henkel, Öffnung mit gewebtem Haar umlegt,
  H = 106 mm

– Horn mit Lederbeschlägen, Buschmänner Kalahari um 1900
  H ca. 213 mm

– gravierter Stein (Swazi) mit Holzverschluß, H = 47 mm

(alle Africana Museum, Johannesburg)

teilte Dosen in Gebrauch. Die obere Hälfte, bzw. der Deckel wies bei speziellen Exemplaren ein Loch auf, das mit einem Holzstöpsel verschlossen werden konnte. Zwischen der oberen und der unteren Dosenhälfte war eine Stoffbespannung angebracht. Nun konnte über das Loch die Dose mit Schnupftabak gefüllt werden, der dann mittels Klopfen durch das Tuch in die untere Dosenhälfte fein gesiebt wurde. Zur Entnahme war diese mit einer kleinen Dosieröffnung am Rand versehen. Weiter sind runde Dosen in geschlossener Ausführung ohne Sieb erhalten, die aber ähnliche Öffnungsanordnungen haben. Chinesische Fläschchen kamen über den Tauschhandel aus der Mongolei oder direkt aus China.

Abb. 21:
"Snuff Mull" aus Schottland, ca. 8 cm
(Schnupftabakmuseum Grafenau)

Abb. 22:
Schnupfhorn aus Glas, 11,5 cm, England 19. Jh.
(Schnupftabakmuseum Grafenau)

Abb. 23:
Datierte, mit Horn eingelegte Schnupftabakflasche, Schweden
(aus Loewe "I gyllne dosor", 1982)

Abb. 24:
Schnupftabakflasche eines Bergmannes aus Zinn, datiert
(Schnupftabakmuseum Grafenau)

Abb. 25:
Oberösterreichische Schnupftabakdosen aus Holz und Metall
aus Katalog zur Ausstellung im Linzer Schloßmuseum 1980
(Lit 15)

– runde, gedrechselte Blankholzdose mit Blindprägung
  auf Steckdeckel
– Dose aus Birkenrinde mit Steckdeckel
– Holzdose mit Blindprägung (Massenware)
– herzförmige Dose mit Silberblech, 2. H. 18. Jh.
– Dose aus Kupferblech, dat. 1799
– eiserne Dose in Gravurtechnik

Abb. 26:
Kostbare Schnupftabakdosen aus dem Oberösterr.
Landesmuseum, Linz (Lit 15)

– runde Porzellandose, Sèvres (?), 3. V. 18. Jh.
– emaillierte Metalldose, 4. V. 18. Jh.
– dto.
– ovale Dose aus getriebenem, vergoldeten Silberblech.
  Augsburg, 18. Jh.
– bogenförmige Dose aus Wurzelholz mit Schildpatteinlage.
  Rom, Ende 18. Jh.
– Dose aus emailliertem Metall, 4. V. 18. Jh.
– schmale Dose aus vergoldetem Metall mit Emailmalerei,
  4. V. 18. Jh.

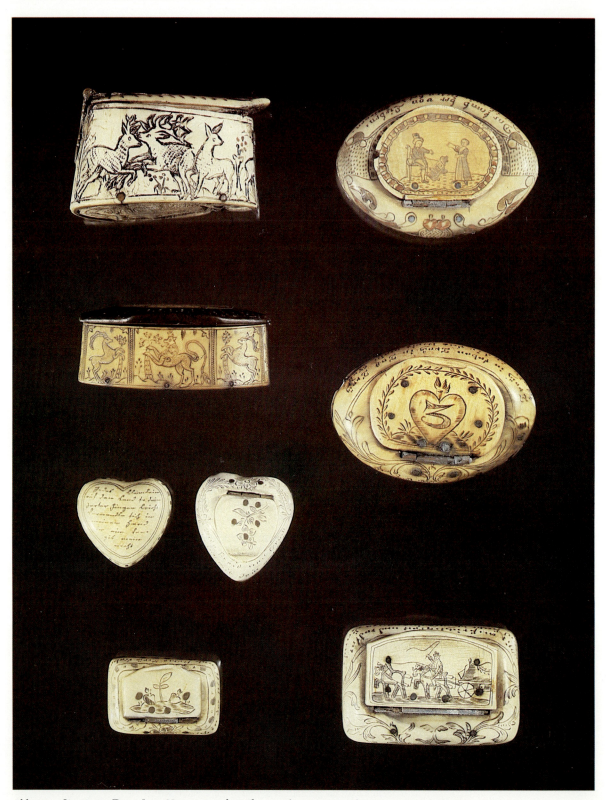

Abb. 27: „Sterzinger-Dosen" aus Horn, 18. und 19. Jh., im Oberösterr. Landesmuseum, Linz (Lit 15)

Snuff-Bottles aus China, die chinesischen Schnupftabakflaschen:

Herkunft und Entwicklung:

Im Grunde liest sich die Geschichte der chinesischen Schnupftabakflaschen ganz ähnlich wie die ihrer bayerischen Verwandten. Da kleine Flaschen für Medizinen, Kosmetika und Drogen aus verschiedenen Materialien, sowie auch Miniaturvasen aus Porzellan seit Jahrhunderten in China benutzt wurden, kamen wie in Europa derartige Behälter unverzüglich auch zur Aufbewahrung von Schnupftabak in Verwendung. Schon früher waren die Vorteile der gut abdichtenden Flaschen für pulverige Stoffe im feuchtheißen chinesischen Klima erkannt worden, sodaß Dosen, dabei auch die aus Europa als Handelsware oder Geschenke eingetroffenen Schnupftabakdosen sich gegenüber der Flasche nicht durchsetzen konnten. Datierte silberne Fläschchen sind aus den ersten Jahren der Mandschu-Dynastie um 1650 bekannt. Nach Meinung verschiedener Autoren ist es aber fraglich, ob sie auch tatsächlich für Schnupftabak bestimmt waren. Die weite Verbreitung der „Snuff-Bottles" dürfte nämlich auch aus anderen Gründen später erfolgt sein:

Voraussetzungen für ein vielseitiges und sehr hochstehendes Kunsthandwerk wurden gelegt, als unter Kaiser K'ang Hsi um 1680 die kaiserlichen Werkstätten am Hof zu Peking ins Leben gerufen wurden. Neben Porzellan-, Elfenbein-, Metall- und Edelsteinarbeiten, sowie vielen anderen Kunsthandwerken, wurde unter den etwa 30 Werkstätten auch eine Glasmanufaktur unter Leitung des deutschen Jesuitenpaters Kilian Stumpff betrieben (Lit 19). Dies ist insoferne bemerkenswert, als das Glas in China zwar schon lange bekannt war, aber bis dahin nur eine untergeordnete Rolle gespielt hatte. Der chinesische Autor Wang Shih-chen gibt mit seinem Bericht aus dem Jahr 1705 die erste genauere Auskunft über die chinesischen Schnupftabakflaschen:

Die Herkunft des chinesischen Tabaks wird darin auf die Philippinen gelegt, was auf Grund des Handels mit den dort ansässigen Spaniern recht plausibel ist. Weiter wird von einer kürzlich erfolgten erstmaligen Herstellung von Schnupftabak in Peking berichtet. Es wird darauf verwiesen, daß sowohl in den kaiserlichen, als auch in öffentlichen Werkstätten – in letzteren aber in sehr viel minderer Qualität – gläserne Schnupftabakfläschchen in vielen Farben und hübscher Aufmachung produziert wurden. Diese waren mit einem Löffel ausgestattet, von dem geschnupft und der anschließend wieder in die Flasche gesteckt wird.

Damit ist also um 1705 die Physiologie des chinesischen Schnupftabakfläschchens schon recht genau umrissen. Wie es uns heute in den zahlreichen Sammlungen entgegentritt, handelt es sich um einen flaschenförmigen, meist abgeflachten Körper aus unterschiedlichen Materialien mit zylindrischer, geschliffener Öffnung, die mit einem an der Verschlußkappe angehefteten Korken gut abgedichtet wird. An dieser Kappe aus Glas, Stein oder sonstigen, meist zum Flaschenmaterial passenden Werkstoffen, ist außerdem ein Löffelchen oder eine kleine Hand aus Elfenbein, Silber oder Schildpatt befestigt. Die Dosierung erfolgte auf den Handrücken oder auf den Daumennagel. Das Befüllen der Fläschchen wurde wie bei uns über kleine Trichter und Spiralen, z. B. aus Elfenbein vorgenommen (Lit 18). Zuhause wurde der Schnupftabak aus größeren Tischflaschen auf zierlichen Tellerchen mit ca. 30–40 mm Durchmesser serviert. Genau wie bei uns wurde das Schnupfen zum Ritual, zunächst in der höfischen Gesellschaft, später aber auch in Bürger- oder Volkskreisen. Stevens (Lit 19) gibt uns eine anschauliche Beschreibung, wie Schnupftabak bei einer Begegnung auf der Straße angeboten wurde: Der Spender holte das Fläschchen aus dem Ärmel und bot es in tiefer Verbeugung mit beiden Händen dar. Der Empfänger vollzog eine sorgfältige Prüfung des Schnupftabaks, entnahm eine Prise oder genoß nur den Duft und reichte dann das Fläschchen mit einer ebenso tiefen Verbeugung zurück. Teil des Rituals war aber, wie bei der Teezeremonie in Japan und China, neben dem genießerischen Aufnehmen des Schnupftabakaromas auch die Würdigung der künstlerischen Gestaltung des dazugehörigen Behälters, der höchste Bedeutung beigemessen wurde. Manche Stücke waren so verfeinert, daß das Gerücht nicht unglaubhaft erscheint, manche Künstler hätten angeblich in einer ganzen Lebensspanne nur einige wenige Einzelstücke höchster Qualität angefertigt. So ist es kein Wunder, daß gerade die Schnupftabakfläschchen zunehmend eine bedeutende Rolle in der chinesischen Gesellschaft spielten. Unter dem Kaiser Ch'ien-lung (1736–1795) kam das Kunsthandwerk zu reicher Blüte und fand durch die in dieser Zeit in breiten Schichten steigende Wohlhabenheit reichen Boden. Der Kaiser selbst war begeisterter Schnupfer. Zusammen mit anderen Schätzen aus seinem Besitz sollen heute in Taipeh auch seine Schnupftabakfläschchen ausgestellt sein. Die größte Sammlung, die wohl jemals existiert hat und 2390 Stück nur aus Mineralien und Bernstein umfaßt haben soll, befand sich aber im Besitz seines Premierministers Ho-shen, eines Mannes von zweifelhaftem Ruf. Nachdem die kleinen Fläschchen ja ein Spiegel aller feinen Künste in China waren, eigneten sie sich hervorragend als Prestigeobjekte und damit auch als Bestechungsgeschenke. Überhaupt war das Schenken in China schon immer eine zweischneidige Sache, da der Geber in der Regel ein mindestens ebenso großes Gegengeschenk erwartete. Diese Sitte hat sich bis in unsere Tage erhalten. Vor kurzem erst fand ich eine Zeitungsnotiz

Abb. 28:
Chinesischer Beamter höchsten Grades mit Snuff Bottle, Malerei auf Reispapier (Sammlung Kreuger)

Abb. 29:
Zwei Mongolen tauschen bei Begrüßung Snuff Bottles aus. (Journal der International Chinese Snuff Bottle Soc., Sept. 1977)

mit dem Hinweis, daß durch Geldgeschenke zu vielerlei Gelegenheiten sich Chinesen auch geringsten Einkommens heute noch bis zum Ruin treiben lassen. Zurück zu Ho-shen, bei dem der Ursprung seiner Sammlung doch eher auf Bestechungspraktiken zurückgegangen sein dürfte! Er war nämlich so gut wie der mächtigste Mann im Staat und hatte seine Finger in allen wichtigen Geschäften. Nach seinem erzwungenen Selbstmord bei Bekanntwerden seiner Maschenschaften wurden seine geliebten Schnupftabakfläschchen aus den Verstecken geholt und öffentlich versteigert.

Trotz dieser frühen Berichte wurden in China Schnupftabakfläschchen aber erst ab der ersten Hälfte des 19. Jh. mit zunehmender Öffnung des Landes zum Westen in wirklich großen Mengen hergestellt, so daß frühere Stücke als aus dem 19. Jh. auf dem heutigen Markt bestimmt zu den Seltenheiten gehören.

Die in großen Mengen produzierten Snuff-Bottles waren übrigens ein begehrter Tauschartikel bei den Mongolen, die leidenschaftliche Schnupfer waren, wie häufig von Reisenden berichtet wurde. 1870 schreibt der Missionar James Gilmore: „Ein Kennzeichen von Wohlstand und Stellung eines Mongolen ist seine Schnupftabakflasche; und da der Brauch fordert, sie bei einer Vorstellung darzubieten, erhält man sofort einen Aufschluß über die gesellschaftliche Stellung seines Gegenübers. Diese Flaschen kommen aus Peking und belaufen sich im Preis zwischen einigen Cents bis zu achtzig Gewichten (ca. 80 Unzen) Silber. Die billigeren sind aus Glas, die wertvollen aus schönen Steinen sorgfältig ausgehöhlt und schön poliert (Lit 20)".

Abb. 30:
Schnupftabak im
Bananenblattpäckchen,
Samburu, Ostafrika, 7,5 cm
(Museum Grafenau)

Abb. 31:
Kalebasse geritzt,
17 cm, Ostafrika
(Museum Grafenau)

Abb. 32:
Schnupftabakbehälter
aus Ebenholz
mit Leder und Glasperlen,
7 cm, Samburu, Kenia
(Museum Grafenau)

Abb. 33:
Flaschenkürbis, mit Silber beschlagen, ca. 12 cm, Afghanistan
(Museum Grafenau)

Abb. 34:
Schnupftabakdose aus Tibet, ca. 6 cm
(Privatsammlung)

Abb. 35:
Schnupftabakhorn aus Kupferblech, mit Silber beschlagen,
20 cm, Tibet, 19. Jh. (Museum Grafenau)

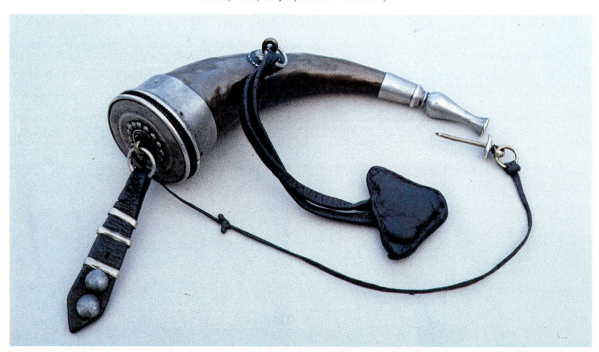

Abb. 36:
Snuffbottles aus Goldrubinglas, kaiserl. Werkstätten 18. Jh., 7 cm, und aus opakem Glas in seltener Gestaltung, 5 cm

Abb. 37:
Snuffbottles aus Mehrschichtenglas mit Hochschnitt in chines. Symbolismus. 18./19. Jh. (7, 8, 6 cm)

Abb. 38:
Snuffbottles mit innseitiger Bemalung. Frühes und mittleres 20. Jh. (7, 8, 7 cm)
(sämtlich Sammlung Schaefer)

Abb. 39 und 40:
Detailausschnitte aus den bemalten Snuffbottles von Abb. 38
zeigen die minutiöse Arbeit bei mehrfacher Vergrößerung.

Materialien und Veredelungstechniken

Die Form der klassischen chinesischen Schnupftabakflaschen variiert im Querschnitt, wie in der Voderansicht, von zylindrisch, rund, kubisch, etc. Es dominieren aber die flachen, geraden oder leicht konischen Fläschchen. Grundsätzlich werden sie in der Spezialliteratur klassifiziert nach den verwendeten Materialien und dem Erscheinungsbild, weniger nach der Herstellungstechnik. Die Hauptfamilien sind demzufolge Fläschchen aus

Mineralien, z. B.
    Quarz, Jade, Achat, Amethyst, Malachit, Türkis, usw., dabei aber auch versteinerte Muscheln, Mammutzähne, etc. und Bernstein
Organischen Stoffen, wie
    Knochen, Horn, Elfenbein, Lack, Haifischhaut, Schildpatt
Metallen, u. a.
    Messing, Bronze, Kupfer, Silber
Einlegearbeiten und Cloisonnétechnik (Email auf strukturiertem Metall)
Porzellan, Steingut, usw.
Glas als
    Farbglas, Mehrschichtenglas, Eisglas, usw.

Bereits aus dieser stark gerafften Übersicht wird deutlich, daß nahezu alles verwendet wurde, was an wertvollen Materialien nur überhaupt in Frage kam. Oft reichte die Wahl der Werkstoffe bis zur Extravaganz. Als Veredelungstechniken wurden Schnitt und Malerei in höchster Vollendung und Raffinesse gepflegt. Beim Schnitt finden wir hauptsächlich den Gemmenschnitt, eine Hochschnitttechnik, da zunächst ja Halbedelsteine bearbeitet wurden. Unter der Malerei, ausgeführt hauptsächlich auf Porzellan und Glas, sind Emailmalerei und Hinterglasmalerei zu verstehen.

Obwohl zunächst – siehe die Sammlung von Ho-shen – als wirklich wertvolle Fläschchen vor allem die aus Mineralien geschätzt waren, spielte doch auch das Glas, und zwar bis in unsere Tage eine große Rolle. Wie bereits erwähnt gehen die ersten wichtigen Glasmanufakturen in China auf die kaiserlichen Werkstätten in Peking aus dem Ende des 17. Jh. zurück. Daß ab diesem Zeitpunkt an der Pfeife geblasenes Hohlglas hergestellt wurde, ist angesichts der Führung der kaiserlichen Hütte durch den deutschen Jesuitenpater wahrscheinlich. Fest steht aber, daß lange Zeit auch das schichtenweise zu einem Block gegossene Glas dominierte. Die Farben waren von Anbeginn äußerst vielfältig, auch opake oder trübe Glassorten als Porzellan- oder Edelsteinimitation. Sehr wichtig waren die figuralen oder handschriftlichen Darstellungen durch Schnitt oder Malerei und standen demzufolge auch bei den gläsernen Schnupftabakflaschen absolut im Vordergrund.

Der chinesische Symbolismus basiert auf Legenden, Märchen und Mythen in religiöser oder philosophischer Verbrämung und drückt sich aus in Formen und Farben. Figurale Motive, wie Tiger, Schmetterlinge, Karpfen, Drachen, Einhorn, Schildkröte und zahllose andere, sollen dem Beschauer Werte wie Wohlstand, Erfolg, Glück, Fruchtbarkeit, hohes Alter, Gesundheit oder Unsterblichkeit nahebringen. Demgegenüber ist die Darstellungswelt auf den bayerischen Schnupftabakgläsern recht beschränkt: bäuerliche und jagdliche Umwelt, Wirtshausszenen, Zunftzeichen, Blumen und Tiere, nur bei einigen frühen Exemplaren Freundschafts- oder Hochzeitssymbole, selten auch einmal religiöse Motive. Die vielseitige Darstellungswelt gibt den geschnittenen chinesischen Flaschen aus Stein oder Glas einen besonderen Reiz. Genauso detailliert sind aber die Malereien. Auf undurchsichtigem Material, wie Porzellan oder Milchglas bewegen sie sich in der Tradition der Porzellanmalerei, wobei interessanterweise ab dem 19. Jh. hier häufig Motive in Anlehnung an europäische Vorbilder anzutreffen sind. Blonde, höfische Damen in Rokoko-Kostümen werden für den chinesischen Betrachter eine besonders extravagante Darstellung auf seinen Schnupftabakfläschchen gewesen sein.

Das Verblüffendste für uns sind die innseitig bemalten Glasfläschchen, die vermutlich Anfang des 19. Jh. in China entstanden sind und bis heute gepflegt werden. Mit einer Bambusfeder oder einem Pinsel, der nur einige wenige Haare aufweist, wird die Malerei in Wasserfarben, die manchmal mit Klebstoff gemischt sind, durch die enge Öffnung im Hals auf die Innenseite des Fläschchens aufgetragen. Heute wird dabei das Glas innen mechanisch oder chemisch aufgerauht, damit die Farbe besser hält. Natürlich handelt es sich bei diesen Gläsern eher um Renommier- und Zierstücke, als um Gebrauchsgegenstände. Die Ausführung der Malerei dauert auch bei den einfachen Stücken angeblich einen oder mehrere Tage, bei besonderen bis zu mehreren Wochen. Nur die endlose Geduld asiatischer Künstler hat eine derartige Technik überhaupt Verbreitung finden lassen. Man bedenke, daß es sich um eine Hinterglasmalerei handelt, bei der im Gegensatz zur üblichen Malweise zuerst mit den Details an der Bildoberfläche begonnen werden muß und das Ausmalen des Hintergrundes den Abschluß darstellt. Die Anwendung von Rissen oder Schablonen als Hilfsmittel, wie bei unseren Hinterglasbildern, scheidet bei den chinesischen Fläschchen natürlich aus. Jedes Exemplar stellt ein Einzelstück dar, sehr oft eine herrliche Miniatur mit minutiösen Details. Meist sind diese Stücke datiert und signiert, so daß man meinen sollte, eine Zuordnung zum Herstellungszeitpunkt und Künstler wäre nicht schwierig. Dies ist aber leider nicht der Fall und liegt in den speziellen chinesischen Umständen begründet. Der chinesische Kalender wiederholt sich nämlich jeweils nach 60 Jahren, so daß nur die zusätzliche (aber oft fehlende) Angabe der Herrschaftsperiode eine wirklich eindeutige Datierung ergibt. Von den Künstlern, besonders, wenn sie berühmt waren, wurden oft verschiedene Namen angegeben. Häufig benützten, was in China nicht selten ist, Schüler aus Ehrerbietung die Namen ihrer Lehrer. Letztlich arbeiteten in den Malschulen auch verschiedene auf besondere Motive spezialisierte Handwerker gemeinsam an einem Fläschchen. Heute werden auf Grund der hohen Nachfrage wieder viele innen bemalte Gläser in Peking und Shantung in bekannten Malschulen für den Export hergestellt.

Die Snuff-Bottle-Sammler:

Im 19. Jh. bereits war es im englischen Raum sehr verbreitet, innerhalb des großen Gebietes „Ostasiatica" auch chinesische Snuff-Bottles zu handeln. Die erste spezielle Versteigerung fand 1857 in London bei Christie's statt. Heute ist der Handel und das Sammeln chinesischer Snuff-Bottles vor allem in den USA bestens organisiert. Ausgangspunkt ist Hongkong, wo alte wie neue Fläschchen von spezialisierten Händlern aus China beschafft werden. Problematisch ist aber oft die Echtheit alter Exemplare, da die Chinesen immer auch Meister im Fälschen und Nachahmen gewesen sind. Auch sind diese exotischen Kulturgegenstände nur von wenigen Spezialisten richtig einzuordnen. Immerhin gibt es zahlreiche Literatur, und mehrere spezialisierte Magazine verbreiten weltweit aktuelle Informationen an interessierte Sammler. Jährlich finden vor allem in den USA große Sammlertreffen der verschiedenen Vereinigungen statt – die bedeutendste ist die International Chinese Snuff Bottle Society –, und in England, wie in New York, Miami oder Hawaii werden Auktionen abgehalten. Dabei werden für Spitzenobjekte bereits über 50 000 Dollar bezahlt. Angesichts der ungeheuren Bestände bei Händlern in Hongkong, England, Amerika, heutzutage aber auch zunehmend auf dem europäischen Festland, ist es letztlich nur eine Frage des Sachverstandes und des Geldes, sich eine Sammlung chinesischer Snuff-Bottles aufzubauen. Dies steht wieder einmal im Gegensatz zur Situation bei den bayerischen Schnupftabakgläsern, die nur mit großen Mühen im Handel aufgetrieben werden können, da einfach die Stückzahlen bei den noch erhaltenen alten oder den in Einzelfertigung von einigen Glasmachern angefertigten neuen Gläsern zu gering sind, um die Nachfrage befriedigen zu können.

KAPITEL 4:

Der Wettbewerb zwischen Dose und Flasche

Handhabungsunterschiede

Von altersher ist zur Aufbewahrung von Riechsalzen, Heilpülverchen und flüssigen Parfums der Gebrauch von kleinen Fläschchen, meist aus Glas, überliefert, daneben, allerdings nur für die festen oder pulverförmigen Stoffe, von Dosen aus den unterschiedlichsten Materialien. Zur Begriffsfestlegung soll zunächst eine kurze Definition gegeben werden, die der Veröffentlichung von Reinartz entnommen ist (Lit 43).

Dose = gedeckelte Schale für bestimmte Mengen, dient zur Aufbewahrung einer genau bemessenen, im allgemeinen kleinen Menge

Büchse = gedeckelter Topf für unbestimmte Menge, dient zur Aufbewahrung einer nicht genau definierten, im allgemeinen größeren Menge.

Flasche = besteht im Wesentlichen aus einem einzigen Stück: dem Gefäßkörper. Dieser kann unterschiedlich geformt sein: kugelig, konisch, tropfenförmig, zylindrisch oder mehrkantig ... ist bei kugeliger Form oft zweiseitig abgeplattet (Plattflasche) ... hat einen im Verhältnis zum übrigen Teil des Gefäßkörpers langen oder kurzen und fast immer engen Hals.

Flakon = dient zur Aufbewahrung duftender Essenzen (Parfums); da diese sich verflüchtigen können und teuer sind, hat das Flakon einen Glasstöpsel, sowie eine dicke, stark profilierte und daher griffige Wandung.

Die Dose hat gegenüber der Flasche den grundsätzlichen Vorteil des einfacheren Befüllens. Hierbei und auch auf Grund eines häufig höheren Gewichtes ist die Flasche unhandlicher. Sie blieb deshalb auch bei der Verwendung für Schnupftabak immer der Konkurrenz mit der Dose ausgesetzt. Zum Verständnis sei darauf verwiesen, daß in unseren Tagen sogar in Bayern trotz der Jahrhunderte währenden Tradition der bayerischen Schnupftabakgläser, die Dose aus den mannigfaltigsten Materialien, vor allem aber aus Blech oder Kunststoff, bei den reinen Gebrauchsbehältern dominiert und das Schnupftabakglas im Gegensatz zu früher eher als Ziergegenstand angesehen wird. Wie vielen Schnupfern habe ich als persönliches Geschenk ein „Glasl" vermacht, nur um festzustellen, daß sie nach einigen Wochen doch wieder die unansehnlichen, aber in Bezug auf Gewicht und Handhabung praktischen Plastikdosen aus der Tasche zogen!
Erstaunlicherweise ist festzustellen, daß die Flasche als Gefäßform sich nur in Bayern und Böhmen (Glas), Norwegen (Holz) und China (Glas, organische Materialien und Edelsteine) für die Aufbewahrung von Schnupftabak im großen Maßstab durchgesetzt hat. In anderen Ländern, z. B. England mit seinen farblosen Glasfläschchen, u. a. in Stiefel- oder in Hornform (Lit 11), oder Schweden mit seinen Holzflaschen, ist dieser Gefäßtyp nur gelegentlich zur Anwendung gekommen. Ergänzend sei allerdings an die flaschenähnlichen Schnupftabakhörner u. a. aus Finnland, Island, Tibet und Kenia erinnert, sowie an die Kalebassen aus tropischen Ländern.

Die Flasche als Behälter hat jedenfalls einige grundsätzliche Vorteile (Lit 38):
Als Gefäß mit einem langen oder kurzen, jedenfalls aber engen Hals ist sie, da im Verhältnis zum Behältervolumen ja eine recht einfache Abdichtung zu erzielen ist, zur Aufbewahrung von flüssigen, leichtflüchtigen oder aromatischen Stoffen bestens geeignet. Neben Getränken aller Art gilt dies für Riechsalze, Arzneien oder eben den Schnupftabak. Dabei ist besonders beim Material Glas die Dichtheit gegenüber Luft und Feuchtigkeit, sowie die absolute Geschmacks- oder Geruchsneutralität hervorzuheben, dazu die Unempfindlichkeit gegenüber chemisch aggressiven Stoffen, die glatte, leicht zu reinigende Oberfläche und die einfache Zustandskontrolle des Inhaltes bei Durchsichtigkeit der Wandung. Nicht vergessen werden soll als Nachteil allerdings die Zerbrechlichkeit. Sehr wichtig ist beim Werkstoff Glas die lange Tradition verschiedenartigster Veredelungstechniken zur künstlerischen Gestaltung, andererseits aber auch die kostengünstige Herstellungsmöglichkeit beim reinen Gebrauchsstück.

Trotzdem hat sich das Glasfläschchen eigentlich nur im Bereich der Glaszentren in Bayern und Böhmen als dominierendes Behältnis für Schnupftabak über längere Zeiträume hinweg behaupten können, da hier der Werkstoff laufend zur Verfügung stand und auch zahlreiche Veredelungsbetriebe sich dieses Absatzmarktes intensiv annahmen. Eine weitere Erklärung für diese geografische Konzentration mag sein, daß der in anderen Ländern übliche, trocken rieselnde Schnupftabak aus einer Flasche schwieriger zu portionieren ist, als aus einer Dose. Dagegen wird der in Bayern wie Böhmen so beliebte „Schmalzler" mit bröckelig fettiger Konsistenz bei entsprechendem Öffnungsdurchmesser der Flasche aber bestens zugeteilt, wenn das Glas nur entschieden genug auf den Handrücken gestoßen wird. Weiterhin trocknet der Schmalzler in einer Dose, die beim Gebrauch ja einem viel

51

größeren Sauerstoffaustausch ausgesetzt ist, sehr schnell aus.

Auf die Konkurrenz zwischen Dose und Flasche weisen verschiedene heute noch gebräuchliche Bezeichnungen in Bayern hin. So hört man durchaus häufig den Ausruf „is des a scheane Schnupftabkdus'n!", wenn einem Waldler ein besonders gelungenes gläsernes Fläschchen gezeigt wird. Die Glasmacher wiederum bezeichnen ihre Schnupftabakgläser als „Büchsl", und „Pixl" lautete der Eintrag in der frühesten urkundlichen Erwähnung eines Schnupftabakglases im Jahr 1678 (Lit 14). „Pyxis" ist aber das lateinische Wort für Dose, aus dem sich unsere „Büchse" ableitet. Soll das heißen, daß die Schnupftabakflaschen bei uns eigentlich nur als bayerische Spezialform der sonst üblichen Dose empfunden wurden?

Interessanterweise hat es nicht an Versuchen gefehlt, die Vorteile von Flasche und Dose zu verbinden. So hatte ich einmal eine flache Flasche undefinierbaren Verwendungszweckes in Händen, bei der die Vorderseite aufgebohrt und mit einem klappbaren in Metall gefaßten Glasdeckel wieder verschließbar gemacht worden war. Die Befüllung über diesen Deckel war sehr einfach, ebenso wäre so auch eine Entnahme, z. B. von Schnupftabak, denkbar gewesen. Daneben hatte man aber auch noch die Möglichkeit zu einer portionsweisen Dosierung über das vorhandene kleine Loch am Flaschenhals. Auf Grund dieser praktischen Handhabung sind ja die heutigen Dosen aus Kunststoff oder Blech ganz ähnlich gestaltet. Sie haben entweder einen Deckel oder bestehen aus zwei Schalen, sind also schnellstens zu befüllen, wie es ja der industrielle Verpackungsvorgang erfordert. Daneben existiert aber noch das kleine Portionierungsloch am Dosenrand zur Entnahme der Prise. Eine einfachere Befüllungsmöglichkeit als bei den üblichen Flaschen war auch bei den alten skandinavischen Holzflaschen gegeben, die an der Unterseite eine zweite Öffnung aufwiesen. Allerdings entfällt diese Möglichkeit bei Glasflaschen, wenn man nicht einen zweiten Bearbeitungsvorgang in Kauf nehmen will. Der Holzflasche, die ja ohnehin aufgebohrt werden muß, fehlen aber viele Vorteile der Glasflasche, so daß sie sich eigentlich nur in Norwegen in größerem Maße durchsetzen konnte.

Neben den bayerischen Glasfläschchen sind als wirklich verbreitete Schnupftabakgefäße noch die Ton- bzw. Steingutflaschen zu erwähnen. Das Steingutfläschchen ist seit dem letzten Jahrhundert bis in unsere Tage in Deutschland immer beliebt gewesen. Es ist leicht an Gewicht, billig in der Herstellung und kann mit allerlei Verzierungen versehen werden. Zudem ist eine recht sinnreiche Verschlußart üblich, die unverständlicherweise bei den Schnupftabakgläsern nicht gebräuchlich ist: Die Öffnung im Hals ist sehr groß und die Befüllung deshalb einfach. Als Verschluß dient zunächst ein Korken oder Holzstück mit entsprechend kleinerem Loch, das wiederum durch einen Holzstöpsel, Kälberschweif, o. ä. gedichtet wird. Zur Entnahme des Schnupftabaks, bzw. zum Portionieren auf den Handrücken, wird nur die kleine Öffnung benützt. Diese Kombination ist außerordentlich praktisch. Der Vorteil der durchsichtigen Wandung ist beim Steingutfläschchen natürlich nicht gegeben. Einer größeren Verbreitung stand vielleicht auch die etwas beschränkte Verzierungsmöglichkeit im Wege. Das Steingutfläschchen fand deshalb seine Hauptbestimmung als billig herzustellender Reklamebehälter für Schnupftabakfabriken.

Die Gründe, warum an verschiedenen Orten, in verschiedenen Ländern sehr unterschiedliche Schnupftabakbehälter kultiviert wurden, sind sehr vielseitig. Am wichtigsten werden immer die handwerklichen bzw. industriellen Voraussetzungen gewesen sein. Wo Glas vorhanden war, hat man es, wie in Bayern, auch für diesen Zweck in spezieller Weise genutzt. Wo weder Glas noch Metall zugänglich war, hat man notgedrungen zu anderen Materialien, wie Holz, Horn, etc. gegriffen, die dann aber auch ihre eigenen Gesetze bei der Formgebung der Behälter besaßen. Das örtliche Klima wird ebenso eine Rolle gespielt haben, wie die spezielle Art des Schnupftabakgenusses. Mit Sicherheit könnte hier noch sehr viel Forschungsarbeit geleistet werden, um die Physiologie der Schnupftabakbehälter noch besser ergründen zu können.

Überblick über zeitgenössische, industrielle Schnupfbehälter in Europa

Bestimmt wird die Typologie der neuzeitlichen Schnupftabakbehälter hauptsächlich durch den industriellen Vertrieb. Meist handelt es sich dabei um reine Zweckbehälter, die einen möglichst einfachen Verpackungsvorgang mit einer handlichen Entnahme durch den Verbraucher kombinieren sollen. Dazu wird ein ausreichend großes Beschriftungsfeld für Reklamezwecke angestrebt. Die so entstehenden Behältnisse sind jedoch nicht kunstlos oder uniform, im Gegenteil, auch hier böte sich allerhand Anlaß zu vertieften Studien. Im Programm der Schnupftabakfabriken findet sich meist ein großes Sortiment an Behältern, das sich grob einteilen läßt in

– einfach, runde Dosen
– Dosen mit Portionierungsöffnungen und
– traditionelle Behälter.

Zu den ersteren gehören z. B. die flachen Pappdosen der Schwedischen Tabakgesellschaft mit Kunststoffdeckel, die zurückgehen auf die flachovalen geprägten Pappbehälter zu Anfang des 20. Jh. Flache Blechdosen kennzeichnen die englische Marke Dr. Rumney's, hohe Blechdöschen mit Blechschraubverschluß die besonders aromatischen Erzeugnisse der englischen Firma Fribourg & Treyer. Die sinnvolle Bezeichnung „caution! not child resistant!" trägt der Plastikdeckel der hohen Kunststoffdose der amerikanischen Marke Pearson's, deren Red Top Snuff das beim Kaugummi erträgliche, bei Schnupftabak aber recht seltsame Spearmintaroma aufweist. Kleine Glasdosen (wegen der im Verhältnis zum Körper großen Öffnung kann man sie nicht mehr als Flaschen bezeichnen) führt die englische Firma Smith und verschließt sie mit einem patentierten Plastikdeckel, der über einen Bügel mit dem Ring um den Hals verbunden bleibt.

Die englischen Firmen Hedges, Smith u. a. haben, wie auch bei einigen Produkten üblich, ihre flachen, runden Dosen aus Blech oder Kunststoff mit einer Portionieröffnung ausgestattet: Die beiden Dosenhälften können gegeneinander verdreht werden, bis die Portionieröffnungen zur Deckung kommen und die Prise freigeben. Weit verbreitet sind die flachen Plastikdosen der Firmen Pöschl und Bernard, bei denen über eine klappbare oder verschiebbare Lasche ein kleines Portionierungsloch geöffnet werden kann. Ähnliches findet man bei englischen Ausführungen, wie z. B. den Plastikdosen der Firmen McChrystal oder Wilson. Die flachen, rechteckigen Dosen der Firma Snuff-Tobacco, Konstanz, die die Marke Rumney's in Lizenz herstellt, weisen sogar eine echte Dosiereinrichtung auf: In die Dose ist eine kleine runde Schleuse eingebaut, die auf der einen Seite über ein Loch mit dem Doseninnern in Verbindung steht, auf der anderen Seite über eine Öffnung den Snuff abgibt. Die Schleuse ist drehbar und kann so nach außen abgeschlossen werden, der Inhalt der Schleuse ist das maximale Dosierungsmaß. Für „Packard's Club Snuff", eine Lizenz der Fa. Brumfit & Radfords, vertreibt die Fa. Pöschl eine sehr elegante rote Dose, bei der über einen Schieber ein kleiner, rechteckiger Dosierschacht ausgefahren werden kann, der eine noch als zierlich anzusprechende Prise enthält. Über Federkraft verschwindet er wieder in der Dose. Noch einen beträchtlichen Schritt weiter in Richtung Verbraucherfreundlichkeit geht eine rechteckige Dose der Fa. Pöschl. Die „Automatik-Box" verfügt über ein Sichtfenster, in das die gewünschte Menge Schnupftabak geklopft wird. Sodann wird bei geöffnetem Verschluß die Öffnung dicht an die Nase gehalten und mit der zurückgeklappten Verschlußlasche eine Plastikfeder ausgelöst, die die Prise direkt in die Nase schießt. Eine sehr handliche Methode, nur hat man den Eindruck, daß der Schnupftabak mit so viel Wucht weit über die Geschmacksnerven hinaus unmittelbar ins Gehirn transportiert wird. Immerhin eine raffinierte, ausgeklügelte Idee!

Aber auch ein reichhaltiges Sortiment an traditionellen Behältern wird von den Schnupftabakfabriken angeboten: Flaschen aus Zinn, bemaltem Porzellan und Steingut wetteifern mit allerdings selteneren Bayerwaldglasbüchseln oder sogar aus Hongkong eingeführten und mit bayerischem Erzeugnis gefüllten chinesischen Snuff-Bottles. Der Nostalgie frönen in originaler Aufmachung bedruckte Folien- oder Papierpäckchen, daneben sind zu finden die Dosen aus Horn, Bein, Edelholz, flaschenähnliche Gebilde aus Holz oder Fell, Behältnisse aus Kuhhörnern und Dosen aus Hirschgeweihen. Der traditionelle Bereich ist aber im Industrieverkauf am wenigsten originell; meist findet man die Glaserzeugnisse oder Heimarbeiten aus Holz und Horn bei den eigentlichen Behälterherstellern in weitaus höherer Qualität. Dies gilt auch für die heute noch von spezialisierten Goldschmieden angefertigten künstlerisch oft sehr vielseitigen Metalldosen. Dabei fällt mir ein Artikel aus der Goldschmiedezeitung (November 1979) ein, der die Gründung der Schnupfergilde, einer Vereinigung von 18 deutschen Goldschmiedemeistern und -meisterinnen beschreibt und ihre unglaublich vielfältigen „Meisterstücke" darstellt.

KAPITEL 5:

Die Schnupftabakgläser in der Familie der Riechfläschchen, Parfumfläschchen, Flakons

Geschichte der kleinen Glasfläschchen:

Zurück ins 17. Jh., zurück zur Beantwortung der Frage, warum die ersten adeligen und bürgerlichen Schnupfer neben der Dose auch zur gläsernen Flasche gegriffen haben! Über die Vorteile der Glasflasche wurde ja schon weiter oben einiges erläutert. Tatsächlich bestand gerade im späten 17. Jh. bereits ein sehr großes Angebot an zierlichen Glasbehältern in unterschiedlichsten Ausführungen, da zu dieser Zeit in Frankreich und Italien eine große Verbreitung von Duftwässerchen aller Art stattgefunden hatte (Lit 11).

Die kunstvoll verzierten Flakons für Duftessenzen und Riechsalze, wie die einfachen Apothekerflaschen für mancherlei Arzneien, wie sie der Schnupfer im 17. Jh. vorgefunden hat, haben aber eine lange Entwicklungsgeschichte hinter sich, die hier kurz gestreift werden soll: Die ältesten Gläser lassen sich um das 15. Jh. v. Chr. u. a. aus verschiedenen Werkstätten in Ägypten nachweisen, wo in der sog. Sandkerntechnik neben Bechern, Amphoren, etc. auch längliche Salbgefäße (Alabastren) und linsenförmige Fläschchen unterschiedlicher Größe gefertigt wurden (Lit 37). Bereits damals war eine Farbgebung durch Metalloxyde, sowie eine Dekoration mit freihandgesponnenen und in Fiederdekor gerissenen Glasfäden bekannt. Diese Glasbehälter, die mit Sicherheit als wertvollste Kostbarkeiten angesehen wurden – dies belegen die häufigen Beigaben in Pharaonengräbern –, dienten zur Aufbewahrung von Salben, Schminkfarben, Duftessenzen und wohl auch Arzneien oder Räucherwerk, das bei rituellen Zeremonien ja in nahezu allen Kulturepochen eine große Rolle spielte. In größeren Stückzahlen sind diese kleinen, handlichen, ägyptischen Fläschchen von ca. 10 cm Länge erhalten. Besonders die schlanken, zylindrischen Alabastren können als Vorläufer der späteren Flakons angesehen werden. Am Hals waren ein oder zwei Henkel zum Durchziehen einer Schnur angebracht, damit die Gefäße am Körper getragen werden konnten. Eine noch größere Verbreitung als in der vorchristlichen ägyptischen Epoche erlangte das seit der Erfindung der Glasmacherpfeife um Christi Geburt in Syrien wesentlich einfacher herzustellende Hohlglas zur römischen Kaiserzeit. Grabbeigaben belegen bis ins Rheinland die Vielfältigkeit der oft schlichten gläsernen Gegenstände, wie Waschgeschirre, Trinkgefäße, Schalen und Kleingefäße aller Art. Somit wird deutlich, daß bereits in den ersten Jahrhunderten n. Chr. durch die leistungsfähige römische Glasindustrie das Hohlglas zum weitverbreiteten Gebrauchsartikel auch für die mittelständische Bevölkerung geworden war.

Eine ähnliche Situation stellte sich, als durch die Völkerwanderung die römische Kultur zurückgedrängt wurde, erst ab dem 15. Jh. mit der aufblühenden Glasherstellung in Mitteleuropa wieder ein. In dem für lange Zeit dominierenden Glaszentrum Venedig beherrschte man eine Vielzahl unterschiedlicher Glastechniken (Glasfärbung, Fadenverzierungen) und auch die Emailmalerei in höchster Vollendung. Die Geheimnisse venezianischer Glasmacherkunst sollten durch abschreckende drakonische Strafen bewahrt werden. 1454 bestimmte die Staatsinquisition, daß ausgewanderte Glasarbeiter unter Androhung von Gewalt gegen ihre zurückgebliebenen Verwandten und, wenn das nichts fruchtete, durch einen nachgesandten Emissär zurückgerufen werden sollten. Noch im 18. Jh. fielen in Österreich zwei venezianische Spezialisten durch den Dolch eines derartigen Regierungsboten (Lit 24). Trotzdem gelangten von Venedig aus die Geheimnisse der Herstellung hochwertiger Gläser in die Glasmanufakturen Frankreichs, Deutschlands und Böhmens, die lange Zeit der venezianischen Mode anhingen. Diese schlug sich auch sehr deutlich bei den französischen Flakons nieder, die in Frankreich als dem klassischen Land des Parfums sehr früh beliebt waren. Die bayerischen Waldglashütten versuchten zumindest beim einfacheren Gebrauchsglas mit den ausländischen Erzeugnissen zu konkurrieren, um ihre Produkte neben Keramik, Holz oder Metall bei der Ausstattung der Bürgerhäuser unterzubringen. 1584 verpflichtete Herzog Wilhelm den Venezianer Johann Scarpoggiato an den bayerischen Hof und errichtete in München in der Nähe des heutigen Platzls eine Glashütte (Lit 24). Die Produkte entsprachen den venezianischen Vorbildern in Form und Glastechnik, sogar Filigranglas wurde hergestellt, nämlich Schalen und Trinkgläser „mit weißen Streimen".

Glasfläschchen waren in Deutschland auch von großer Bedeutung für die aufstrebenden Stände der Alchimisten, Apotheker oder Ärzte und überhaupt bei der sortierten Lagerhaltung von Arzneimitteln und deren Grundstoffen. So wird sehr früh, nämlich im Jahr 1603, von einer spezialisierten Herstellung von Medizinfläschchen in der Kaiserhütte bei Grafenau im Bayerischen Wald berichtet (Lit 39). Gerade die so weit verbreiteten zartgrünen Apothekerfläschchen boten sich auch für den privaten Bedarf zur Aufbewahrung von Duftwässerchen zur Körperpflege oder von Riechsalzen als handliche und jederzeit greifbare Behältnisse an. Verschiedene Heilmittel wurden lange vor der Verbreitung von Schnupftabak in pulverisierter Form geschnupft und über die Nasenschleimhäute aufgenommen (Lit 1). In den kleinen Fläschchen ließen sie sich am besten mitführen.

Abb. 41
Salbgefäß (Alabastron) aus Ägypten,
6.-5. Jh. v. Chr. Blaue Glaspaste mit weißem und gelbem Faden. H = 125 mm (Mus. f. Kunsthandwerk, Ffm)

Um die Mitte des 17. Jh. erfolgte in Mitteleuropa eine enorme Verbreitung der auch im Mittelalter schon beliebten Duftstoffe aus den Aromen von Moschusrindern aus China, Rosenessenzen aus Persien, Kräutern aus Arabien und Räucherwerk (unsere Bezeichnung Parfum stammt ja vom lateinischen per fumum = durch Rauch her). Belebende Riechsalze auf Eukalyptusöl- oder Mentholbasis, duftende Wässerchen und Salben sollten jederzeit mitgeführt werden können und griffbereit sein. Im 18. Jh. steigerte sich diese Entwicklung noch beträchtlich und trieb die seltsamsten Blüten. Der Hof König Ludwigs XV. in Frankreich wurde als „la cour parfumée – der parfümierte Hof" bezeichnet, und als die Exzesse übermäßigen Gebrauches von Duftstoffen auch auf England übergriffen, wurde 1770 eine Verordnung erlassen, die jedes weibliche Wesen, das einen Mann mit Duftwässern, Salben, künstlichen Zähnen oder Haaren zur Heirat verlockte, unter die Hexereigesetze stellte (Lit 11).

Bei der Bedeutung, die die Anwendung dieser Duftmittel in höfischen und bald auch bürgerlichen Kreisen fand, ist es nicht verwunderlich, daß neben ihnen auch ihre Behältnisse eine ganz eigenständige Entwicklung nahmen, um sozialen Stand, Wohlhabenheit, Kultur und Phantasie des jeweiligen Benützers für seine Umwelt möglichst auffällig herauszustreichen, was sich durchaus mit der Situation unserer Tage bei Armbanduhren, Feuerzeugen und sonstigen Gebrauchsgegenständen vergleichen läßt.

Die gläsernen Fläschchen – der Ausdruck „Flacon" in Frankreich, wo sie am schnellsten Bedeutung erlangten, steht gewissermaßen als Synonym für alle Verwandten in den übrigen Ländern –, stammten wohl zunächst von den einfachen Gefäßen des Mittelalters ab, wurden aber wie ihre ägyptischen und römischen Vorfahren im Rahmen des zeitgenössischen Geschmacks und der gegebenen technologischen Möglichkeiten der Glasmacherei für den anspruchsvollen höfischen Abnehmerkreis als Geschenk- und Renommierobjekte kunsthandwerklich aufgeputzt, was dann umgehend vom bürgerlichen Interessentenkreis übernommen wurde. Parallel zur „Mode" der Parfümierung lief aber im 17. Jh. auch die Mode des Tabakschnupfens und hatte, wie bereits erwähnt, im frühen 18. Jh. weite Kreise der einfachen Bevölkerung erfaßt. Da schon im späten 17. Jh. Glasfläschchen für die Aufbewahrung von Schnupftabak im bayerischen und böhmischen Raum archivalisch belegt (Lit 14) sind, kann vermutet werden, daß zwischen Schnupftabakflasche und Flakon eine enge Beziehung bestanden hat. So wurde auch in der „Hochburg" der Schnupftabakglasherstellung, dem Bayerischen Wald, die Fabrikation von Flakons gepflegt, wie uns Berichte von den Industrie- und Gewerbeausstellungen 1840 in Nürnberg und 1844 in Berlin belegen. Vor allem die Hütten Theresienthal und Oberfrauenau hatten derartige Erzeugnisse in ihrem Programm.

Die Unterschiede bei Flakons, Riech- und Schnupftabakfläschchen

Die unterschiedliche Konsistenz der flüssigen Duftwässer, der körnigen Riechsalze und des pulverisierten Schnupftabaks brachte bei zunehmender Spezialisierung der Glasflaschen auch unterschiedliche Merkmale zum Vorschein. Es ist wohl anzunehmen, daß einfache, mit Holzstöpsel verschlossene Fläschchen zunächst gleichermaßen für all diese Stoffe benutzt wurden. Damit ist bei frühen Exemplaren der eigentliche Verwendungszweck nicht eindeutig zu bestimmen. Kleine Schnapsflaschen für Jäger und Handwerker, Weihwasserflaschen für Pilger, Riech- oder Parfumfläschchen ähneln sich infolge der identischen Gebrauchsanforderungen in Größe und Form sehr und sind kaum voneinander zu trennen, mit Si-

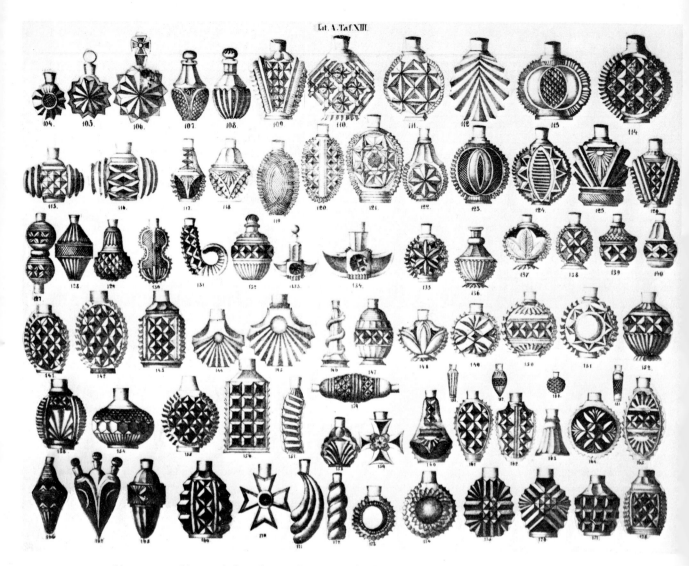

Abb. 42: Musterblatt mit böhmischen Biedermeier-Parfümflakons aus dem lithographierten Musterbuch von J. F. Römisch, Steinschönau, 1832.

cherheit auch später oft der ursprünglich gedachten Verwendung entfremdet worden. Auch Glastechnik oder Verzierungsvarianten geben keine grundsätzlichen Aufschlüsse. Der englische Autor Launert (Lit 11) macht folgenden Unterscheidungsversuch:

„Größere Parfum- und kleinere Kölnischwasserflaschen wurden auch oft als Behälter für Riechsalze benutzt, so daß es schwierig ist, hier eine Unterscheidung zu treffen, außer, wenn das Riechfläschchen durch einen Klappfederverschluß gekennzeichnet ist. Echte Riechfläschchen sind üblicherweise starkwandig und tiefgeschliffen, um den Wärmeübergang zu dämmen, da sie oft vom Besitzer getragen oder gehalten wurden ... Schnupftabakfläschchen werden auch gerne mit Riechfläschchen verwechselt, haben aber häufig größere Öffnungen, um den Füllvorgang zu erleichtern und sind meistens größer. Es gibt allerdings Grenzfälle ..."

Wie schwierig es ist, auf diese Weise die richtige Deutung zu finden, zeigt sich aber gerade bei den bayerischen Schnupftabakgläsern, die zum einen in unterschiedlichsten Größen, beginnend beim Kinderglas zu etwa 4 cm Höhe bis zum Gesellschaftsglas von 40 cm, zum anderen mit besonders kleinen Öffnungen (5–7 mm) hergestellt wurden, damit die „Schmalzlerpris" richtig dosiert werden konnte. Größere Öffnungen waren verpönt (Lit 4). Es findet sogar bei der Herstellung durch den Glasmacher eine gezielte Verkleinerung der Öffnung durch Stauchen bei der Formgebung des Glaskragens statt. Neben diesem Merkmal ist eine weitere Unterscheidungsmöglichkeit die über die Verschlußart. Flüssige Stoffe müssen besonders sorgfältig geschützt werden. Hier sind eingeschliffene Glasstöpsel, manchmal auch mit zusätzlichem darübergeklapptem Metalldeckel am zweckmäßigsten. Bei Riechsalzen wurden oft dichtsitzende metallene Schraubverschlüsse als ausreichend angesehen, wie auch in Metallmontur des Glashalses gut dichtende Metallstöpsel (Lit 11). Bei den Schnupftabakgläsern reichte ein Holzstöpsel, Lederstopfen oder bei den Standgläsern ein Kälberschweif aus, ab dem 19. Jh. folgten auch mit Hanf gedichtete Messingstöpsel unterschiedlichster Form (B & T).

Fest steht jedenfalls, daß zwischen Riechfläschchen, Parfumflakons und Schnupftabakgläsern zunächst eine enge Verwandtschaft bestanden hat. Es ist immer wieder erstaunlich festzustellen, wie oft auch zu angeblich besonders „arttypischen" Vertretern bayerischer Schnupftabakgläser nahezu identische Vorläufer oder Verwandte aus dem Bereich der Parfum- oder Riechfläschchen gefunden werden können. Größere Unterschiede ergaben sich erst ab dem frühen 19. Jh., als die Spezialisierung ausreichend weit fortgeschritten war. Trotzdem läßt sich die Verwirrung bis in unsere Tage fortführen, wo neuzeitliche kleine Glasfläschchen aus Murano, die nie zum Gebrauch von Schnupftabak gedacht waren, Sammlern von Schnupftabakgläsern als besonders wertvolle Stücke angeboten werden, die eine Fertigung im alten Venedig dokumentieren sollen. Abschließend der Hinweis, daß Flakons ihre feste Stellung auch im Biedermeier hatten, wo sie ganz in der Tradition des geschliffenen schweren böhmischen Glases standen, ebenso im Jugendstil, der viele orientalische Stilelemente auf sie übertrug (Lit 37).

Im übrigen ergeben sich ähnliche Zuordnungsprobleme auch bei den Schnupftabakdosen. Dosen als Behälter waren natürlich bereits lange vor der Einführung des Schnupftabaks im Gebrauch. Die ersten Dosen, die mit Schnupftabak befüllt wurden, waren sicher ursprünglich für Süßigkeiten oder Puder gedacht. Curtis schreibt in seinem Buch über Schnupftabak und Schnupftabakdosen (Lit 7) lakonisch: „Eine echte Schnupftabakdose erkennt man oft eher durch Gefühl als durch exakte Bestimmung..."

Ab Ende des 18. Jh. ist aber zumindest im süddeutschen Raum im Hinblick auf die Öffnung und Flaschenform eine recht eindeutige Charakterisierung von Schnupftabakfläschchen möglich. Der Lochdurchmesser beträgt um 5–7 mm, das Loch ist in ausreichender Länge (mind. 10 mm) zylindrisch oder nur leicht konisch geformt, so daß eine gutdichtende Verschlußmöglichkeit über Stöpsel aus Holz oder Leder möglich ist. Die Form ist, egal, ob linsen-, tropfen- oder keilförmig, in der Regel handlich, frühe Schnupftabakgläser sind meist sehr flach, da sie als reine Gebrauchsgegenstände ständig den Besitzer begleiteten. Ab Beginn des 19. Jh. entwickelte sich dann bei geschliffenen Gläsern, die unbedingt dominierten, die typische Grundschliffform mit 6–8 eckigem Kragen und beidseitigen Spiegeln auf dem flachen Körper, wie ihn bereits ein datiertes Exemplar von 1821 zeigt (B & T, Nr. 104).

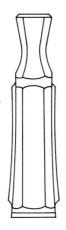
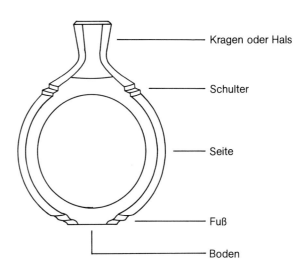

Abb. 43:
Der Grundschlifftyp bei Schnupftabakgläsern

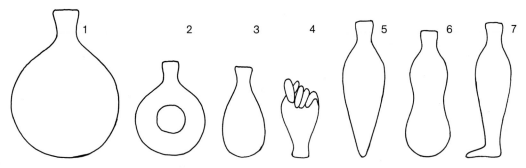

Abb. 44: Hauptformen bei bayerischen Schnupftabakgläsern
1 = Gesellschaftsform, 2 = Lochglas, 3 = Birnenform, 4 = Neidfaust
5 = Wetzstein, 6 = Geige, 7 = Stiefel

Neben der Linsenform mit oder ohne Schliff wurden bei den Schnupftabakgläsern auch verschiedene Freihandformen aus anderen Gebrauchsglasbereichen übernommen. So waren z. b. sog. Neidfäuste oder Neidfeigen schon im 18. Jh. bei Flakons bekannt und ebenso Stiefel als Scherztrinkgefäße. Lediglich die weltweit so verbreitete Hornform hat sich auf die bayerischen Schnupftabakgläser seltsamerweise nicht übertragen. Die flache Linse wurde übrigens gelegentlich auch als Lochglas (wie bei einigen Flakons auf Abb. 42) ausgeführt.

Recht interessant ist ein kurzer Überblick über die Öffnungsvarianten bei Schnupftabakgläsern. Die früheste Form rührt von den einfachen kleinen Plattflaschen her, die wohl für mancherlei Zwecke verwendet wurden. Dabei entspricht die Wandstärke am geraden Hals etwa der an der Flaschenwandung (Abb. 45, Fig 1). Das Bemühen, die Öffnungsweite einer normal gefertigten Plattflasche aus Dosierungsgründen bei Schnupftabak zu verringern, zeigt die Fig. 2, bei der der Kragen flüchtig gestaucht ist, aber noch dieselbe Stärke wie die Wandung aufweist. Diese einfache Korrektur findet sich auf vielen alten, wie auch neuen Gläsern.

Viele frühe Schnupftabakgläser bis zur zweiten Hälfte des 19. Jh. haben dagegen einen gleichmäßig gestauchten, geraden Hals, bei dem gegenüber der Glaswandung eine deutliche Materialansammlung vorhanden ist (Fig. 3). Anders als bei Fig. 2 ist nun die Möglichkeit gegeben, in der engen, zylindrischen Öffnung einen gut dichtenden Verschluß einzusetzen. Fig. 4 zeigt die Ausführung von Schnupftabakgläsern ab dem dritten Viertel des 19. Jh. bis zum Ersten Weltkrieg und die der guten neuen Gläser: Die Öffnung ist zylindrisch oder nur leicht konisch (Verschluß!), der Hals ist sorgfältig gestaucht, um eine elegante Form zu erhalten, die zum obligatorischen Stilmerkmal wurde.

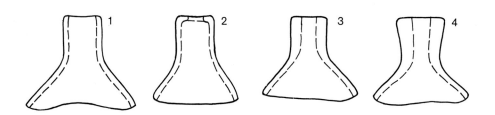

Abb. 45: Öffnungsvarianten bei bayerischen Schnupftabakgläsern
1 = offener Hals, 2 = flüchtig gestauchter Hals, 3 = gleichmäßig gestauchter Hals,
4 = gleichmäßig gestauchter, konischer Hals

KAPITEL 6:

Die Chronik der bayerischen Schnupftabakgläser

Ursprünge, das 17. und 18. Jh.

Parfüm- und Riechfläschchen im Europa, Snuff-Bottles im China des 17. Jh., es wäre schon betrüblich gewesen und hätte die Bedeutung des Fachgebietes sehr geschmälert, wenn nicht auch die bayerischen Schnupftabakgläser ihre Chronik auf so altehrwürdige Ahnen hätten zurückführen können! Echte Gebrauchsgegenstände entstehen aber nicht zufällig oder gelegentlich, sondern eben dann, wenn der wirkliche Bedarf sich zum erstenmal artikuliert. Nachdem, wie in den vorausgehenden Kapiteln ausgeführt, die Verbreitung des Schnupftabaks im 17. Jh. unumstritten und die Vorteile der gläsernen Fläschchen anerkannt und ihre Verfügbarkeit über die zahlreichen bayerischen Glashütten möglich waren, ist es keineswegs erstaunlich, daß gesicherte Quellen sehr frühzeitig die Fertigung von Schnupftabakgläsern in Bayern historisch belegen.

So weist das Rechnungswesen der Glashütte zu München im Lehel in den Jahren 1678 bis 1680 die Fertigung etlicher „Tobackhpixl" aus (Lit 14), und es ist anzunehmen, daß es sich hier durchaus nicht um einen Einzelfall handelte. In wie weit Form und Ausführung dieser Gläser auf den Verwendungszweck abgestimmt waren, ist derzeit nicht feststellbar. Immerhin wurden nicht einfach Fläschchen gefertigt, die dann vielleicht neben einem anderen Verwendungszweck auch für Schnupftabak nutzbar gewesen wären, sondern eindeutig Behältnisse, die von vornherein dafür bestimmt waren. Die Glashütte zu München war berühmt für ihre freihandgeformten Gläser. Farbgläser hatten großen Anteil an der Produktion, dagegen waren nur mit Schliff und Schnitt verzierte Objekte weniger häufiger vertreten (Lit 28). Bei den Schnupftabakgläsern liegen folgende Eintragungen vor:

1678	4 Stuckh	Tobackhpixl	(aus „Waißl")	zu je 10 Kreuzer
	2 "	"	(aus weißem oder gefärbtem „Christal")	" " 6 "
	6 "	"	(aus „Schatirtem")	" " 24 "
1679	1 "	"	(aus „Waißl")	" " 12 "
	2 "	"	(aus „Christal")	" " 6 "
	6 "	"	(aus „Christal")	" " 6 "
	15 "	"	(aus „Christal")	" " 6 "
1680	1 "	"	(aus „Christal")	" " 5 "

Somit sind immerhin drei verschiedene Glassorten zu sehr unterschiedlichen Preisen erwähnt. Leider sind die Bezeichnungen z. T. mundartlich verändert, so daß eine eindeutige Festlegung schwierig ist. Die zeitgenössische Terminologie aus dem berühmten Glaswerk von Johann Kunckel aus dem Jahr 1679 (Lit 21) hilft leider auch nicht weiter. Unzweifelhaft ist lediglich die Bezeichnung „Christal", ein weitgehend entfärbtes Glas, das bei Kunckel aber auch das „gemeine Glas" genannt wurde, was dem Sinn nach das übliche Glas bedeutet und keine Aussage über eine besondere Qualität enthält. „Waißl" rührt wohl von der Farbe weiß her, die bei Kunckel im Sinne von „Milchweiß", also nicht von „farblos" gebraucht wurde. Da Gegenstände, wie Mundgläser, Messerschäfte, Tabakpfeifen, Konfektschalen und Glöckchen aus „Waißl" hergestellt wurden, ist die Vermutung, es handele sich um eine Art einfachen „milchweißen" Porzellanersatzes, naheliegend. Immerhin war diese Glassorte ja auch beträchtlich teurer, als das „Christal". Allerdings wurde als vierte Sorte in der Hütte noch „Porzalän" geführt, wobei es sich sicher um opakes weißes Glas, d. h. einen Porzellanersatz handelte. Noch wesentlich wertvoller als „Waißl" aber war das „Schatirte", bzw. „chardirte" Glas, das von der Bezeichnung her am fremdartigsten klingt. In der Literatur wird z. T. eine Art Marmorglas vermutet, was aber im Hinblick auf aus dieser Zeit überlieferte bayerische Gläser nicht sehr wahrscheinlich ist. Darauf weist auch die Übersicht der aus „Schartirtem" gefertigten Gegenstände hin: Becher mit Fuß und Henkel, Flaschen, Maßkrüge, rote und blaue (sic!) Deckelbecher mit Füßen, etc. Die Herkunft kommt evtl. aus dem Französischem „chatoyer = schillern", vielleicht aber auch vom Ausdruck „schattieren", d. h. mit Hell-Dunkel-Kontrasten anlegen. Nachdem bereits im 16. Jh. eine Hütte in München Gläser mit „weißen Streimen" produziert hatte, und „geschnierlte Glöser" aus der Zeit um 1600 aus Böhmen bekannt sind (Lit 14), könnte hier einfaches Fadenglas, z. B. mit dem um diese Zeit verbreiteten Schuppen- oder Fiederdekor gemeint sein. Ebenso denkbar wäre aber auch ein Hinweis auf in der Form geblasenes, optisches (schillerndes) Glas. Der hohe Preis muß jedenfalls beträchtliche Qualitätsunterschiede im Werkstoff oder größeren Aufwand bei der Glasmacherarbeit als Ursache gehabt haben.

Das Grimm'sche Wörterbuch von 1854 hat noch zwei Erklärungen anzubieten. Als Scharte oder Scharde wird eine durch Hauen oder Brechen entstandene Vertiefung bezeichnet, was auf optisch geblasenes Glas verweisen könnte. Als schattirte Arbeit wird aber z. B. eine mehrfarbige Stickerei bezeichnet, die nach Art eines Gemäldes Licht und Schatten zeigt. Dies wiederum wäre vielleicht eher ein Hinweis auf Fadenglas. Beide Varianten klingen plausibel was die damals vorhandenen Möglichkeiten der Glastechnik angeht.

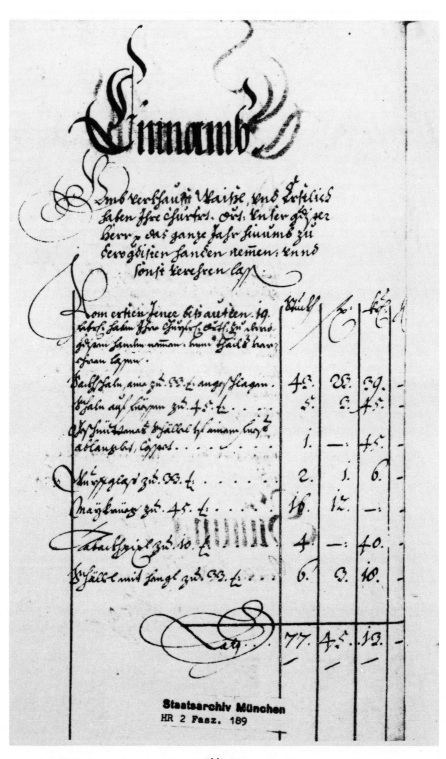

Abb. 46:
Aus dem Rechnungswesen der Glashütte zu München, Band 1678, fol. 371

Ich nehme somit an, daß es sich bei den obenerwähnten Schnupftabakgläsern um farblose (Christal), opakweiße (Waißl) und mit weißem Faden dekorierte oder optische Klar- oder Farbgläser (Schatirte) gehandelt hat. Die Form dieser Gebrauchsgläser wird wohl im Hinblick auf die Handlichkeit flach gewesen sein, mit Hefteisenabriß am ungeschliffenen Fuß und einer Höhe von ca. 7 bis 10 cm. Eine Verzierung durch den Glasmacher (Applikaturen, etc.) oder Veredler ist nicht erwähnt und nicht wahrscheinlich.

Mit dem Niedergang der Hütte zu München, die auch Glasmacher aus dem Bayerischen Wald beschäftigte und zum Teil sehr anspruchsvolle Gläser hergestellt haben soll, dürfte ein sehr fruchtbares Kapitel bayerischer Glasgeschichte zum Abschluß gekommen sein, da bis Anfang des 19. Jh. die Glashütten in Altbayern völlig im Schatten der dominierenden böhmischen Glasindustrie standen. Um 1800 sollen in Altbayern nur zehn Glashüttenmeister Rohglas im Wert von 51 000 Gulden produziert haben, wohingegen in Böhmen 66 Hütten Rohglas zu zwei Millionen Gulden herstellten (Lit 44). Das Verhältnis bei den Veredelungsbetrieben wird dem entsprochen haben.

Insoferne ist durchaus anzunehmen, daß bis zum Anfang des 19. Jh. die gelegentlich belegten Schnupftabakgläser (Tabelle 1) in Bayern nur von sehr einfacher Ausführung gewesen sind. Die Abbildungen 53 und Tafel 43 zeigen sehr frühe Gläser aus mit Eisenoxyd verunreinigtem zartgrünen Waldglas, das die damals übliche Glasqualität kennzeichnet. Das Fläschchen auf Abb. 53 ist flach mit relativ langem Hals. Die Öffnung ist ziemlich groß und nicht wie bei den späteren Schnupftabakgläsern durch Stauchen verkleinert. Das Glas auf Tafel 43 ist spiralförmig optisch verziert, eine einfache Möglichkeit für den Glasmacher das Glas zu schmücken. Derartige Gläser könnten als typisch für das 18. Jh. angesehen werden. Gegen Ende desselben Jahrhunderts finden sich aber auch schon mit einfachem Schnitt und Schliff verzierte Farbgläser in den Hauptfarben Dunkelblau, Dunkelgrün und dem selteneren Braun. Die Tafel 60 zeigt ein mit 1798 datiertes Glas, die Tafel 99 in B&T ein Glas mit nahezu identischem Schliffbild, aber anderem Schliffmotiv. Ähnliche Gläser sind in privaten und musealen Sammlungen enthalten (Taf. 59). Interessant ist die flache, längliche „Wetzsteinform" beider Gläser. Eindeutig hier der gestauchte Kragen mit enger Öffnung und kantig geschliffenem Hals. Dazu auch die Tafel 4 in B&T, die ein kleineres, linsenförmiges Glas, ebenfalls mit kantigem Kragen, und wie die vorher erwähnten Gläser, noch ohne Spiegelschliff zeigt. Aus der gleichen Zeit stammen die emailbemalten Fläschchen aus Klar- und Milchglas, die kleineren Verwandten der zu dieser Zeit in Bayern, Böhmen, Oberösterreich und nahezu dem ganzen mitteleuropäischen Raum in riesigen Mengen produzierten Schnapsflaschen (B&T Abb. 15 und Taf. 13). Diese stilisierende volkstümliche Malerei findet sich auch auf Tafel 34 u. 35 auf freihandgeformten Neidfäusten aus Milchglas, die sich an nahezu identische Riechfläschchen mit Zinnmontierung anlehnen.

Verwandte in Böhmen und Oberösterreich

Die spätere immense industrielle Fertigung von Schnupftabakgläsern in Bayern zwischen 1870 und 1910 hat weder in Böhmen noch in Oberösterreich ihresgleichen. Blau schreibt in seinem Buch über die Böhmerwälder Hausindustrie und Volkskunst 1910 ganz eindeutig: „Diese (Schnupftabak-)Gläser werden im bayerischen Walde erzeugt …". Verkehrt wäre es aber, zu übersehen, daß sowohl in Böhmen, als auch in Oberösterreich zu einem ähnlich frühen Zeitpunkt wie in Bayern Schnupftabakgläser eine wichtige Rolle spielten. Erst in der zweiten Hälfte des 19. Jh. scheinen sich dann besonders die bayerischen Hütten darauf spezialisiert zu haben, profitierten aber ganz wesentlich von der Fertigkeit und Erfahrung böhmischer Glasmacher und Glasveredler.

Archivalische Belege zitiert Paul Praxl im Passauer Jahrbuch für Geschichte, Kunst und Volkskunst (Jahrgang 1979, S. 253):

„1686 nennt das Verlassenschaftsinventar nach dem Tod des Meisters Zacharias Prambhofer von der Kaltenbrunner Glashütte bei Oberplan auch ein halbes Dutzend „krystallene Tobakhpixl" und 1758 bestellte der türkische (!) Handelsmann Mustafa Aga auf der Mühlberger Glashütte, Herrschaft Gratzen im südlichen Böhmerwald, unter anderem auch mehrere Schock „Tabackh Putellen"."

Besonders kunstvolle Stücke im Hinblick auf Schliff und Malerei verweisen im 19. Jh. auf die weltberühmten Veredelungszentren in Haida und Steinschönau in Nordböhmen (Tafl. 9 in B&T). Sehr aufschlußreich ist ein Hinweis von Herrn Adolf Ulbrich, einem Nachfahren der Glasmalerwerkstatt in Zwiesel:

„Eigene Glasveredelungswerkstätten, wie sie im Erzgebirge in Nordböhmen heimisch waren, kannte man früher in Zwiesel nicht. Die Hohlglasfabriken des Bayerischen Waldes hatten die Veredelung ihrer Erzeugnisse hauptsächlich mit fachkundigen Kräften aus Nordböhmen selbst betrieben. Erst um die Mitte des 19. Jh. siedelten in Zwiesel und Umgebung böhmische Spezialisten, wie z. B. Ludwig und Joseph Schiedermeier als Glasschleifer und Franz Görtler als Glasmaler an. Um das Jahr 1844 holte sich der Glashüttenbesitzer Steigerwald für seine Glasfabrik in Schachtenbach bei Rabenstein im Bayerischen Wald die Glasschleifer Ulbrich und Hieke aus dem bekannten Glasveredelungsort Haida in Nordböhmen. Die Anwerbung von Glasfachkräften aus der Gegend von Haida und Eleonorenhain war damals keine Seltenheit …"

Ein datiertes Schnupftabakglas von 1907 trägt tschechische Beschriftung und verweist damit unmittelbar auf die Fertigung in Böhmen. Mit Sicherheit könnten in Rechnungsbüchern böhmischer Veredelungsbetriebe oder Glashütten weitere wertvolle Hinweise auf böhmische Schnupftabakgläser gefunden werden! Berühmte Glashüttenherren, Glasmacher und, wie schon erwähnt, Glasveredler, die die Gestaltung von Schnupftabakgläsern in Bayern wesentlich beeinflußt haben, stammten jedenfalls aus Böhmen.

Anläßlich einer Ausstellung von volkstümlichem Hohlglas aus oberösterreichischen Hütten im Schloßmuseum Linz und im Stift Schlägl (Lit 33 u. 36) wurden z. T. aus Privatsammlungen auch Schnupftabakgläser aus der Schlägler Hütte Sonnenwald (1750–1900) bei Schwarzenberg und der Freudenthaler Hütte (1716–1942) südlich von Frankenmarkt nachgewiesen. Letztere Hütte war berühmt für ihre bemalten Schnapsflaschen. Jedenfalls habe ich aus dem österreichischen Raum einige Schnupftabakgläser erhalten, die in Gestalt und Schliff von den bayerischen beträchtlich abweichen und nicht unbedingt von böhmischen Herstellern stammen, was natürlich nicht auszuschließen wäre. Diese vermutlich oberösterreichischen Gläser stammen aber auch, wie die Mehrzahl der bayerischen, aus der Zeit des ausgehenden 19. Jh. bzw. der Wende zum 20. Jh. (B&T Taf. 18, hier Taf. 51). Die volkstümlich bemalten Schnupftabakgläser, im Stil der weitverbreiteten Schnapsflaschen, könnten tatsächlich vorzugsweise aus Oberösterreich stammen. Immerhin weist ja gerade das Museum in Linz die meisten Exemplare nach (Lit 14) und auch das Glas aus meiner Sammlung (B&T Taf. 13) wurde in Österreich gekauft.

Die bayerischen Glashütten im 19. Jh.:

Zum Verständnis der Entwicklung der Schnupftabakgläser ist ein kurzer Überblick über die stürmische Entfaltung der bayerischen Glasindustrie im 19. Jh. sehr aufschlußreich.

Im Jahr 1792 waren in der Glasindustrie Altbayerns lediglich 10 Glashüttenmeister mit 67 Gesellen, 8 Glasschleifer und 59 Steinschneider tätig, meist wurde nur „gemeine" Ware geliefert, wie Tafelglas, Glasperlen und einfaches Gebrauchsglas. Beim Klarglas sprach man wegen der infolge von Verunreinigungen durch Eisenoxid verursachten zartgrünen Färbung vom „Waldglas". In Böhmen hingegen stand um diese Zeit das Glasgewerbe bereits in voller Blüte; in 64 Glashütten waren 1344 Personen beschäftigt, dazu waren u. a. 306 Glasschleifer, 231 Glasmaler und -vergolder, 260 Glasschneider und 496 Glaskugler im Veredelungsgewerbe registriert (Lit 24). Die Glasproduktion übertraf die bayerische etwa um das Vierzigfache! Gründe dafür waren zum einen die in Böhmen in besserer Qualität zur Verfügung stehenden Rohstoffe, wie Quarz und Pottasche, zum anderen die dort hoch angesetzten Einfuhrzölle, zum Schutz der landeseigenen In-

Abb. 47: Bierkrug und Schnupftabakglas aus Hütte Schwarzenberg, Oberösterr., 19. Jh.
(aus Katalog Schloßmuseum Linz 1971)

Abb. 48:
Steingutflaschen um 1900

Abb. 49:
Neuzeitliche Schnupftabakbehälter europäischer Firmen.

Abb. 50: Glasflakons, Böhmen, 19. Jh.

Abb. 51: Schnupftabakflasche aus Buchsbaum, H = 6,5 cm, Deutschland 18. Jh.
Abb. 52: Riechfläschchen aus Milchglas mit Zinnschraubverschluß, H = ca. 8 cm, Oberösterreich (?) um 1800.
Abb. 53: Schnupftabakflasche aus Holz mit Malerei, H = 10 cm, Deutschland 19. Jh. (?).

Abb. 54:
Farbloses Schnupftabakglas in zartgrüner „Waldglas"tönung, Bayern, 18. Jh.

Abb. 55:
Frühes, datiertes Schnupftabakglas
mit Doppelspiegelschliff

Abb. 56:
Bemalte Schnupftabakgläser, Oberösterr., um 1800 (Rückseiten s. B&T!)

Abb. 57: Frühes Reklameglas der Fa. Bernard, um 1900

Abb. 58: Massive Messingverschlüsse für Schnupftabakgläser, Bayer. Wald, 2. H. 19. Jh.

dustrie. Außerdem wurde alles unternommen, die böhmischen Glasarbeiter im Lande zu halten, es gab Vergünstigungen (Befreiung vom Wehrdienst) und Auswanderungsverbote. Erst mit Wegfall der in Bayern bestehenden Ausfuhrsteuer 1799 und Festsetzung einer Einfuhrsteuer für ausländisches Tafel- und Hohlglas blühte auch die bayerische Glasindustrie auf und zog, als die böhmische Glasindustrie vor allem wegen der englischen Konkurrenz schwer zu kämpfen hatte, in den ersten Jahrzehnten des 19. Jh. viele böhmische Glasmacher und Glasveredler an sich. Der Zustrom nach Bayern war so groß geworden, daß 1831 eine Aufnahmesperre für böhmische Glasschleifer und -schneider verhängt wurde. Dies war nicht im Interesse der auf Expansion bedachten Hüttenherren, die Wert auf qualifiziertes Personal legten. So erwirkte Nikolaus v. Poschinger 1833 einen Erlaß mit dem Inhalt, daß „die aus Böhmen geborenen Glasarbeiter" im Lande geduldet werden sollten (Lit 31). Nun ein kurzer Überblick über einige für die Belebung der Glasherstellung in der ersten Hälfte des 19. Jh. wichtige Hütten:

Schachtenbachhütte bei Rabenstein:

Die besonders reinen Quarzvorkommen, in unmittelbarer Nähe der Hütte, die meist sogar den begehrten Rosenquarz lieferten, wurden als ausschlaggebend für die hohe Qualität des Schachtenbachglases angesehen, das heute noch einen geheimnisumwitterten Ruf trägt und auch als Synonym für die spätere Fertigung in Regenhütte gilt. Der böhmische Glasmachermeister Joseph Schmid, seit 1802 Besitzer der Hütte Antigl bei Bergreichenstein in Böhmen, pachtete 1829 die Schachtenbachhütte und beschäftigte fast ausschließlich böhmische Arbeiter (Lit 22). Er hatte so einschlagenden Erfolg, daß er bereits 1830 einen von der bayerischen Regierung ausgesetzten Preis von 3000 Gulden gewinnen konnte. 1835 waren in der Schachtenbachhütte neben 10 Glasmachern 9 Schleifer und 5 Glasschneider beschäftigt, der Monatslohn lag bei den Glasmachern bei 38–40 Gulden. Ein Bericht von Rudhart (Lit 22) aus dem Jahr 1835 ist im Hinblick auf die Glastechnologie, wie auch die Prosperität der Fabrik, interessant genug, um hier wiedergegeben zu werden:

„Auf der Schachtenbachhütte wird blos Hohlglas und zwar entweder weißes sog. Kreidenglas oder Krystallglas verfertigt. Der Werth der Erzeugniße beträgt . . . 45 000 fl. Das Hüttentausend ordinären Hohlglases steht gegenwärtig zu 18 fl. im Fabrikpreise; das Krystallglas aber wird stückweise verkauft, und es ist hier hauptsächlich die Schleifarbeit, welche die Preise bestimmt. Diese aber sind so billig, daß das englische und französische Krystallglas unter gleichen Verhältnissen und auf gleichem Markte mit der Rabensteiner-Fabrik nicht konkurriren könnte.
Gefärbte Gläser, besonders Rubingläser von ausgezeichneter Schönheit, werden erst in der neuesten Zeit auf dieser Hütte verfertigt. In der Fabrikation des überfangenen Glases, desjenigen nämlich, bei welchem über das Krystallglas ein anderes gefärbtes geblasen und dann theilweise nach bestimmten Zeichnungen weggeschliffen wird, mag diese Fabrik den böhmischen Fabriken den Vorrang einräumen; allein das Krystallglas des Herrn Schmid ist dem besten böhmischen, also dem besten in der Welt, an Reinheit, Durchsichtigkeit und Feuer zum mindesten gleich.
Der Absatz dieser Fabrik geht hauptsächlich nach Württemberg, Baden, Frankfurt, Cöln usw. . . ."

1845 wurde die Schachtenbachhütte, die 1833 in den Besitz des Hüttenherrn Steigerwald übergegangen war, in die zweite Rabensteiner Hütte, die Regenhütte verlegt, die bis dahin Tafelglas produziert hatte. Steigerwald führte diese Hütte, die immer eine der bedeutendsten geblieben ist, bis zu seinem Tod 1869, seine Nachfahren bis 1885.

Theresienthal:

Die Hütte wurde 1836 von Franz Steigerwald gegründet, der auch die Schachtenbachhütte besaß. Bereits 1840 erhielt er für seine Erzeugnisse aus Theresienthal bei Zwiesel auf der Gewerbeausstellung in Nürnberg die Goldmedaille und der Ausstellungsbericht vermeldete: „Die Glasfabrikation . . . hat sich auf eine hohe Stufe der Vervollkommnung emporgeschwungen und hierin das Inland gänzlich unabhängig von dem Ausland gemacht…". Ausgestellt waren u. a. in Nürnberg ein acht Fuß hoher Kandelaber, nebst einem eleganten Kristalltischchen, Service-Couverts, Pokale, Hebe-Römer, Vasen, Becher, Glasglocken und Flakons. Vier Jahre später beteiligte man sich an der Industrieausstellung in Berlin und errang die Silbermedaille. Der amtliche Ausstellungsbericht erwähnt gewisse wirtschaftliche Schwierigkeiten, auf Grund derer die Hütte ab Dezember 1844 einer Massekuratel unterstellt wurde. Für Rubinglaserzeugung und Vergoldung wurden jährlich 450 Stück Dukaten verbraucht. Bei den Ausstellungsstücken wurde ein leichter Gelbstich bei den Kristallgläsern vermerkt, am gelungensten wurden die türkisblauen, amethyst- und chrysoprasfarbenen, grünen, grüngoldenen und Alabastergläser bezeichnet, weniger das rubinfarbige Glas. Ausgestellt wurde auch das mattrosa „Jubilateglas", ähnlich dem aus der Josephinenhütte (s. unten), und Emailüberfänge. Erwähnenswert sind noch Flakons zu 2⅔ Reichstalern. 1857 wurde die Hütte aus wirtschaftlichen Gründen abgegeben und 1861 an die berühmte Glasherrenfamilie Poschinger in Oberfrauenau verkauft.
1874 erwähnt Lobmeyer (Lit 23) 50 Schleifer, 6 Graveure, 3 Maler in der Hütte, deren Ofen 10 Häfen für Hohlglas besaß. Nahezu alle Gewerbeausstellungen wurden bis

zum Ersten Weltkrieg hin regelmäßig beschickt. So errang man hohe Auszeichnungen 1867 in Paris, 1882 in Nürnberg, 1888 in München, 1896 wieder in Nürnberg, usw. 1882 wurden als Spezialität Gegenstände im altdeutschen und Renaissancestil zitiert, 1896 hieß es: „Gebrauchs- und Luxusgegenstände in Krystall- oder farbigem Glas, mit Schliff, Gravirung, Malerei, Zinngießerarbeiten. Alles in eigenen Werkstätten hergestellt." 1903 verwies man auf „alle Sorten besserer und feinst dekorierter Gebrauchs- und Luxusgläser."

Musterbücher der Hütte zu Anfang des 20. Jh. zeigen vor allem das große Engagement im Luxusglas, Schnupftabakgläser sind nicht aufgeführt. Glassorten sind wie folgt bezeichnet:

„I In der Masse geschmolzene Glasfarben
    A Antikgrün   = bräunliches Olivgrün
       Gelbgrün   = gelbliches, helles Grün
       Saftgrün   = gesättigtes, dunkles Grün
       Hellgrün od.
       Lichtgrün   = lebhaftes Grün
       Aquamarin   = lichtes Himmelblau

    B Hellgrün   = Grasgrün
       Dunkelgrün = smaragdfarbiges, leuchtendes Grün
       Moosgrün   = saftiges, gelbliches Olivgrün
       Goldgrün   = leuchtendes, helles Grün

    C Dunkelblau
       Alabaster

II Überfangfarben   pistache oder maigrün (pistaziengrün), rosa, aurora (gelblichrot), lila, dunkelgrün, dunkelblau, bernstein und topas."

Abb. 60:
Der Hüttenherr Franz Steigerwald, Gründer von Regenhütte und Theresienthal.

Abb. 59:
Rißvorlage für Glasmalerei aus Hütte Theresienthal, um 1900

Diese Angaben geben einen sehr guten Überblick über die umfangreichen Farbvarianten. Es ist bemerkenswert, wie viele Farben im Hafen (Gruppe I) geführt werden. Da das mit Uranoxid gefärbte Annagelb nicht namentlich aufgeführt ist, mit Sicherheit – der damaligen Mode entsprechend – aber hergestellt wurde, könnte es sich vielleicht um das angegebene Gelbgrün handen. Die in Gruppe II vermerkten Überfangfarben sind teils opak (pistaziengrün), teils transparent (Innenüberfang) gewesen.

Berühmt war die Hütte aber auch für ihre Glasmalerarbeit. Erhaltene Rißvorlagen aus der Zeit um 1903 zeigen dies sehr deutlich. Die feinen Motive liegen im Geschmack der Zeit: Jagdliche Szenen, Liedertafeln, Zunftzeichen, Florales, usw. Meist wurden diese Malereien auf Trinkgefäßen, wie z. B. Bierkrügen aufgebracht, von Form und Größe wären nur einige wenige für Schnupftabakgläser geeignet gewesen.

Abb. 61: Die Glashütte Theresienthal um 1850

Poschingerhütte in Oberfrauenau:

Der Ursprung der Hütte geht auf das 15. Jh. zurück, wo sie als Spiegelglashütte geführt wurde. Bereits 1685 kam sie in den Besitz der Familie Poschinger. 1835 beschreibt v. Rudhart, neben der Tafelglasfertigung in Althütte, die Hohlglasfertigung in Neuhütte wie folgt: „... Überhaupt geht das löbliche Streben des thätigen Fabrikanten mehr auf Veredlung, als auf erhöhte Produktion des Glases...", so daß diese Hütte neben Schachtenbach und Theresienthal als die damals bedeutendste altbayerische Hütte angesehen werden kann. 1840 wurden in Nürnberg 364 Stück Kristall- und gewöhnliches Glas, Pokale, Frucht- und Zuckerschalen, Schüsseln, Kannen, Becher, Fruchtkörbe, Salzbüchsen, Bouteillen, Kelchgläser, Flakons und noch einiges mehr gezeigt. Vier Jahre später stellte man in Berlin Chrysopras-, Saphir- und Alabaster-Blumenvasen mit Vergoldung aus, erwähnt werden noch 20 Flakons in verschiedenen Farben. „Nicht nur die geschmackvollen Farben machten einen angenehmen Eindruck auf den Besucher...", und so erhielt man hinter der Josephinenhütte und Theresienthal den dritten Preis.
Nur 11 Raffineure werden 1874 im Vergleich zur viel größeren Zahl in Theresienthal aufgeführt. Trotzdem hatte die Hütte große Bedeutung und unterhielt für Hohlglas 2 Öfen mit 18 Häfen.
Recht interessant liest sich dann der Ausstellungskatalog aus Nürnberg vom Jahr 1906, der besonders die Fertigung von Jugendstilglas herausstellt:

„Ziergefäße von irisierenden und opalisierenden, gelblichen, grünlichen, bläulichen und weißen Grundfarben in berückenden Formen sind da zur Schau gestellt. Trinkservice von origineller neuer Gestaltung nach Entwürfen von Richard Riemerschmid, von E. von Putz in München und anderen, Champagnerschalen mit grünem, schlank walzigem Stengel und grün und weißer Cuppa, dessen Rand ein ganz schmaler Goldstreif ziert, Zierplatte und Vase mit blauviolettem Schwertlilienmotiv geschmückt, Flasche und Gläser mit streng stilisiertem, eingeschliffenem Rankenornament, das vergoldet ist usw. usw...."

Poschingerhütte in Oberzwieselau:

v. Rudhart hebt 1835 hervor, daß diese Hütte sich vor allem auf die Produktion mittlerer Glasqualitäten spezialisierte. Das Kristallglas soll die Qualität der Nachbarhütten nicht erreicht haben. An Farbglas führte man Gelb und Blau, seltener Grün. Insgesamt waren 8 Glasschleifer und -schneider beschäftigt. Malvorlagen um 1900 belegen sorgfältige Ausführung (Lit 35) mit Jugendstileinschlag. 1906 wurden auf einem gemeinsamen Stand mit den Poschingerhütten in Oberfrauenau und Buchenau auf der Industrieausstellung in Nürnberg sehr schöne Jugendstilgläser gezeigt.

Spiegelau:

Der Ursprung dieser Hütte läßt sich bis 1521 zurückverfolgen, wobei damals allerdings nur Spiegelglas gefertigt wurde. Als Klingenbrunner Neuhütte kam sie nach mehreren Standortwechseln 1834 in den Besitz von Anton Hellmeier und zurück nach Spiegelau. 1842 wurde sie vom Zwieseler Bierbrauer Anton Stangl aus dem Konkurs Hellmeiers übernommen und 1863 an seinen Sohn Ludwig vererbt. Von da an nahm die Hütte einen beträchtlichen Aufschwung. 1874 wurden mit 24 Arbeitern, 8 Schleifern und 2 Vergoldern nur ordinäres und grünes Hohlglas erzeugt (Lit 23), 1882 wies der Katalog der Nürnberger Ausstellung bereits 80 Arbeiter aus. 1896 in Nürnberg ist zitiert: „Service, Pokale, Becher, Tabakgläser, Spiegelkugeln und Apothekeneinrichtungsgläser, volksthümliche Gläser". Ein guter Hinweis darauf, wie geschickt Stangl die Marktnischen zu nutzen verstand, die die anderen Hütten offen ließen.

Josephinenhütte in Schreibershau (Schlesien):

Die Gräflich-Schaffgothsch'sche Hütte soll deshalb hier Erwähnung finden, weil sie eine der wichtigsten Glasmachertechniken, nämlich die Fadentechnik neu belebte, die in der venezianischen Glaskunst bereits zu höchster Blüte gekommen war und bei den Schnupftabakgläsern um die Jahrhundertwende bis heute eine ganz besonders wichtige Rolle spielen sollte. Die Josephinenhütte errang 1844 unangefochten zusammen mit der Gräflich-Harrach'schen Glasfabrik in Böhmen die Goldmedaille auf der Industrieausstellung in Berlin. Im Ausstellungsbericht steht zu lesen:

„Noch nirgends, selbst in England nicht, werden gefärbte Gläser in der Schönheit dargestellt, wie sie Böhmen, Schlesien und Baiern liefert und wovon die Gräflich Harrach'sche Fabrik in Neuwelt in Böhmen, die Gräflich Schaffgotschische zu Schreibershau in Schlesien und die Baier'sche Hütte in Theresienthal durch ihre ausgestellten Gläser ein sprechendes Zeugniß abgeben ...
Erzeugnisse (der Josephinenhütte) sind fast alle Hohlglassorten ... alle Farbgläser, als Rosa, Rubin, Blau, Grünüberfang, Alabaster, Türkis, Chrysopras usw. ... Ferner alle Arten der venezianischen Gläser, als: Millefiori, Petinet, reticuliertes und Streifen- oder Fadenglas ... Ebenso wird das reticulierte oder Netzglas, dessen Wiederauffinden der Inspector dieser Hütte, Fr. Pohl (vgl. Lit 14), ein theoretisch wie praktisch gleich tüchtig ausgebildeter Techniker ist, nur auf dieser Hütte ... hergestellt ... Durch Einsendung von zwei großen Vasen von geschmackvoller Form aus Alabasterglas, welches ohne Zusatz von Zinnoxyd oder Beinasche nur durch den verschiedenen Aggregatzustand der Glastheile das Alabasterartige erhält, ... einer großen Etagère von Rubinüberfang mit reicher Vergoldung, ... einer Fruchtschale von Mattrosa, sog. Jubilateglas, ... zwei Sturzflaschen mit Gläsern von roth- und weißgestreiftem Fadenglase, einem reticulierten Pokal mit Deckel, ... 2 Millefiori-Flacons ... hat die Fabrik gezeigt, daß sie alle Glassorten erzeugt, welche Böhmen liefert, und alle Raffinirprozesse des Kugelns, Schleifens, Schneidens usw. in derselben Vollkommenheit ausführt ..."

Die Schnupftabakgläser in der ersten Hälfte des 19. Jh.

Die vorstehenden Berichte über einige wichtige Glashütten geben sehr deutlich Aufschluß über wesentliche Neuerungen der Glastechnologie und Wiederbelebungen früherer Glastechniken. So wurde ab 1831 die Goldrubin-, ab 1835 die dem Goldrubin verwandte Rosafärbung, ab etwa 1840 die durch Uranoxid verursachte gelblich-grüne Fluoreszenzfärbung (annagelb) in die Produktion aufgenommen. Die Technik der Überfanggläser sollte neben der Erzielung neuer Effekte auch teure Glassorten sparen helfen. So entstand der weiße Zinnemailüberfang als Ersatz des Milchglases. Das rosafarbene Glas wurde häufig in Innenüberfangtechnik ausgeführt oder zusätzlich mit Zinnemail überfangen. Ab etwa 1840 entstand das Trübglas, das Steincharakter vermitteln sollte (Alabaster und Chrysopras), und das, wenn es durch Kohlensäureüberschuß hergestellt wurde, sehr anfällig für die Glaskrankheit ist. Auf die bedeutsame Renaissance des Fadenglases, ausgehend von der schlesischen Josephinenhütte, wurde ja bereits weiter oben hingewiesen. Doch nun zu den Schnupftabakgläsern, deren Belege zu dieser Zeit noch recht spärlich ausfallen:
Aus den Steigerwaldhütten Schachtenbach, vermutlich aber eher Regenhütte sind uns Schnupftabakgläser erhalten, die aufgrund verschiedener Merkmale der Kunstgläser diesen Hütten eindeutig zuzuordnen sind (Taf. 10, 12, 83, 84). Berühmt waren diese Hütten vor allem für ihre pastellfarbenen und hellgrauen Trübgläser. Sie beschäftigen auch zahlreiche Glasschleifer und Glasmaler. Belege über eine Fertigung von Schnupftabakgläsern aus Bayerwaldhütten sind allerdings erst aus der zweiten Hälfte des 19. Jh. urkundlich erhalten, bis auf einen Hinweis auf die Hütte in Spiegelau, die bereits um 1840 „Tabakgläser" in großen Mengen hergestellt haben muß, wie aus einer Zuweisung aus der Konkursmasse 1842 hervorgeht (Lit 14).

Neben den erhaltenen Gläsern aus den Steigerwaldhütten, die allerdings doch eher der Mitte des 19. Jh. zuzurechnen sind, finden wir für die Zeit von 1800–1850 nur spärliche unmittelbare Belegstücke, die aber schon eindeutig auf verschiedene Glasmacher- und Veredelungstechniken hinweisen und auch die typische Gestalt der bayerischen Schnupftabakgläser recht gut aufzeigen. Im Zwieseler Waldmuseum ist ein Schnupftabakglas erhalten, das 1821 datiert ist (B&T Taf. 104), dazu Abb. 54. Der Schnitt ist bis auf die gutausgeführte Kalligrafie äußerst einfach und entspricht den Exemplaren aus dem 18. Jh. Das Schliffbild hingegen zeigt sich schon ganz typisch: Achteckiger Kragen und Spiegelschliff, hier ausgeführt als Doppelspiegel. Die flache Form mit dem geraden Kragen ist in allen Proportionen typisch für die Schnupftabakgläser des ganzen 19. Jh. Die dunkelgrüne, fast schwarze Farbe stellt dagegen ein häufiges Merkmal früher Gläser dar. Ganz ähnlich ist das Glas nach Tafel 56, das ein noch reicheres Schliffbild zeigt, bei dem allerdings ein beschädigter Kragen vom Zinngießer repariert wurde. Das dunkle Grün entspricht dem vorher erwähnten Glas. Zufällig dieselbe Farbe weist das bemalte Glas auf Tafel 74 auf, das vermutlich aus einer Steigerwaldhütte stammt und Generationen von mit Zunftzeichen bemalter Gläser vorwegnimmt. Auch hier tritt bereits der Spiegelschliff auf, sogar schon mit dem klassisch strengen Flächenschliff der Seiten. Der rückseitige Spiegel ist mit abwechselnd kleinen und größeren Glasperlen aus rosa Goldrubin besetzt. Alle Schliffkanten sind, wie dies bis ins 20. Jh. hinein üblich war, mit Gold nachgezogen gewesen, das z. T. noch erhalten ist. Das Zunftzeichen ist in feinster Arbeit ausgeführt und trägt eine Kartusche, eine Verzierungsart, die später allerdings kaum mehr aufzufinden ist. Die umfassende Vergoldung der Schliffkanten findet sich auch auf weiteren Gläsern der Steigerwaldhütten (B&T Taf. 80, hier Taf. 83).

Die übereinstimmende dunkelgrüne Farbe der drei hier zitierten Gläser ist zufällig. Genauso verbreitet war z. B. Dunkelblau, und ab etwa 1840 fanden sich das fluoreszierende Annagelb und Annagrün auch im Bayerischen Wald recht häufig. Malerei, Vergoldung, Walzen- und „Krystallschliff", sowie Ätzungen, Schnittarbeiten und perloptische Glasmachertechnik weisen uns die Ausstellungsstücke des Zwieseler Glasschleifers Johann Gaschler aus, die dieser zur Gewerbeausstellung 1852 nach Landshut brachte. Er zeigte

5	weiße	Tabackgläser,	Walzenschnitt à 48 kr.
5	"	"	Krystallschnitt à 48 kr.
6	annagelbe "		Bouquet und Vergoldung à 1 fl. 24 kr.
7	Rubin-	"	Krystallschliff à 1 fl.
7	annagelbe "		" à 1 fl.
6	Tabackgläser mit geätzten Schilden und		geschnitten à 21 kr.

Rubinätzung (innen) in Kombination mit der perloptischen Glasmachertechnik zeigt das Glas auf Taf. 92 in B&T, das wie all die vorher erwähnten Schnupftabakgläser ein recht gutes Bild der schon sehr vielseitigen Exemplare aus der ersten Hälfte des 19. Jh. gibt. Rubinätzung (außen) finden wir auch auf dem frühen, hohlwendeloptischen Glas auf Taf. 47, das neben dem Glasperlenbesatz auch noch eine gemalte Kartusche trägt.

Verkauf von Schnupftabakgläsern im 19. Jh., das Glasergeschäft Polzinger und Hetzenecker in Viechtach

Ein sog. „Verlassenschaftsinventar", eine eidliche Schätzung sämtlicher Besitztümer nach dem Dahinscheiden des Inhabers, aus dem Jahr 1793 ist der früheste, noch erhaltene Hinweis auf ein Glasergeschäft in Viechtach, das bis ins 20. Jh. hinein existierte. Die Auflistung des gesamten Hausrates des aus Eferding in Oberösterreich stammenden Glasermeisters Gottfried Polzinger ist so interessant, daß ein Auszug des Inventars hier wiedergegeben werden soll. Die Gegenstände aus dem Laden wurden folgendermaßen geschätzt:

2	gläserne Latern	zu 3 kr
4	große und	1 fl 40 kr
5	kleine Latern	30 kr
1	messinges 5 Pfd. Gewicht	1 fl 6 kr
2	ganze und	
1	halbes unbeschlagenes Meßglas	12 kr
7	Tabak Glaßl	14 kr
6	Dinten Glaßl	12 kr
2	Pfd Flachs	40 kr
	verschiedenes Fenster Blei	1 fl 45 kr
1000	Fenster Scheiben	14 fl

Es scheint nicht unwichtig, festzustellen, daß in einem Glasergeschäft des ausgehenden 18. Jhs. zu den Dingen des täglichen Gebrauches, wie Laternen, Tintengläsern und Fensterscheiben auch Schnupftabakgläser gehörten. Der Schätzpreis von 2 Kreuzern pro Stück läßt aber nur die allereinfachste Ausführung gelten. Ein durch Schliff und Schnitt veredeltes Stück, wie auf Taf. 60 war bei den hinterlassenen Exemplaren Polzingers nicht enthalten. Doch nun zu den weiteren urkundlichen Belegen:
Von der Buchführung aus dem von Gottfried Polzingers Nachfahren weitergeführten Glasergeschäft in Viechtach ist ein Fragment eines Einschreibebuches über die Jahre 1853–1865 erhalten. Darin wird vermerkt, daß neben der Glaserei auch ein Hohlglasverkauf betrieben wurde. Das für Fenster und Spiegel benötigte Tafelglas, wie auch das Hohlglas, wurden in dieser Zeit aus der Glashütte Michael von Poschinger (der 1861 vom Hüttenherrn Steigerwald die Hütte Theresienthal kaufte) bezo-

gen. Zum Einkauf von Schleifglas, wie z. B. die beliebten „Blescherl" (Halbliterkrüge) und die ähnlich verbreiteten „Tobackgläser", standen folgende Schleifen als Lieferanten zur Verfügung:

    Ludwig Schiedermeier in Zwiesel,
    Nikolaus Klein in Zwiesel (bzw. Hochbruck),
    Stadtler in Zwiesel,
    Adam Brunner in Zwiesel.

Genauere Eintragungen aus den Unterlagen Polzingers, die Schnupftabakgläser betreffen, sind in tabellarischer Form im Anhang aufgelistet. Es wird dabei belegt, daß von einer Glashütte Poschinger, Oberfrauenau, bereits im Jahr 1855 – vermutlich ungeschliffene – Tabakgläser „im Schock" vertrieben wurden. Bei der Bezeichnung „Schock" handelt es sich um das bei den Glasmachern je nach Schwierigkeitsgrad unterschiedliche Mengenmaß. Ein Eintrag aus einem Lohnbuch aus der Spiegelhütte aus dem Jahr 1900 legt fest, daß ein Schock einfacher Schnupftabakgläser 40 Stück entsprochen hat (Lit 14). Geschliffene Tabakgläser wurden aus den Schleifen in und um Zwiesel bezogen, von denen z. B. der Name Schiedermeier als Georg Schiedermeier in Zwiesel bereits bei der Gewerbeausstellung 1835 in München Erwähnung fand. Ein Josef Schiedermeier in Außenried bei Zwiesel hat noch Anfang des 20. Jh. für die Glasmalerwerkstatt Ulbrich Schnupftabakgläser geschliffen. Ein nicht näher bezeichneter Eintrag vom 12. März 1856 belegt im Geschäftsbuch Polzinger einen Preis von 7 Kreuzer für ein Tabakglas. Da alle anderen kalkulierbaren Einträge für geschliffene Tabakgläser einen Stückpreis um 24 bis 33 Kreuzer ergeben, wird es sich hierbei wohl um unveredelte Ware gehandelt haben. Praktisch von Anfang an wurden aber auch „Tabakstoppeln", also Verschlüsse gehandelt, die beim Schwager zu 36 Kreuzer das Dutzend bezogen wurden. Ähnliches war sicher auch mit den „Messingringeln" aus Passau gemeint, die später erwähnt sind. Alles in allem kann man auf dem Gebiet der Schnupftabakgläser aus dieser frühen Zeit bei Polzinger einen umfangreichen Handel und mithin auch hohen Gebrauch feststellen.

Die wesentlichsten Belege finden sich aber in den Unterlagen des Glasermeisters Josef Hetzenecker. Zwei teils mehr, teils weniger säuberlich geführte Geschäftsbücher aus den Jahren 1867–1906, deren handschriftliche Eintragungen in deutscher Schrift oft schon recht vergilbt sind, wurden durch glückliche Umstände bei einer Nachlaßauflösung von einer weitsichtigen Sammlerin vor der drohenden Vernichtung gerade noch rechtzeitig gerettet. Auf mehreren Hundert abgegriffener Seiten offenbart sich dem Interessierten in verblüffendem Detail Freud und Leid einer Handwerkersfamilie, Streben und Schaffen eines Gewerbebetriebes im 19. Jh.

Josef Hetzenecker, der am 22. Juli 1843 in Deggendorf geboren wurde, heiratete am 22. Mai 1867 als Glaser- und Zinngießermeister in das etablierte Glasergeschäft Polzinger in Viechtach ein. Übers Jahr wurde der erste Sohn geboren, der aber nur eine Stunde alt wurde. Bis 1885, also fast jedes Jahr, gebar ihm seine brave Frau insgesamt 13 Kinder, von denen allerdings sieben, häufig bereits kurz nach der Geburt, gestorben sind. Einige Eintragungen des Geschäftsbuches, das manchmal fast auch den Charakter eines Tagebuches trägt, sind in einer einfachen Geheimschrift abgefaßt. Wir erfahren, daß Hetzenecker ein uneheliches Kind gehabt hat, für das ab 1871 zweimal jährlich je 9 Gulden „Alimentation" verbucht wurden. Treuherzig wird auch über einen der Söhne vermerkt, daß er „im Rathausladen gemacht und im neuen Haus geboren" wurde. Finanziell stand sich das Geschäft nicht schlecht. Wiesengrund, der zum Anwesen gehörte, ließ man mähen, Kühe und Schweine wurden gekauft, Drescherlohn für Getreideanbau wurde bezahlt, eine Magd erhielt 26 Gulden Jahreslohn.

Die Kinder wurden, wie die Kaufvermerke nachweisen, ordentlich gekleidet. Bereits im Jahr 1872 legte Hetzenecker beim Bankhaus Merk in München 500 Gulden in Pfandbriefen zum Kurs von 96 für 100 und einer Verzinsung von 4% an. Etwa Ende 1875 wurde das neue Haus bezogen. Es folgten lange Jahre reger geschäftlicher Tätigkeit. Der letzte Eintrag im Geschäftsbuch vom 13. 6. 1906 berichtet von einer Pfingstreise auf der Donau nach

Abb. 62

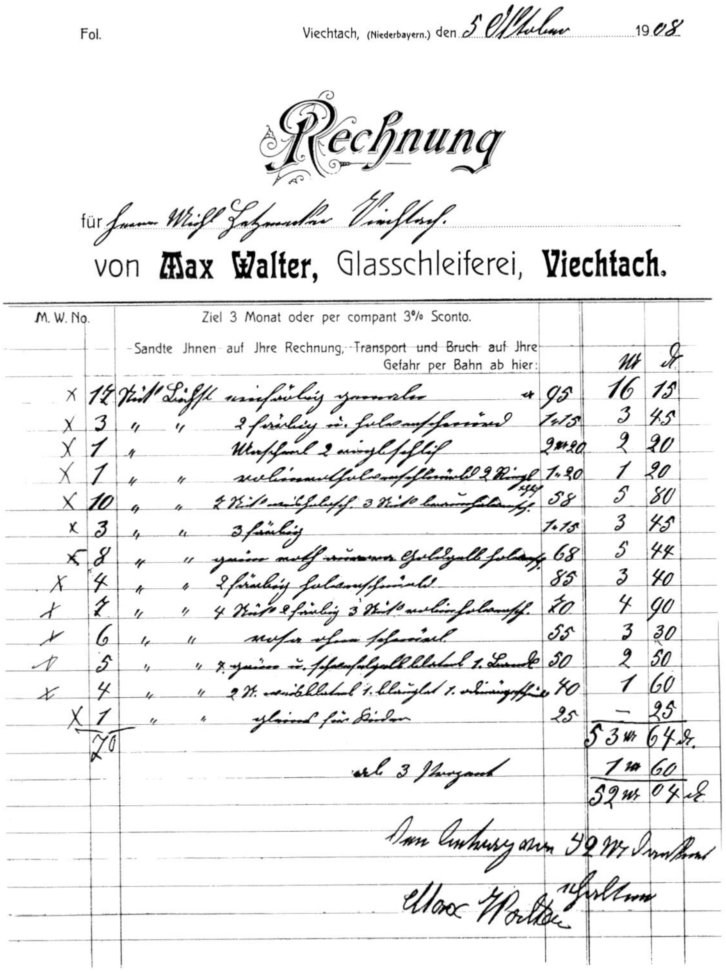

Fol. Viechtach, (Niederbayern.) den 5 Oktober 1908

Rechnung

für

von **Max Walter**, Glasschleiferei, **Viechtach.**

M. W. No. Ziel 3 Monat oder per compant 3% Sconto.

Sandte Jhnen auf Jhre Rechnung, Transport und Bruch auf Jhre Gefahr per Bahn ab hier:

		M	Pf
14	95	16	15
3	1.15	3	45
1	2.20	2	20
1	1.20	1	20
10	58	5	80
3	1.15	3	45
8	68	5	44
4	85	3	40
7	70	4	90
6	55	3	30
5	50	2	50
4	40	1	60
1	25	–	25
70		53 M	64 Pf
		1 M	60
		52 M	04 Pf

Abb. 63

Wien; Hetzenecker war mittlerweile schon über 60 Jahre geworden. 1907 ist er gestorben.
Bezüglich der Geschäftstätigkeit gibt uns eine gedruckte Rechnung aus dem Jahr 1891 genauen Aufschluß. Die Firma Hetzenecker unterhielt neben der Glaserei auch ein

„Lager von allen Gattungen ordinär und geschliffenen Hohlgläsern, Spiegeln, Tafelglas, Porzellan, Steingut, Patent- und Crystalluhrgläser, Lampen und Lampentheile, etc."

In Weiterem wird sogar hingewiesen auf ein

„Bestsortiertes Lager von beschlagenen Gläsern und Krügen, Tischbestecke, Café- und Eßlöffel, Coblenzer Steinkrüge und Flaschen, geschweifte Gardinenstangen, Gold- und Politurleisten, etc."

In den Einkaufsbelegen finden sich weitere Beispiele seines Handelsgutes, wie Schusser, Nachttöpfe, Tintenzeug aus Porzellan, kristallene Zigarrenhalter, feinvergoldete Salzbüchsl, Likörgläser (für Pfarrhof), Arme Seelen Taferl, Kindstutten (Kindsludln), etc. Der tüchtige Glasermeister, der neben Schulfenstern auch die der heimatlichen Kirchen einglaste, führte also nebenher noch einen umfangreichen Verkauf von Waren verschiedenster Art, der ihn in Kontakt zu zahlreichen Hohl- und Tafelglashütten und den meisten im Zwieseler Raum ansässigen Glasveredlern seiner Zeit brachte. Was den Verkauf von Volkskunstartikeln betrifft, sei auf die eingehenden Erhebungen von Dr. Haller (Lit 42) verwiesen. Zahlreiche Daten sind in den im Anhang befindlichen Tabellen aufgeführt, so daß hier nur auf die wichtigsten Eintragungen Bezug genommen werden soll.
Hohl- und Tafelglas wurde zunächst von Georg Benedikt v. Poschinger in Oberfrauenau eingekauft, hierbei sind auch Tabakgläser erwähnt, Tafelglas dann aber auch von den Hütten Nepomuk v. Poschinger bei Arnbruck und Anton Müller in Zwiesel. Später folgen Namen wie J. Vogel's Sohn, vorm. Wander in Meistersdorf bei Böhmisch

Kamnitz, F. H. Nachtmann in Waldmünchen (Glaskrüge), Ferdinand v. Poschinger in Spiegelhütte bei Ludwigsthal (Hohlglas) und Joseph Pauli in Ludwigsthal (Tafelglas). Ab Mitte der achtziger Jahre kam Hohlglas dann hauptsächlich aus der sehr leistungsfähigen Hütte Ludwig Stangls aus Spiegelau. Um 1900 wird noch ein Georg Roscher in Riedlhütte erwähnt. Zu den bei Polzinger genannten Namen von Glasveredlern gesellen sich noch folgende hinzu:

ab 1871 Walter aus Viechtach (Glasschleifer, ab 1893 bis 1904 ausschließlicher Lieferant von Schnupftabakgläsern, oft auch nur Durchführung von Schleifarbeiten)
1872 Kapfhammer in Zwiesel (Schleifer, evtl. nur für Uhrengläser)
ab 1873 Johann Gaschler in Zwiesel (Schleifer, bis 1892 häufig erwähnt)
ab 1875 Franz Görtler in Zwiesel (Glasmaler)
1882 Rosenlehner in Deggendorf (Glasschleifer, nur einmal erwähnt)
1886 Joseph Ertl in Bodenmais (Schleifer, nur einmal erwähnt)

Bereits ab 1856 wurden „Tabacksstopseln" bezogen, 1859 wird in diesem Zusammenhang der Name Lichtbülder (?) erwähnt, 1860 und 1862 erfolgen Lieferungen von Gottlieb, Lederer in Cham. Der Bezug von „messingenen Tabacksstopseln zu 3 Kreuzer/Stück", ohne weitere Angabe, ist 1889 erwähnt. Mit „gefärbten Tabackstopseln", 1872, werden wohl Kälberschweife gemeint sein. Ab 1881 taucht die Bezeichnung „Ringlstopsel" auf, oft mit dem Farbzusatz „weiß" (?) und „gelb". Genauer wird kurz darauf erläutert „mit 1 großen Ringl". 1882 heißt es: „Paul Niederbruckner, Färbergesell bei Dullinger in Dingolfing, für 16 Dzd. färbige Schweifchen zu Tabackstopsel 8 Mark". 1884 wird genau ausgeführt:

„6 Dtzd Messing Ringlstopsl mit 1 großen gerillten Ring von Isidor Girgl, Gürtler in Neukirchen bei Hl. Bluth, kauft à Dtzd 1.30, ditto 2 Dtzd gewöhnliche (!) mit zwei Ringerl à Dtzd 90 Pfg"

1885 lesen wir „Messingtabacksstöpsel mit 2 großen weißen Ringel" und gegen Ende des Jahrhunderts werden die „Ringelstopsel" dann nur noch von einem Reisenden Sellner aus Straubing bezogen, wobei der Preis/Dtzd je nach Ausführung auf 50 bis 70 Pfg sinkt.
Bei den zum Verkauf bezogenen Schnupftabakgläsern werden folgende Techniken erwähnt:

1874 Glasschleifer Walter für 4 hohlverschnürlte Tabacksgläser zahlt zu 10 Kr

1877 Hr. G. B. v. Poschinger in Frauenau für die 100 grünen Perltabacksgläser bar übersandt 33 M 30 Pfg
1879 Franz Görtler in Zwiesel für bemalte farbig geschliffene T. gl. übersandt 28 M
1882 F. Görtler in Zwiesel für 12 Dreifärbige vergoldete mit Perl besetzte Tabacksgläser 26 M
1883 von Schleifer Walter 6 weiß hohlgeschnürlte à 60 Pfg, 2 grün und 2 rot hohlgeschnürlte à 70 Pfg, 6 weiße à 40 und 4 grüne Perl à 50 Pfg, 3 zweifärbige à 70 und 2 dreifärbige à 1M 15 Pfg Tabacksglasl
1897 von Glasschleifer Walter 2 dreifärbig bemalte Tabackgläser mit Perl à 2M (Es handelt sich hier um Doppelüberfanggläser mit Emailbemalung und Paterlbesatz, die von W. wahrscheinlich aber in Zwiesel bezogen wurden. Höchster Preis für von H. bezogene Schnupftabakgläser!)

Leider sind nur im Einkaufsteil des Einschreibebuches umfangreiche Belege über Schnupftabakgläser enthalten, der Rechnungsteil liefert uns recht wenig, da hier wohl der Barverkauf überwogen hat:

27. April 1869 Wirth von Kollnberg 1 Tgl zu 9 Kr
29. Dez. 1869 Laumer 1 weiß geschliffenes Tgl mit Stöpsel zu 21 Kr
23. März 1869 Pfarrhof Viechtach 1 dreifärbiges blaues Tgl zu 1 Gulden 12 Kr
28. Juni 1871 Alten Post 1 weißvergoldetes Email Tgl m. Stopsel zu 1 Gulden 33 Kr
17. Juli 1872 Schirlitz 1 Tgl mit Stopsel 30 Kr

Interessanterweise trat, wie bereits vermerkt wurde, ab 1892 nur noch der Glasschleifer Walter in Viechtach als Lieferant für Schnupftabakgläser auf. Vielleicht wollte sich Hetzenecker die Fahrt nach Zwiesel sparen, oder es erschien ihm einfach der Bezug bei Walter, der die Rohlinge ja auch selbst schliff, am günstigsten. Ab 1904 findet sich dann seltsamerweise bis zum letzten Eintrag 1906 ganz plötzlich kein einziger Hinweis auf Schnupftabakgläser oder Stöpsel mehr. Eine Erklärung dafür könnte wohl nur im Hinblick auf eine starke ortsansässige Konkurrenz gefunden werden. Eher käme aber die Betreuung von Einkäufen, vielleicht auch eine Geschäftsübergabe an den Sohn Michael in Betracht, da Rechnungsbelege von Lieferanten ab etwa 1902 auf den Namen Michael Hetzenecker lauten. Es handelt sich hierbei um das 10. Kind von Josef Hetzenecker, geboren am 11. 9. 1879. Folgende Lieferantenrechnungen sind hier von Interesse:

1902 Fa. Goldschmidt in 3 Dtzd. steinerne
Neumarkt, Oberpfalz Tabackfläschl klein,

Abb. 64

1907 "	2 Dtzd. dto. ⅛ l, zu je 0,85 das Dtzd.	
	5 Dtzd. Holzstöpsel zu Tabackfläschl, 0,60 das Dtzd.	
1908 Glaschleifer Walter	70 Stück Büchsl, zu 53 M 64 Pfg	
1908 Fa. Merkelbach & Remy in Grenzhausen b. Koblenz	108 St. blaue, 108 St. weiße Tabacksflascherl zu 9 bzw. 8 Pfg/St (Steingut!)	
1908 Fa. Stufler & Sellner, Straubing	je 4 Dtzd. Tabackstopsel mit großen bzw. kleinen Ringen, à Dtzd. 0,75 bzw. 0,70 M	
1909 Gebr. Goldschmidt, Nürnberg	4 St. Tabackbüchserl aus Zinn à 1.55 M	
1909 Kristallglasfabrik Ludwig Stangl, Spiegelau	33 Tabakgläser verschnürlt 27 " färbig sortiert à 8 Pfg 20 " weiß à 6,5 Pfg	

Interessant sind hier die unterschiedlichen Bezeichnungen für Schnupftabakgläser, der Bezug von Steingut- und Zinnflaschen. Fest steht damit auch, daß vom Schleifer Walter bis mindestens 1908 bezogen wurde. Auch tritt die Hütte in Spiegelau nun als Bezugsquelle auf, die vermutlich seit Ende des 19. Jh. Schnupftabakgläser in riesigen Mengen herstellte. Da die Geschäftsverbindung seit 1887 bestand, ist durchaus anzunehmen, daß bereits früher schon Schnupftabakgläser von Ludwig Stangl bezogen wurden, obwohl ein direkter Hinweis in den Geschäftsbüchern nicht enthalten ist.

Der durch Nachnahme und Versand belegte Verkauf von Schnupftabakgläsern bei der Malerwerkstatt Ulbrich in Zwiesel (Lit 14) ergibt für die Zeiträume 1893 bis 1904 einen Umfang von etwa 3000 Stück, der sich unter Berücksichtigung des direkten Ladenverkaufes vermutlich verdoppelt. Daraus errechnet sich dort ein durchschnittlicher Jahresabsatz von ca. 500 Stück. Hetzenecker belegt uns im Gegensatz dazu seine Bezugsmenge, d. h. seine Eintragungen dürften ziemlich exakt den tatsächlichen Verkaufszahlen entsprechen. Allerdings sind zumindest bis etwa 1874 die Einträge von Jahr zu Jahr unerklärlich sprunghaft, so daß, wenn man von einem regelmäßigen und nicht durch Liefermöglichkeiten schwankenden (was ja auch denkbar wäre!) Bezug ausgeht, der Bedarf von Verschlüssen in die Überlegungen einbezogen werden muß, um den vermuteten Verkauf zu nivellieren. Ungefähr läßt sich unter dieser Voraussetzung abschätzen, daß von 1854 bis 1874 ca. 50–100 Gläser/Jahr und von 1874 bis 1904 etwa 100–200 Gläser/Jahr verkauft wurden. Diese Werte dürften im Vergleich zu den Verkäufen der Werkstatt Ulbrich in Zwiesel ungefähr stimmen, da Zwiesel als Drehscheibe zwischen verschiedenen Glashütten und Sitz zahlreicher Veredelungsbetriebe für diese Artikel einen größeren Kundenkreis anzog und damit auch mehr Absatzmöglichkeiten hatte.

Das Geschäft Hetzenecker in Viechtach wurde von Nachkommen weitergeführt bis in die 50er Jahre dieses Jh. und dann aufgegeben.

Die Hüttenfertigung von Schnupftabakgläsern im 19. Jh.:

Wie in einem der vorigen Kapitel dargestellt, konnten sich die bayerischen Glashütten im 19. Jh. im internationalen Vergleich gut behaupten und kamen auf Ausstellungen oft zu hohen Ehren. Die Glasproduktion und der Glashandel waren gut organisiert, neben der Herstellung von Tafelglas und anspruchsvollem Hohlglas lag das Hauptgewicht aber natürlich beim Gebrauchsglas, darunter die Weinkelche, Bierseidel und nicht zuletzt die Schnupftabakgläser.

Die Fülle von archivalischen Belegen über eine hüttenmäßige Fertigung, d. h. industrielle Herstellung und Vertrieb durch die Glashütte, widerlegt eindeutig die Theorie, daß Schnupftabakgläser von den Glasmachern lediglich nur zu eigenem Bedarf und Gewinn in den Arbeitspausen angefertigt wurden. Das war erst seit dem Ersten Weltkrieg der Fall, als sich die Verbreitung von Schnupftabak und damit auch seiner Behältnisse stark abnahm. Vielleicht bestand dieser Brauch in einigen Hütten auch schon im

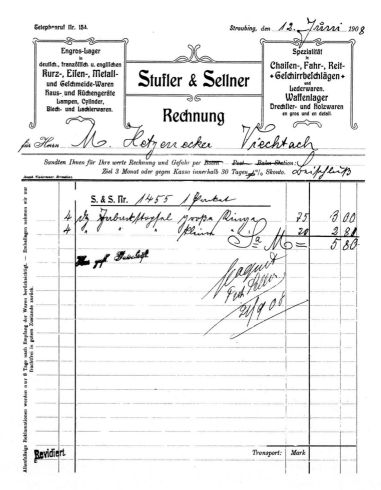

Abb. 65

19. Jh., früher dürfte er auf Grund der strengen Arbeitsordnung wohl kaum möglich gewesen sein. Auf alle Fälle wäre eine derartige „Privatproduktion" gegenüber der dominierenden Hüttenfertigung eher in den Hintergrund getreten. Nun ein kurzer Überblick über das Geschehen in einigen Bayerwaldhütten:

Poschingerhütte in Oberfrauenau:
1855 bereits, als die Hütte unter Michael v. Poschinger stand, erfolgte eine Lieferung von Schnupftabakgläsern an das Glasergeschäft in Viechtach, ein weiterer Lieferhinweis stammt aus dem Jahr 1877.

Poschingerhütte in Oberzwieselau:
Hinweise auf die Fertigung von Schnupftabakgläsern in Oberzwieselau geben die Skizzen des Glasmachers Graßl um 1890 (Lit 14), die einige Techniken sehr deutlich illustrieren.

Spiegelau:
Eine urkundliche Erwähnung der hüttenmäßigen Fertigung von Schnupftabakgläsern um 1840 in der damals Anton Hellmeier gehörenden Hütte ist in B&T dargelegt. 1887 hat Hetzenecker Hohlglas von Stangl bezogen. Bei seinem hohen Bedarf an Schnupftabakgläsern wird auch manches derartige Stück dabei gewesen sein. Eine Preisliste von 1900 (Lit 14) belegt zahllose Farb- und Formvarianten bei Schnupftabakgläsern; noch 1909, also ein Jahr nachdem die Hütte bereits auf Max Rosenberger übergegangen war, wurden Schnupftabakgläser an Hetzenekker geliefert, auch die Glasmalerwerkstatt Ulbrich in Zwiesel bezog einen Großteil ihres Rohglases aus Spiegelau.
Sehr informativ ist in diesem Zusammenhang ein Dokument der Fa. Gebr. Bernard, Schnupftabakfabrik in Regensburg. Es handelt sich um eine Rücksendung von Schnupftabakgläsern an den Hersteller, die Hütte Ludwig

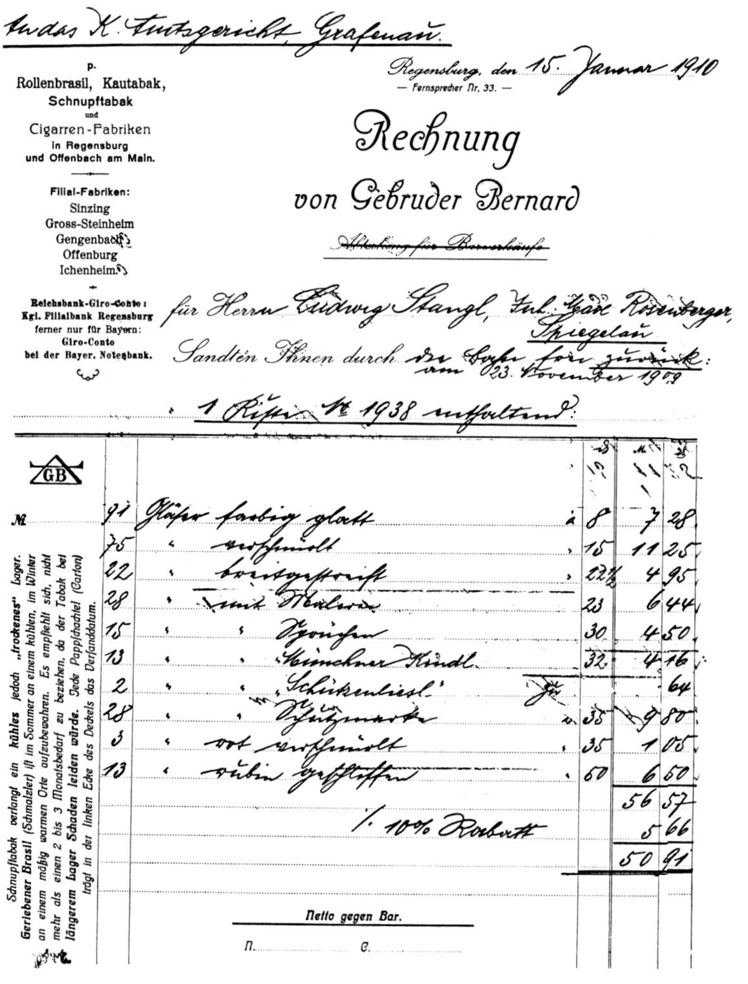
An das K. Amtsgericht Grafenau.

p.
Rollenbrasil, Kautabak,
Schnupftabak
und
Cigarren-Fabriken
in Regensburg
und Offenbach am Main.

Filial-Fabriken:
Sinzing
Gross-Steinheim
Gengenbach
Offenburg
Ichenheim

Reichsbank-Giro-Conto:
Kgl. Filialbank Regensburg
ferner nur für Bayern:
Giro-Conto
bei der Bayer. Notenbank.

Regensburg, den 15. Januar 1910
— Fernsprecher Nr. 33. —

Rechnung
von Gebruder Bernard

für Herrn Ludwig Stangl, Inh. Max Rosenberger, Spiegelau
Sandten Ihnen durch ... am 23. November 1909:
1 Kiste No 1938 enthaltend:

91	Gläser farbig glatt	à 8	7	28
75	" geschmolzt	15	11	25
22	" breitgestreift	22½	4	95
28	" mit Malerei	23	6	44
15	" " Jäger	30	4	50
13	" " Münchner Kindl	32	4	16
2	" " „Schützenliesl"			64
28	" " Schützenmarke	35	9	80
3	" rot geschmolzt	35	1	05
13	" rubin geschliffen	50	6	50
			56	57
	./. 10% Rabatt		5	66
			50	91

Netto gegen Bar.

Schnupftabak verlangt ein kühles jedoch „trockenes" Lager. Geriebener Brasil (Schmalzler) ist im Sommer an einem kühlen, im Winter an einem mäßig warmen Orte aufzubewahren. Es empfiehlt sich, nicht mehr als einen 2 bis 3 Monatsbedarf zu beziehen, da der Tabak bei längerem Lager Schaden leiden würde. Jede Pappschachtel (Carton) trägt in der linken Ecke des Deckels das Versanddatum.

Abb. 66

Stangl in Spiegelau. Die Rechnung ist ausgestellt an den Nachfolger Stangls, Max Rosenberger, und gerichtet an das Königl. Amtsgericht Grafenau, steht demnach vermutlich mit dem Konkurs Stangls in Verbindung. Aufgeführt sind:

91 Gläser	farbig glatt	à 8 Pfg	7,28 Mark
75 "	verschnürlt	15 "	11,25 "
22 "	breitgestreift	22½ "	4,95 "
28 "	mit Malerei	23 "	6,44 "
15 "	" Sprüchen	30 "	4,50 "
13 "	" „Münchner Kindl"	32 "	4,16 "
2 "	" „Schützenliesl"	zu	0,64 "
28 "	" Schutzmarke	á 35 "	9,80 "
3 "	rot verschnürlt	35 "	1,05 "
13 "	rubin geschliffen	50 "	6,50
			56,57 "
	./. 10% Rabatt		5,66 "
			50,91 "

Interessant sind einige Bezeichnungen, die in der Preisliste von 1900 noch nicht enthalten waren. Bei den breitgestreiften Gläsern könnte es sich z. B. um sog. „Bandlgläser" handeln. Die Gläser mit Malerei und Motivangabe müssen sehr einfach gewesen sein, da die Preise äußerst niedrig sind. Bemalte Gläser aus der Werkstatt Ulbrich kosteten zur selben Zeit etwa 1 Mark 50! Auch eine Schliffverzierung konnte in diesem Preis kaum enthalten sein. Vermutlich wurden deshalb die Motive in Form von Abziehbildern und nicht durch Malerei aufgebracht. Als Beispiel dafür kann die Taf. 61 angeführt werden. Die Angabe „Schutzmarke" verweist auf Schnupftabakgläser mit der Firmenbezeichnung Gebr. Bernard. Derartige Gläser, ungeschliffen, meist einfaches grünes Glas mit Abziehbild, sind gelegentlich noch erhalten (Abb. 57). Es ist anzunehmen, daß die Fertigung von Schnupftabakgläsern bis zur vorübergehenden Stillegung der Hütte im Jahr 1912 andauerte.

Spiegelhütte:

Diese Hütte nahe an der böhmischen Grenze war Zweigwerk von Theresienthal und Buchenau und produzierte von 1834–1926. Unter Ferdinand v. Poschinger läßt sich in den Jahren 1900–1904 eine umfangreiche Produktion von Schnupftabakgläsern nachweisen. Wenn nicht das Lohnbuch des damaligen „Büchslmachers" Joachim Gaschler erhalten geblieben wäre, niemand hätte sich mehr daran erinnert, daß in dieser Zeit über 25 000 Schnupftabakgläser allein in dieser Hütte hergestellt wurden. Ausgrabungen weisen eine große Palette von transparentem und opakem Farbglas nach (Lit 14).

Abb. 67:
Aus der Produktion des selbstbewußten Hüttenmeisters Ludwig Stangl stammen wohl die meisten der heute erhaltenen Schnupftabakgläser aus der Zeit um 1890–1910.

Riedlhütte:

Die Hütte entstand bereits im 15. Jh., fertigte aber bis zur Wende ins 20. Jh. nur Fenster- bzw. Apothekerglas. Mit der pachtweisen Übernahme durch die Fa. Nachtmann wurde 1907 die Produktion von Kristallglas und die Fertigung von Hohlglas eingeführt. 1919 ging die Hütte schließlich in den Besitz der Fa. Nachtmann, d. h. der Familie Frank über. Bei Beginn der Hohlglaserzeugung 1907 steckte die hütteneigene Veredelung noch in den Anfängen, so daß der Verkauf von Rohglas an die selbständigen Veredelungsbetriebe eine große Rolle spielte. So soll z. b. die Malerwerkstatt Ulbrich aus Riedlhütte u. a. Schnupftabakgläser bezogen haben (Lit 14). Erfreicherweise lassen sich der Verkauf und damit auch die hüttenmäßige Produktion von Schnupftabakgläsern über die noch erhaltenen Geschäftsbücher aus dieser Zeit nachweisen. So wurden am 30. 4. 1914 zwei Tabakflaschen zu je 40 Pfg. und am 8. 6. 1914 ein Tabakglas zu 20 Pfg. abgesetzt. Leider enthalten die Geschäftsbücher nur Eintragungen über gelegentliche Barverkäufe, da die wichtigeren Rechnungsverkäufe über die Muttergesellschaft in Neustadt an der Waldnaab liefen. Es sind aus dieser Zeit aber noch zwei „Schnackl" erhalten, Glasrohre von etwa 3 cm Durchmesser mit gewendelten Glasfäden in Taubenblau und Kupferrubin, sowie in opakem Zitronengelb und ebenfalls Kupferrubin. Von diesen Glasrohren, die als Halbfertigfabrikate hergestellt wurden, konnten bei Bedarf für Schnupftabakgläser entsprechende Stücke abgeschnitten und über einen Glasnabel mit der Pfeife zur eigentlichen Fertigstellung aufgenommen werden (vgl. Lit 14, Fertigung „von der Stange"). Im vorliegenden Falle dienten die „Schnackl" zur Fertigung von „Geschnürlten Büchsln".

Theresienthal:

Bis heute habe ich noch keinen eindeutigen Hinweis auf eine Fertigung von Schnupftabakgläsern in der berühmten Hütte Theresienthal gefunden. Fast könnte man glauben, die Hütte sei zu vornehm und zu sehr ins Kunstglas entrückt gewesen, um so volkstümliche Gebrauchsgegenstände geschaffen zu haben. Sicher wird aber das eine oder andere Stück auch aus dieser Hütte stammen, und vielleicht dauert es nur noch einige Zeit, um das noch schlummernde Geheimnis ans Licht zu bringen.

Veredelung von Schnupftabakgläsern im 19. Jh.

„Es geschieht jedoch auch, daß die Glasfabrikanten rohes Weißglas an selbständig etablirte Glasschleifer und Glasschneider verkaufen, welche es sodann auf ihre Rechnung veredeln, oder daß sie bei denselben um Lohn arbeiten lassen, wenn ihre eigenen Schleifwerke ihren Bestellungen nicht genügen können...", so schreibt v. Rudhart im Jahr 1835. Auch heute noch sehen manche der Bayerwaldglashütten in der Lieferung von Rohglas an private Veredelungsbetriebe einen lohnenden Absatz, obwohl man selbst eine umfangreiche Veredelung betreibt. Interessant ist jedenfalls die bedeutende Rolle, die derartige Betriebe bei der Herstellung und dem Vertrieb von Schnupftabakgläsern im 19. Jh. gespielt haben. Nahezu alle wichtigen Hütten, wie Schachtenbach, Theresienthal, Spiegelau, Spiegelhütte, Oberfrauenau und Oberzwieselau hatten ihre eigenen Schleifer und Glasmaler. Trotzdem blühte ähnlich wie im böhmischen Haida oder Steinschönau ein umfangreiches Gewerbe von Glasveredlern, hauptsächlich im Zwieseler Raum. Gerade aus diesen Quellen stammen aber die meisten Schnupftabakgläser. Rudhart führt über die selbständigen Veredelungsbetriebe weiter aus:

„*Bei weitem die meisten Gläser, welche sie schleifen und schneiden, bestehen in Bier- und Weingläsern jeder Art, vorzüglich aber in den beliebten bayerischen Halbmaß-Krügen und in Tabakgläsern ...*"

Vielleicht war an diesen Gegenständen zu wenig verdient, so daß die Hütten sich trotz eigener Möglichkeiten mit der Lieferung von Rohlingen begnügten und die Veredelung, samt dem aufwendigen Kleinvertrieb diesen Privatunternehmungen überließen. In schlechten Zeiten, z. B. nach 1920, wurde allerdings die Belieferung stark eingeschränkt, um den eigenen Absatz zu sichern.
Auskunft über die zahlreichen Veredelungsbetriebe im Bayerischen Wald, bei denen die Bearbeitung von Schnupftabakgläsern naheliegt oder gesichert ist, gibt die Tabelle im Anhang. Hier sollen nur die Werkstätten hervorgehoben werden, bei denen ein zahlenmäßig besonders bedeutungsvoller Vertrieb von Schnupftabakgläsern gesichert ist.
Ein sehr früher Hinweis findet sich im Bericht v. Rudharts (Lit 22) aus dem Jahr 1835:

„*Der Glasschleifer und Glasschneider Herr August Hackl zu Furth (im Wald) bezieht wegen der weiten Entfernung der Zwiesler Glashütten, das rohe Glas von der nahen Glashütte zu Herzogau im Landgerichte Waldmünchen, und bedarf jährlich beiläufig 12 Hüttentausend in 1–50 Stück bestehend. Der Arbeitslohn berechnet sich stückweise; für ein gewöhnliches Stück 2–3 Kreuzer, für ein Stück mit Perlen 10–12 kr., und für auserlesenen schönen Schliff und Schnitt 3–6 Gulden, so daß der Veredlungswerth den Werth des Rohglases um das Zehnfache übersteigt. Die besonders gesuchten Tabakgläser kommen auf 20 kr. bis 1 fl. 12 kr. das Stück ...*"

Schleiferwerkstatt Gaschler in Zwiesel:

Wie bereits weiter oben erwähnt, stellte ein Johann Gaschler 1852 in Landshut auf der Gewerbeausstellung u. a. mehrere Schnupftabakgläser aus, die z. T. geätzt und sogar vergoldet waren. Alle anderen Schleifereien, von denen z. T. bekannt ist, daß auch sie Schnupftabakgläser verarbeiteten, hatten derartige Stücke nicht auf der Ausstellung, was evtl. eine Spezialisierung bei Johann Gaschler vermuten läßt. Im Zeitraum von 1873–1892 ist die Schleiferei Johann Gaschler auch als Lieferant des Glasgeschäftes Hetzenecker in Viechtach erwähnt. Sie muß hier große Bedeutung gehabt haben, das zeigen die Bezugszahlen, die in diesem Zeitraum die Tausend gut überschritten haben dürften! Hetzenecker bezeichnet die

Werkstatt Gaschler als Glasraffinerie, aber auch als Glashandlung (1873), eine Bezeichnung, die auch eine Hausnummernliste von 1879 gebraucht; man hat also auch selbst vertrieben. Gelegentlich werden die Tabakgläser von Gaschler als „schön" bezeichnet (1887), und einmal sind auch vergoldete Schnupftabakgläser erwähnt (1885), wie sie ja schon 1852 bei Gaschler geführt wurden. Anfang des 20. Jhs. fertigte ein Ludwig Gaschler in Zwiesel für die Malerwerkstatt Ulbrich in Zwiesel geschliffene Gläser an (Lit 14), aber als nach Aussage von Adolf Ulbrich bei Gaschler eine eigene Malerei aufgezogen wurde, wich Ulbrich auf die Schleiferei Schiedermeier in Außenried aus. Bis in die 20er Jahre soll die Schleiferwerkstatt Gaschler produziert haben, wobei zuletzt vor allem der dort beschäftigte Graveur, Schleifer und Maler Ferdinand Schröder die Veredelung von Schlupftabakgläsern betrieben haben soll.

Schleiferwerkstatt Schiedermeier in Zwiesel:

1835 beschickte ein Georg Schiedermeier aus Zwiesel, dessen Konzession dort auf das Jahr 1823 zurückgeht, die Gewerbeausstellung in München, war aber 1852 in Landshut nicht vertreten. 1856 wird er als Schleifer und Schneider in Zwiesel zitiert. Schnupftabakgläser aus dieser Quelle sind erst im Zeitraum 1858–1884 im Geschäftsbuch Hetzenecker unter dem Namen Ludwig Schiedermeier erwähnt. Besonders in den 60er Jahren wurden zahlreiche Tabakgläser bezogen, insgesamt allerdings weniger als von Gaschler. 1879 findet sich in der Hausnummernliste in Zwiesel ein Adam Schiedermeier als Glashändler. Um 1910 wurden dann aber angeblich die meisten geschliffenen Schnupftabakgläser von der Malerwerkstatt Ulbrich aus einer Schleiferei von Joseph Schiedermeier in Außenried bei Zwiesel bezogen. Neben den Werkstätten von Ludwig Schiedermeier in Zwiesel und Joseph Schiedermeier in Außenried soll nach Aussage von Herrn Adolf Ulbrich in Zwiesel um die Jahrhundertwende noch die Schleiferei Wolfgang Schiedermeier bestanden haben, von der aber über eine Veredelung von Schnupftabakgläsern nichts überliefert ist.

Schleiferwerkstatt Adam Brunner in Zwiesel:

Ein Adam Brunner erhielt 1853 die Konzession zum Glasschleifen in Zwiesel. Bei Polzinger wird er 1862 bis 1865 als Lieferant für Schnupftabakgläser genannt.

Schleiferwerkstatt Ertl in Bodenmais:

Reinhard Haller berichtet (Lit 31), daß der Glasschleifer Franz Ertl nach einer Lehre bei Adam Brunner in Zwiesel, eine eigene Werkstatt in Bodenmais eröffnete. Das Rohglas bezog er aus Schachtenbach, darunter Kristallglas, Rubinglas, opake und überfangene Gläser. Er soll dabei u. a. auf Schnupftabakgläser spezialisiert gewesen sein. Nach seinem Tod 1861 waren seine Söhne Michael, Georg und Joseph als Schleifer tätig. Letzterer tätigte 1886 eine Lieferung von 16 Schnupftabakgläsern an das Glasgeschäft Hetzenecker.

Schleiferwerkstatt Max Walter in Viechtach:

Nach Aussage einer noch lebenden Tochter Max Walters stammt die Familie ursprünglich aus dem böhmischen Glasveredelungszentrum Steinschönau. Familienurkunden belegen, daß bereits der Urgroßvater (Johann Georg Walter), der Großvater (Anton Walter, 1775–1847) und der Vater (Karl Walter, 1813–?) von Max Walter in Steinschönau als „Glaskugler" tätig waren. Der Vater Karl siedelte, wie so viele böhmische Glasmacher und -veredler, nach Bayern um und betrieb in Riedmühle bei Viechtach eine Glasschleiferei mit Wasserantrieb aus dem Riedbach. Die Mutter trug mit einem Spitzkorb das Rohglas von Zwiesel zu Fuß nach Riedmühle. Später, nach dem Bahnbau der Strecke Viechtach–Gotteszell, erfolgten die Lieferungen bahnlagernd.
Max Walter wurde am 21. 10. 1859 in Viechtach geboren und lebte zunächst bei den Eltern in Riedmühle. 1911 (?) siedelte er nach Viechtach um in das Haus in der Schmidstr. 73⅓, wobei die Schleiferei auf Strom umgestellt wurde. Obwohl er in seinem Beruf recht erfolgreich war, hatte er Schwierigkeiten, die Familie mit 9 Kindern zu ernähren. Das Rohglas – darunter viele Tabakgläser in verschiedenen Ausführungen – bezog er hauptsächlich von der Fam. Ludwig Gaschler in Zwiesel. Die meisten wurden von ihm geschliffen, der Vertrieb erfolgte über den Ladenverkauf und über den Versand an Glasgeschäfte, u. a. in die Oberpfalz. Er fuhr aber auch an den Wochenenden selbst auf Märkte und Kirchweihen und bot dort seine Gläser feil. Schnupftabak als Ergänzung des Glashandels wurde von ihm selbst hergestellt. Natürlich wurden neben Tabakgläsern auch andere Hohlgläser geschliffen, vor allem Trinkgläser für Gastwirtschaften. Aus der Werkstatt Walter bezog Hetzenecker in der Zeit von 1870–1908 nachweislich die meisten Schnupftabakgläser. Allein zwischen 1870 und 1904 belegen die Einträge über 2500 Gläser, was aber sicher nur einen Teil darstellt. Max Walter führte auch die Schleifarbeiten an von Hetzenecker gestellten Rohlingen aus. Ab 1893 lieferte er „geschliffene und hier auch vergoldete" Tabakgläser. Der Hinweis „vergoldet", später „bemalt und mit Perl besetzt" taucht dann bei seinen Gläsern noch öfter auf. Vermutlich hat er sie bereits in dieser Ausführung von Gaschler be-

zogen. Einer der Söhne, August, erlernte das Handwerk, sollte die Zwieseler Glasfachschule besuchen und das Geschäft übernehmen. Er fiel aber 1917 im Ersten Weltkrieg. Nach dem Krieg verdrängte dann der Rauchtabak den Schnupftabak, zudem wurden die Hohlglaslieferungen der Glashütten stark eingeschränkt. Erlöse aus der Lagerware gingen in der Inflationszeit der 20er Jahre verloren, worauf Walter den Schleiferbetrieb aufgab. Er führte später noch Schliffkorrekturen für das Viechtacher Glasgeschäft Rötzer in Heimarbeit aus und starb 88jährig am 22.9.1947. Die handgezeichneten Schliffmuster, Rechnungen und Geschäftsbücher wurden bedauerlicherweise Ende der 70er Jahre verbrannt. Ein einziges Schnupftabakglas aus seiner Fertigung ist im Verwandtenkreis noch erhalten.

Malerwerkstatt Görtler in Zwiesel:

Herr Adolf Ulbrich hatte mir berichtet, daß sein Vater Heinrich bei Verwandten aus Nordböhmen, den Görtlers, die Glasmalerei erlernte (Lit 14). Bereits 1867 wird Franz Görtler als Glashändler in Zwiesel erwähnt, unter derselben Bezeichnung weist ihn 1879 die Hausnummernliste von Zwiesel als Hausbesitzer in der Straße am Anger aus. Ein Bezug von bemalten Schnupftabakgläsern aus der Werkstatt Franz Görtler in Zwiesel wird für 1875–1884 im Einschreibebuch Hetzenecker erwähnt. Die bemalten Schnupftabakgläser waren für die Zeit ziemlich teuer, trotzdem dürfte Hetzenecker in den etwa 10 Jahren einige Hundert aus der Werkstatt Görtler stammende Gläser vertrieben haben. Diese waren keineswegs so schlicht, wie Adolf Ulbrich vermutete, 1882 lautet ein Eintrag bei Hetzenecker auf „dreifärbige, vergoldete, mit Perl besetzte" Schnupftabakgläser. Nach Ulbrich sollen die Görtlers etwa in den 60er Jahren nach Zwiesel gekommen sein und sich später Gärtler geschrieben haben. Die Werkstatt in Zwiesel hat angeblich bis zum 1. Weltkrieg bestanden und wurde dann infolge Todesfalles aufgegeben.

Die Glashandlung und Malerwerkstatt Heinrich Ulbrich in Zwiesel, 1889–1926

Umfangreiche Belege über die Tätigkeit dieses für Schnupftabakgläser so enorm wichtigen Veredelungsbetriebes sind in B&T dargelegt, sollen hier aber in erweiterter Darstellung wiedergegeben werden.
Die Familie Ulbrich stammt aus dem Ort Schaiba, in unmittelbarer Nachbarschaft des nordböhmischen Glasveredelungszentrums Haida, Sitz von zahlreichen Veredelungsbetrieben. Ein Heinrich Ulbrich (1826–1910) lernte in einer Glasschleiferei in Schaiba und wurde zusammen mit dem Glasschleifer Hieke 1844 vom Glashüttenherrn Steigerwald, der selbst aus Böhmen stammte, in dessen bayerische Hütte „am Schachtenbach" bei Rabenstein angeworben. Über 50 Jahre blieb er als Feinschleifer im Dienst Steigerwalds, der die Schachtenbachhütte 1845 nach Regenhütte verlegte. Sein gleichnamiger Sohn, Heinrich Ulbrich (1853–1910) erlernte bei seinem Onkel in der Glasmalerwerkstatt Görtler (später Gärtler) in Zwiesel die Glasmalerei und besuchte nach beendeter Lehrzeit die Glasfachschule in Haida. Er kehrte nach Bayern zurück und trat eine Stelle als Glasmalermeister mit Gehilfen – so die Auskunft seines Sohnes Adolf Ulbrich – in Regenhütte an, in der auch sein Vater noch als Schleifer arbeitete. Dann folgte ein Wechsel nach Spiegelhütte.
Ein privates Einschreibebüchl aus dem Jahr 1885 belegt dem tüchtigen Maler Einkünfte zwischen 100 bis 200 Mark im Monat. Daneben wurden anscheinend aber bereits private Aufträge ausgeführt, da Einträge auf den Bezug von Malgerät aus Haida, die Notierung gebräuchli-

Abb. 68:
Der Glasmaler Heinrich Ulbrich,
1853–1910

Abb. 69:
Die Glasmalerwerkstatt und Glasverkauf Ulbrich
in Zwiesel am Anger, um 1900

cher Devisen und den Verkauf von ihm bemalter Schnupftabakgläser hinweisen. Als deren Malmotive sind erwähnt:

- Bäckerzeichen
- Steinmetz
- „Schauffel und Bickel"
- Maurerzeichen
- Bauernhandwerk
- Zimmererzeichen, etc.

Interessant ist, daß bereits damals eine derart intensive Verbindung gerade zu Schnupftabakgläsern gegeben war. Es ist naheliegend, daß die Tätigkeit in Regenhütte oder Spiegelhütte hier einen entsprechenden Anstoß gegeben hat. Ein weiterer Grund wäre, daß Schnupftabakglasrohlinge über die Glasmacher als Schinderware (private Anfertigung in den Hüttenarbeitspausen) oder im Glasverkauf billig zu erstehen waren. Auf Grund eines Weiderechtsprozesses, den der streitbare Ulbrich mit seinem Arbeitgeber v. Poschinger führte, kam es dann zur Entlassung aus der Spiegelhütte und am 8. August 1889 zur Eröffnung einer eigenen „Glasmalerei, Glas- und Porzellanhandlung" in Zwiesel im heute noch erhaltenen Haus am Anger.

Gebrannt wurden die emailbemalten Gegenstände nachts in zwei Öfen. Farbglaspulver, Pinsel, Glanz- und Poliergold, sowie Glasperlen wurden hauptsächlich aus Haida von der Fa. Günzel bezogen. Das unternehmerische und handwerkliche Geschick Heinrich Ulbrichs weitete das Geschäft schnell aus und machte es zu einem der bedeutendsten Heimbetriebe neben den hütteneigenen Malerwerkstätten. Bei Ulbrich wurden Ziergläser, Trinkgläser, Bierkrüge, Türschilder, Porzellane und viele andere Gegenstände bemalt, in großem Umfang immer wieder Schnupftabakgläser. Diese wurden, wie das übrige Glas, hauptsächlich aus Spiegelau und ab 1907 auch aus Riedlhütte bezogen, die ortsansässigen Hütten sahen die Konkurrenz wohl nicht zu gerne. Schleifarbeiten wurden bei Ludwig Gaschler in Zwiesel, dann aber hauptsächlich bei Josef Schiedermeier in Außenried ausgeführt. Die Bierkrugdeckel bezog man von der ortsansässigen Zinngießerei Schink. Einem Lehrling namens Wolf folgten später die Gesellen Langer, Frisch und Hofmann. Vor dem Ersten Weltkrieg waren dann sogar sieben Gesellen tätig. Der rührige Heinrich Ulbrich lieferte nach München und Berlin, aber auch weit ins Ausland.

Als Gemeinderat in Zwiesel setzte sich Heinrich Ulbrich nachhaltig für die Gründung der Zwieseler Glasfachschule (1904) ein, in die er seine drei Söhne Adolf, Heinrich und Oskar schickte. Die Fachschuldirektoren H. S. Schmid und Bruno Mauder, beide bis zu ihrer Berufung nach Zwiesel frei schaffende Künstler, ließen sich in seinem Betrieb in die Glasmalerei einführen und betrieben dort gemeinsam Studien an den Brennöfen. Zu Anfang des 20. Jh. arbeiteten die Söhne Heinrich und Adolf im Geschäft mit. Sie besuchten im ersten Jahrgang die neu gegründete Fachschule und schlossen 1907 mit Auszeichnung ab. Es folgte eine dreijährige Lehre im elterlichen Betrieb, da die Fachschule als handwerklicher Abschluß noch nicht anerkannt wurde. Mit dem Tode Heinrich Ulbrichs im Jahr 1910 übernahm sein Sohn Heinrich das Geschäft, der Sohn Adolf trat bis zu seinem Einzug zum Militär in die Spiegelhütte ein. Ein Lohnbuch vom März 1911 bis Oktober 1912 weist eine qualifizierte Tätigkeit, aber keinerlei Bemalung von Schnupftabakgläsern nach. Der Malerlohn betrug etwa RM 120,–/Monat, abzüglich Verköstigung und Unterkunft, da Adolf Ulbrich in der Hütte wohnte. Während des Krieges wurde die Glasmalerwerkstatt bis 1918 stillgelegt, nach Kriegsende aber von Heinrich Ulbrich mit Gehilfen wesentlich vergrößert. Hauptsächlich bezog man schweres Rubin- und Blauglas aus Regenhütte und bemalte es nach Entwürfen der Glasfachschule. Derartige Gläser wurden auch auf der Leipziger Herbstmesse gezeigt. Nach dem

Abb. 70:
Rißvorlagen
aus der
Malerwerkstatt
H. Ulbrich
(Archiv O. Ulbrich)

Tod von Heinrich Ulbrich im Jahr 1920 wurde die Werkstatt bis 1926 pachtweise weitergeführt und dann aufgegeben, als die Glashütten in der schwierigen wirtschaftlichen Situation aus Konkurrenzgründen angeblich kein Rohglas mehr an Heimbetriebe lieferten.

Die Malweise des Firmengründers Heinrich Ulbrich entsprach voll der Haidaer Tradition. Elegante und sehr detaillierte Malvorlagen zeigen fein ausgeführte Blumenbuketts und Ornamente, daneben Bierdeckelmalerei mit volkstümlichen Darstellungen, Jagdszenen, Zunftzeichen und Devisen. Schnupftabakgläser in entsprechender Ausführung wurden neben der Auftragsfertigung auch auf Lager gehalten, sodaß das Laufpublikum auswählen konnte. Dazu benutzte man so allgemein gehaltene Devisen, wie „Zur Erinnerung", „Zum Hochzeitstag", etc. Es wurden auch Reklamegläser für Schnupftabakfabriken beschriftet, wie eine Rißvorlage für die Fa. Maurer in Deggendorf beweist. Über die Fülle der Malmotive geben die Geschäftsbücher, wie auch die noch erhaltenen zahlreichen Rißvorlagen Aufschluß (Lit 14). Aus der Hand von Ulbrich selbst sind uns viele authentische Stücke überliefert. Da sie eine Reihe ganz spezieller Merkmale aufweisen, die auf den von Gesellen bemalten Schnupftabakgläsern fehlen, ist anzunehmen, daß Heinrich Ulbrich hier bewußt oder unbewußt Unterschiede eher gefördert hat. Da sich die Risse im Archiv Oskar Ulbrich fast nur auf Gläser bestimmter Ausführung beziehen, ist zu vermuten, daß sie ausschließlich aus dem Tätigkeitsbereich des Großvaters stammen. Die Handschrift Ulbrichs zeigt auf Schnupftabakgläsern folgende Merkmale:

- meist sehr sorgfältig entworfene und gut ausgeführte Rückseite, die der Vorderseite nicht nachsteht,
- sehr saubere, sichere Kalligrafie,
- weiße oder seltener farbige (blaue oder gelbe) „Krawatte",
- Emailpunkte auch an den Seiten,
- Emailpunkte um Spiegel (angeblich eine für Haida typische Verzierungsform) oft zweireihig,
- pastoser, eleganter Pinselstrich
- besonders schön ausgeführte Frontmalerei auf Emailgrund,
- meist entstanden nach dem aus dem Nachlaß überlieferten Rißmaterial.

Sehr typische Gläser sind abgebildet in B&T Abb. 35 und Taf. 90. Im vorliegenden Band vgl. Taf. 85, 86, 89, 90, 91. Die von Gesellen bzw. nach dem Tod von Ulbrich ausgeführten Arbeiten (B&T Taf. 122) zeigen die Krawatte nur noch in Glanzvergoldung, die Flachfarbenmalerei und die Verzierungen (meist primitive stilisierte Blüten) werden sehr flüchtig.

Ulbrich bemühte sich aber auch um Randgebiete. So soll er ein Rezept für eine besonders haltbare Glanzvergoldung besessen haben. Leider ist das bei den erhaltenen Schnupftabakgläsern nicht feststellbar. Sehr interessant ist aber ein Rezept zum Aufbringen von Fotografien, Stichen oder Holzschnitten auf Glas bzw. Porzellan, wobei die Fotos Verstorbener auf am Grabkreuz angebrachten Porzellantafeln große Beliebtheit fanden. Ganz selten ist diese Technik auch auf Schnupftabakgläsern erhalten

(Taf. 109 u. 110 in B&T). Das Rezept lautet in groben Zügen folgendermaßen: Eine Lösung aus Gummiarabikum, Honig und doppelchromsauren Kali wird auf einer Glasscheibe getrocknet. Die Bildvorlage, z. B. das Foto, wird mit Benzin getränkt, abgewischt und auf die vorbereitete Scheibe mit Bildseite nach unten gelegt, darauf kommt eine gereinigte Glasplatte. Das Foto wird 20 bis 40 Minuten dem Licht ausgesetzt, bis die Schicht auf der Scheibe braun geworden ist und sich das Bild übertragen hat. Foto und Deckglas werden sodann entfernt, auf die belichtete Schicht wird mit Pinsel Farbpulver aufgetragen, dann die Schicht mit Kollodium übergossen und in Wasser gelegt, um sie als Folie leicht von der Glasscheibe lösen zu können. Der Gegenstand, auf den das Bild übertragen werden soll, wird mit einer Gelatinelösung bestrichen. Im Wasserbad wird die Folie aufgebracht und anschließend eingebrannt.

Schriftschablonen aus dem Nachlaß zeigen in sorgfältiger Kalligrafie die Typen „neugothisch" und „Fraktur". Beide wurden auf Schnupftabakgläsern verwendet, wobei die älteren Gläser aus der Hand Ulbrichs mehr die „neugothische" Schrift aufweisen.

Die Geschäftsbücher belegen, daß neben dem Ladenverkauf auch ein florierender Versandhandel betrieben wurde. Die mündlich erteilten Bestellungen wurden, nachdem die oft sehr speziellen Malereiwünsche sorgfältig ausgeführt waren, per Nachnahme zugeschickt. Der Anteil von Schnupftabakgläsern am Gesamtgeschäft war zeitweise absolut dominierend. Neben bemalten Gläsern führte man aber auch nur geschliffene oder sogar überhaupt unveredelte Gläser für die Laufkundschaft. Von Anfang an wurden Verschlüsse aus Messing und Kälberschweife mitgeliefert, der Kunde konnte sich sogar mit Brasiltabak oder Waldler-Schmalzler eindecken.

Ein Postausgangsbuch, das von 1900–1912 geführt wurde, beschreibt 406 Sendungen. Adressenten waren die Glasfabriken

- Poschinger, Frauenau
- Nachtmann, Waldmünchen
- Stangl, Spiegelau
- Gistl, Frauenau
- Hilz, Spiegelau (Nachfolger Stangls)
- Schliersee (über Wilhelm Ulbrich)
- Krystallglasfabrik Riedlhütte (über Bayer. Vereinsbank)

Mit Sicherheit ist aus diesen Hütten Glas bezogen worden. Ob es sich bei diesen Sendungen um Remittendenware von Rohglas oder um Auftragsarbeiten von bemalten Gläsern aus der Glasmalerwerkstatt gehandelt hat, ist nicht eindeutig. Immerhin sind die Rechnungspreise im Vergleich zum Versandgewicht verhältnismäßig hoch, so daß es sich vielleicht doch um im Auftrag der Hütten bei Ulbrich bemaltes Glas handeln könnte. Das würde natürlich die Bedeutung der Malerwerkstatt erheblich unterstreichen.

Die Schnupftabakgläser um 1900:

Vor allem vier äußerst detaillierte Quellen, die Preisliste der Glashütte in Spiegelau, das Lohnbüchl aus der Spiegelhütte (beide Lit 14), sowie die Geschäftsbücher des Glasverkaufes Hetzenecker und der Malerwerkstatt Ulbrich belegen lückenlos die Ausführung der Schnupftabakgläser in der zweiten Hälfte des 19. Jh. Zu den bereits früher beschriebenen Glastypen gesellen sich folgende hinzu:

Farbgläser: Meist mit Spiegelschliff, die Farben spielen von Hellgrün, Zartblau, Rosa, Schwefelgelb bis Dunkelgrün, Kobaltblau, Kupferrot und Bernstein.

Überfanggläser: Zu den früher geschilderten einfachen Überfängen, die kostbares Farbglas sparen helfen sollten, treten die Doppel- und Mehrfachüberfänge hinzu, bzw. die opaken Farben unter Klarglas.

Fadengläser: Mit zu den begehrtesten Stücken werden die Fadengläser; von den geschnürlten Bauerngläsern bis hin zu den eleganten gerissenen Gläsern und den fröhlich-bunten Filigrangläsern, die in Farbenpracht und Ausdruck von Lebensfreude auch ganz der bayerischen Volkstracht entsprechen.

Glaseinschlüsse: Flinsgläser und Schwartenmägen bereichern die bunte Palette ganz wesentlich.

Freihandformen: Die Glasmacher variieren die Linsenform nach alten Vorbildern, wie Ringglas, Geige, Neidfaust, Wetzstein, etc.

Optische Gläser: Mit den perloptischen (Bladerl) und wendeloptischen (hohlgeschnürlten) Gläsern, die als Farbgläser in der Hütte in rationeller Fertigung in größten Mengen produziert werden, bereichern die Glasmacher das Erscheinungsbild.

Der Grundtyp des bayerischen Schnupftabakglases festigt sich zur Linsenform mit Spiegelschliff, flächigen oder mit Zierschliff versehenen Seiten, sechs- oder achteckigem, konischen Kragen. Der Schliff zeigt vor allem an den Seiten einige sehr verbreitete Grundmuster. Die Malerei, meist in Flachfarben auf Emailgrund, gewinnt höchste Beliebtheit, da Devisen, figürliche und florale Darstellungen und Szenerien einen engen und persönlichen Bezug zum Besitzer herstellen, der damit alle Möglichkeiten hat, je nach Temperament und Laune mit seinem „Büchsl" zu renommieren.

Abb. 71: Farbenspiele bei Schnupftabakgläsern (Sammlung Bachl)

Abb. 72: Verschiedenfarbige Gläser in gleicher Technik (maschinell umsponnen)

Abb. 73: Maschinell umsponnene Gläser in verschiedenen Größen und Veredelungsvarianten (vermutlich Spiegelau, um 1900)

Abb. 74: Typische „Schinderware" in gleicher Technik (Bayer. Wald, um 1910)

Abb. 75: Seitenschliffvarianten (Type 1, 3, 2 und 4)

Abb. 76: Gläser mit identischem Schliffbild (Type 5) aus einer Hand!

Abb. 77: Gläser mit identischem Malmotiv vom selben Riß (Zwiesel, um 1910)

Abb. 78: Links die Originalmalerei, rechts eine passable, aber deutlich erkennbare Restaurierung

Edelste Gläser weisen hervorragende und ausgefallene Glasmachertechniken, handwerklich erstklassigen Schliff oder aufwendige, detailreiche Malerei, oft in Verbindung mit Glasperlenbesatz auf. Um die Jahrhundertwende als einer Zeit höchster Blüte für die bayerischen Schnupftabakgläser, spannt sich der Bogen vom preiswerten Massenartikel bis zum teuer bezahlten Individualstück besonderer kunsthandwerklicher Qualität. Auf eine weitere Beschreibung kann hier verzichtet werden, da die Erläuterungen in B&T und der Bildteil des vorliegenden Werkes genug Aufschluß geben. Nur soviel sei noch gesagt, daß bestimmt 90% aller derzeit vorhandenen „alten" Schnupftabakgläser aus dieser Epoche stammen, die in vielen Farben, Formen und Verzierungsvarianten das Bild der bayerischen Schnupftabakgläser endgültig geprägt hat.

Kostenbestandteile und Preise bei Schnupftabakgläsern im 19. Jh.

Bezüglich der Kostenbestandteile von Schnupftabakgläsern im 19. Jh. darf noch einmal auf die verläßlichen Quellen verwiesen werden (Lit 14), die hier um die Mitteilungen aus den Geschäftsbüchern Hetzeneckers ergänzt wurden und sich so zu einem lückenlosen Bild schließen. Erwähnt werden soll außerdem, daß in der zweiten Hälfte des 19. Jh. die Preise über Jahre, wenn nicht Jahrzehnte äußerst stabil blieben und bei vergleichbarer Leistung auch bei verschiedenen Lieferanten sehr ähnlich waren. 1876 fand in Bayern eine Währungsumstellung statt, ein Gulden zu 60 Kreuzern wurde zu 1 Mark 80 Pfg., der Kreuzer somit zu 3 Pfg. Die folgende Übersicht bezieht sich auf Mark und Pfennig. Herangezogen wurden

– der Glasmacherlohn nach Lohnbuch Gaschler aus Spiegelhütte
– die Preisliste für Tabakgläser aus Spiegelau
– der Schleiferlohn nach Geschäftsbüchern Hetzenecker
– der Malerlohn nach Geschäftsbüchern Ulbrich
– der Einkaufspreis fertiger Gläser nach Hetzenecker
– der Verkaufspreis fertiger Gläser nach Ulbrich

Aus dem Vergleich der Preise bei Hetzenecker (Einkauf) und Ulbrich (Verkauf) ergibt sich eine ungefähre Handelsspanne zwischen 10 und 20%, die aber nur als Richtwert angesehen werden kann, da viele Einflüsse das Bild verfälscht haben könnten. Die folgenden Preise stehen für mittlere Qualitäten, bei besonderen Farben, Schlifftypen, aufwendiger Malerei, etc. sind beträchtlich höhere Werte nachgewiesen.

Bezeichnung	Glasmacherlohn	Glas ab Hütte, ungeschl.	Schleiferlohn	Malerlohn	Ladenpreis
Ordinari Farbgläser, Geschnürlte, ungeschliffen	5	15	–	–	20
Sonderformen wie Bandl	9	25	–	–	30
Farbglas geschliffen	9	25	30	–	60
Hohlgeschnürlt geschliffen	17*	30	30	–	80
Farbglas einfach geschl. mit Motiv bem.	9	30	30	80	150
Farbglas m. Doppelüberf. geschliffen, schön bemalt Paterlbesatz	?	120**	–**	100	250
Messingstopsel	–	–	–	–	10
farbiger Kälberschweif	–	–	–	–	5

alle Preise in Pfennigen!
* sehr hoher Wert bei Einzelfertigung in Spiegelhütte, dürfte bei der Massenfertigung in Spiegelau niedriger gewesen sein.
** Diese Gläser wurden von der Hütte in Spiegelau nur geschliffen, nicht als Rohlinge, abgegeben.

Schliff und Schnitt bei den Schnupftabakgläsern

Glas, im Altertum wertvoll wie Edelsteine, erhielt wie diese schon in frühester Zeit die Veredelung durch Schliff und Schnitt. Diese Techniken brachten bereits in der Antike vollwertige, oft sogar was virtuose Handhabung betrifft, nicht wieder erreichte Werke hervor (Lit 26). Dabei sei an die in der Herstellung unglaublich komplizierten Diatretgläser aus römischen Werkstätten, vermutlich im Rheinland, erinnert, deren Außenseite von einem geometrischen Netzwerk umgeben ist, das nur noch mit dünnen Stegen mit der eigentlichen Gefäßwandung zusammenhängt. Nur mit Bohrer und Schleifrad wurden diese Strukturen aus dem vollen Glaskörper herausgearbeitet. Ein herrliches Beispiel für hochwertige Schnittarbeit auf einem Überfangglas ist die sog. Portlandvase, die bei Rom gefunden wurde. Der blaue Glaskörper ist weiß überfangen, wobei die weiße Schicht dergestalt bearbeitet wurde, daß in Hochschnittechnik vor den blauen Hintergrund reliefartig herrlich detaillierte Figuren gestellt sind. Parallel zum Hochschnitt, bei dem die Darstellungen erhaben vor dem Hintergrund stehen, entwickelte sich der Tiefschnitt, der entsprechend von der Wandung in die Tiefe des Glaskörpers graviert wird. Hoch- wie Tiefschnitt beim Glas rühren von der uralten Kunst des Edelstein- oder Gemmenschnittes her, der vor den Römern bereits in Ägypten und Syrien gepflegt wurde.

In Deutschland lebte der Glasschnitt mit Anfang des 17. Jh. auf, als der Edelsteinschneider Schwanhardt 1609 ein Privileg für Glasschneidearbeiten erhielt und Mitglieder der Familie darauffolgend in Nürnberg den Glasschnitt zu hoher Blüte brachten. Er wurde in den späteren Werkstätten in Schlesien, Sachsen usw. die kunsthandwerklich anspruchsvollste Veredelungstechnik (Lit 26). Gegen Ende des 17. Jh. verbreitete sich der Glasschnitt auch in Böhmen, wo diese Fertigkeit auch im Wanderbetrieb ausgeübt wurde. So berichtete ein Glasschneider 1682 aus Steinschönau, wie er sein Schneidzeug aufnahm, „ein Schubkarren schlecht Glas" auflud und dann nach Bayern, ins Salzburger und Kärntner Land zog (Lit 24). Von hohem künstlerischen Wert dürften diese Produkte allerdings nicht gewesen sein. Um 1680 wurde auch der Glasschliff „wiederentdeckt", als in den Hütten des Riesengebirges, neben dem Planieren der Gefäßmündung und dem Entfernen des Hefteisenansatzes am Boden, dem sog. Kugeln, auch einfache Verzierungen, wie das Kantigschleifen eines runden Gefäßes (eckigreiben) oder das Anbringen von Rillen oder Kreuzkerben (Facettenschleifen) gebräuchlich wurden.

Zur eigentlichen Hochblüte als selbständiges künstlerisches Dekormittel kam der Glasschliff aber erst beim englischen Bleiglas am Ende des 18. Jh. und in Böhmen am Anfang des 19. Jh. Hervorzuheben ist, daß Glasschliff und -schnitt, obwohl von der Technik her sehr verwandt, als zwei völlig getrennte Handwerke angesehen wurden, so daß man noch Anfang des 19. Jh. sog. Kuglergraveurarbeiten, bei denen der Schliff (Kuglerei) und der Schnitt (Gravur) von einer Hand stammten, für Kuriositäten hielt. Im 19. Jh. formierte sich Böhmen als das wichtigste Veredelungszentrum für Glas, wobei vor allem Schliff und Schnitt dominierten. Der Schnitt folgte der Tradition der ersten Hochblüte im 17. Jh. Der Glasschliff aber erhielt zum erstenmal in der Geschichte ausgehend von der englischen Glasbearbeitung in Böhmen seine eigenständige, kunsthandwerkliche Rechtfertigung. Dem Planschleifen und Eckigreiben auf der flachen Scheibe gesellten sich die Arbeiten an der profilierten Scheibe hinzu. Keilförmige Scheiben erzeugen V-förmige Rillen, die als Kerben (Kerbschliff) und in gekreuzter Anordnung als Steinelungen (Steinel- oder Diamantschliff) ausgeführt wurden. Verrundete Scheiben verschiedenen Durchmessers erzeugen konkave Vertiefungen, sog. „Kugeln" oder ellipsenförmige „Oliven". Werden diese längsgezogen, spricht man von Schälungen, die oval, d. h. mit Verrundung auslaufen. Mit diesen Grundtechniken lassen sich nun zahlreiche Ornamente, wie Flach- und Spitzsteinelungen, Sterne, Kreuzkerben, Kreise, Ovale, Kugeln, etc. ausführen. Am schwierigsten ist für den Kugler (Schleifer) der Hochschliff zu beherrschen, das Äquivalent zum Hochschnitt, bei dem Motive, Vielecke, gebogene und geschweifte Gebilde in fließenden Formen mit dem Kerbschliffrad mit viel Gefühl und Geduld erhaben herausgearbeitet werden. Beim „Walzenschliff", einer speziellen Ausführung des Hochschliffes, wird der Grat zwischen zwei benachbarten Kerbschliffrillen bogenförmig verrundet.

Die bayerischen Schnupftabakgläser erhielten vermutlich erst gegen Ende des 18. Jh. eine Veredelung durch Schliff und Schnitt. Die damalige Ausführung zeigt recht anschaulich Tafel 60, mit dem 1798 datierten Glas (vgl. Taf. 99 in B&T!): Der Hals des Glases ist achtfach geschält, Schälschliff auch an den Seiten und Schultern. Die Frontflächen und der Stand, sowie die Stirnfläche sind plangeschliffen. Der Schliff weist somit die für die Zeit übliche, noch nicht sehr hohe Qualität auf. Der Schnitt ist praktisch nur ein Linienschnitt, der keinerlei Anklänge an die vorausgegangene Blütezeit in Norddeutschland erahnen läßt. Ebenso einfach ist der Schnitt bei dem zu 1821 datierten Glas auf Tafel 104 in B&T, wohingegen der Schliff mit Doppelspiegel und Steinelungen an den Seiten schon eine recht aufwendige Arbeit darstellt. Leider ist überhaupt bei den Schnupftabakgläsern eine erstklassige Schnittausführung so gut wie nie anzutreffen. Es bleibt in der Regel bei floralen Darstellungen, einfachen figuralen Szenen oder wenigstens kalligrafisch einigermaßen ordentlich ausgeführten Initialen, Namensbezeichnungen oder Devisen. Die Qualität einer Ausführung wie auf Tafel 57 und die zum Teil sehr guten Arbeiten auf unseren zeitgenössischen Gläsern (Taf. 151) sind doch eher als Einzelobjekte anzusehen.

Anders ist die Situation beim Schliff, der sehr gelungene Anklänge an die besten Kunstgläser zeigt. Bei den beiden Schnupftabakgläsern auf Taf. 49 und 50 werden, trotzdem die für Schnupftabakgläser typischen Grundzüge beibehalten sind (eckiger Kragen, Spiegelschliff), alle Register handwerklichen Könnens gezeigt. Der Entwurf ist dabei nicht überladen und verrät ein sicheres Auge, einen geschulten Geschmack, wie aus der besten Tradition des böhmischen Biedermeierglases. Die Veredelungsstätten Steinschönau und Haida in Böhmen haben hier großen Einfluß ausgeübt. Selbst wenn nicht allzuviele Schnupftabakgläser von dort stammen, so trugen doch die böhmischen Schleifer ihr Handwerk nach Bayern und in die dortigen Glashütten, bzw. in die von böhmischen Aussiedlern eröffneten Kleinbetriebe. Der Glasschliff kam dadurch bei den bayerischen Schnupftabakgläsern zu großer Bedeutung und prägte ihr Erscheinungsbild ganz wesentlich. Zwar wurde der Grundschliff mit eckigen Kragen und Spiegel auf Vorder- und Rückseite vor allem bei Überfanggläsern gelegentlich variiert (Taf. 1–4,7), in der zweiten Hälfte des 19. Jh. bis in unsere Zeit liegt er jedoch recht klar umrissen für die Mehrzahl aller Gläser fest. Die enorme Produktion von Schnupftabakgläsern um

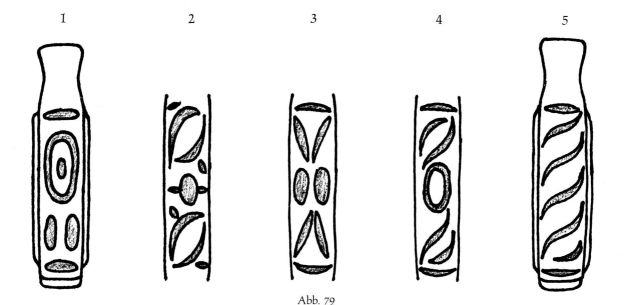

Abb. 79
Verbreitete Seitenschliffformen bei Schnupftabakgläsern von 1890–1910

die Zeit von 1890 bis 1910 brachte neben dem Grundschlifftyp nach Abb. 45 bei den Seitenschliffen einige dominierende Varianten, die hier kurz vorgestellt werden sollen:
Sehr alt ist der Seitenschliff mit S-Kerben, der auch als S-Walzenschliff ausgeführt wurde und sich bis heute erhalten hat (Abb. 79 Fig. 5). Neben diesen beiden dominierenden Ausführungen treten aber in der Zeit von 1890–1910 vier weitere Seitenschliffe in Zierschliffform regelmäßig auf, so daß angenommen werden muß, sie kommen einzeln, oder auch zu mehreren aus derselben Werkstatt. Besondes wahrscheinlich ist die Herkunft aus den Zwieseler Schleifen. Gerade der Seitenschliff nach Fig. 2 ist bei Gläsern besonders häufig, wie sie in der Malerwerkstatt Ulbrich bemalt wurden. Nun sind aber die meisten Gläser von Ulbrich bei der Schleiferei Schiedermeier in Außenried bei Zwiesel bezogen worden, so daß hier ein Zusammenhang naheliegt. Genauso könnten aber auch andere Werkstätten, wie z. B. Gaschler, die Urheber sein.

In diesem Zusammenhang soll auch noch an die Preisliste der Spiegelauer Glashütte erinnert werden, die Schlifftypen in zwei Qualitäten führte, nämlich „Facetten" und „Facetten fein". Mit Sicherheit war hier beim obligatorischen Spiegelschliff die Seitenschliffverzierung angesprochen. Der Schliff nach Fig. 3 ist bei Gläsern häufig, die mit Emailfaden umsponnen sind. Solche Stücke stammen sicher sehr oft aus Spiegelau, ebenso die Gläser mit Doppelüberfang und Seitenschliff nach Fig. 1, so daß für Fig. 1 und 3 eben auch die Schleife in Spiegelau als Werkstatt infrage käme. Wo nun der eigentliche Ursprung liegt,

wird sich kaum mehr eindeutig klären lassen, ist hier auch zunächst von sekundärer Bedeutung. Fest steht aber, welche Glastypen und welche Schliffformen in einen relativ eng begrenzten Zeitraum fallen. Somit ist ein verläßlicher Anhaltspunkt zur sicheren Datierung zahlreicher Gläser gegeben und ihre Zuordnung zur Periode um die Jahrhundertwende einwandfrei möglich. Folgende Übersicht soll die hauptsächlichen Glastechniken zeigen, die mit den Seitenschliffvarianten nach Fig. 1 bis 4 versehen waren:

Seitenschliff 1: Doppelüberfänge
　　　　　　　　Hohlgeschnürlte
　　　　　　　　Mascherl
　　　　　　　　Schwartenmagen
　　　　　　　　Innenüberfänge (rosa)
　　　　　　　　Gesponnene mit Schnürl
　　　　　　　　Gesponnene mit Innenüberfang

Seitenschliff 2: Farbgläser
　　　　　　　　Mascherl
　　　　　　　　Innenüberfänge (rosa)
　　　　　　　　Hohlgeschnürlte
　　　　　　　　Doppelüberfänge
　　　　　　　　Geschnürlte

Seitenschliff 3: Gesponnene mit Innenüberfang
　　　　　　　　Außenüberfang
　　　　　　　　Hohlgeschnürlte
　　　　　　　　Fadengläser
　　　　　　　　Doppelüberfänge
　　　　　　　　Innenüberfänge

Seitenschliff 4: Farbgläser
Hohlgeschnürlte
Schwartenmägen

Gläser aus unserer Zeit sind häufig im Grundschliff etwas einfacher, leider auch oft etwas unsicherer (kleine Stückzahlen, geringer Bezug auf tatsächlichen Gebrauch) ausgeführt. Der Spiegelschliff weicht dabei zunehmend dem einfacheren Planschliff. Daneben gibt es aber Zierschliffvarianten, die weit über das frühere Maß hinausgehen und fast schon in den Bereich der Gravur fallen (Taf. 131, 135, 136 in B&T). Gleichzeitig werden auch weitere klassische Schliffvarianten wieder aufgenommen, wie Taf. 117 andeutet. Die meisten Überfanggläser ab den Achtzigerjahren zeigen einfache Kerbschliffe und nur wenige Exemplare (Taf. 133, 142, 147) weisen auf Mehrfachüberfanggläsern noch Arbeiten auf, die an die Meisterschaft des leider 1980 verstorbenen Dörndorfers erinnern.

Malerei auf Schnupftabakgläsern

Neben Glasschliff und -schnitt ist die Malerei auf Glas die wichtigste Veredelungsform mit uralter Tradition. Die verschiedenen Versionen der sog. Kaltmalerei hatten infolge zu geringer Haltbarkeit nie sehr großen Einfluß, dagegen wurde die Emailmalerei zum Synonym der Glasmalerei schlechthin. Grob gesprochen handelt es sich dabei um zerriebenes Farbglas, das mit Terpentinöl als Bindemittel versetzt und mehr oder weniger pastos auf den Glaskörper aufgetragen wird. Anschließend wird das Glas so weit erhitzt, bis das aufgetragene Glaspulver zu schmelzen beginnt. Da das verschiedenfarbige Farbpulver z. T. unterschiedliche Schmelzpunkte aufweist, ist eine große Fertigkeit und ein umfangreiches Wissen vonnöten, um den Schmelzvorgang richtig abzustimmen, so daß alle Farben klar und glänzend erscheinen. Derartige Emailfarben wurden bereits in der römischen Kaiserzeit in Ägypten, Syrien, Italien, aber auch in den Werkstätten am Rhein verwendet. Nach den Römern war die Emailmalerei vor allem im Orient ab dem 8. bis 15. Jh. sehr beliebt. Derartige Gläser sind aus Byzanz, Persien, Syrien und Mesopotamien überliefert (Lit 26). Vermutlich neu erfunden wurde die Emailmalerei im 15. Jh. in Venedig und breitete sich bis ins 16. Jh. hinein von dort über ganz Europa aus. Venedig exportierte bis Mitte des 16. Jh. emailbemalte Gläser in großen Stückzahlen nach Deutschland, darunter vor allem die begehrten Wappengläser. Bereits in Venedig tauchen als typisches Verzierungselement Reihen von gleichmäßigen weißen Punkten auf, wie sie später als Umrandung der Spiegel von bayerischen und böhmischen Schnupftabakgläsern so beliebt waren, daneben auch die stilisierten, an Vergißmeinnicht errinnernde Blüten (Lit 26, Abb. 52).

Bereits Mitte des 16. Jh. wurde die Emailmalerei nach venezianischen Vorbildern auch andernorts ausgeführt, wie ein zu 1556 datierter Stangenpokal aus dem Bayerischen Wald (Lit 26, Abb. 94) beweist. Sie wurde im 17. Jh. in Deutschland zu einer großen Industrie, die aber durch die geschnittenen Gläser im 18. Jh. zunehmend in volkstümliche Bereiche zurückgedrängt wurde. Dort kam sie bis etwa 1800 bei den bemalten Schnapsflaschen zu neuer Blüte (Lit 27). Von wesentlicher Bedeutung war die Malerei aber auch auf den opaken Milch- und Trübgläsern, die als eine Art Porzellanersatz fungierten. Auf diese Weise wurde typische Porzellanmalerei auf Glas übertragen und befruchtete so in Qualität der Ausführung und mit speziellen Motiven die Glasmalerei. Um 1800 wurden dann von Mohn und Kothgasser die leichter einbrennbaren transparenten Schmelzfarben verwendet. Abgesehen von diesen Arbeiten blieb die Malerei im 19. Jh. beschränkt auf die volkstümliche Verzierung von verschiedensten Gebrauchsgläsern, war dabei aber beliebt und weitverbreitet, wie die große Zahl an Glasmalern in den verschiedenen Bayerwaldhütten und in den nordböhmischen Veredelungszentren beweist.

Bei Schnupftabakgläsern sind folgende Maltechniken bekannt und belegt, die alle zum Rüstzeug des Glasmalers im späten 19. Jh. gehörten:

- Ätzungen, bzw. Glasbeize
- Lüstrierung
- Verspiegelung
- Drucke und Abziehbilder
- Aufbringen von Fotografien
- Vergoldung
- Glasperlenbesatz
- pastose Emailmalerei
- Flachfarbenmalerei, Transparenzmalerei, Flachfarben auf Emailgrund

In einem kurzen Überblick sollen die verschiedenen Techniken dargestellt und unter Bezug auf die Anwendung bei Schnupftabakgläsern erläutert werden:

Glasbeize: Als besonders dauerhafter Ersatz für Bemalung und als Ersatz für die Überfangtechnik des Glasmachers entwickelte Friedrich Egermann um 1840 die Rubinätze oder besser Rotbeize auf farblosem Glas, die mit der schon bekannten Gelbbeize große Verbreitung fand. Bei der Gelbbeize wird Silberoxid mit Eisenoxid in Breiform angerührt, mit dem Pinsel auf das Glas aufgetragen und im Muffelofen eingebrannt. Die Rotbeize, bei der die Rotfärbung über Kupfervitriol erzielt wird, war als Erfindung Egermanns einige Jahre dessen Geheimnis, wurde dann aber schnell weitergegeben. Bereits 1852 auf der Landshuter Gewerbeausstellung stellte Johann Gaschler aus Zwiesel „6 Tabackgläser mit geätzten Schilden und geschnitten" aus, so daß deutlich wird, wie schnell diese wenig aufwendige Form der Glasveredelung Verbreitung fand, die viel Effekt bringt und dem Glasgraveur die Möglichkeit gibt, sehr mühelos Verzierungen anzubringen, da er ja die hauchdünne Schicht sofort durchgeschliffen hat. Leider hat gerade diese Methode bis in unsere Tage dazu beigetragen, den Glasschnitt, der dabei oft im lieblosen Dekor „gerutscht" wird, ziemlich in Verruf zu bringen. Zwei sehr alte Gläser mit Rubinbeize auf der Innen- bzw. Außenwandung sind auf den Tafeln 92, 94 und 105 in B&T dargestellt. Ein neues Glas mit „geätztem Schild" zeigt die Tafel 143, ein altes Glas mit Gelb- und Rotbeize die Tafel 54.

Lüstrierung: Der schillernde Lüstereffekt bei der Verarbeitung durch den Glasmaler ergibt sich beim Einbrennen von harzsauren Salzen auf der Glaswandung im Muffelofen. Eine Variante des Glasmachers ist die „Hütteniris", bei der das Glas noch an der Pfeife in einer „Iristrommel" Metallchloriddämpfen ausgesetzt wird. Schnupftabakgläser zeigen die Lüstrierung nur bei Jugendstilgläsern und einigen modernen Verwandten.

Verspiegelung: Hier wird in das Glas eine Silbernitratlösung eingefüllt. Bekannt sind mir derzeit nur moderne Schnupftabakgläser in dieser Ausführung.

Drucke und Abziehbilder: Diese besonders lieblose Technik wurde anscheinend schon in der Spiegelauer Glashütte ausgeführt, (Lit 14), die ja keine so gute Malerwerkstätte wie z. b. das berühmte Theresienthal betrieb, und hat sich als billige Möglichkeit zur Glasverzierung bis in unsere Tage erhalten. Schnupftabakgläser mit Drucken zeigen die Tafeln 61–64.

Aufbringen von Fotografien: Über diese seltene, aber äußerst interessante Technik wurde bereits im Kapitel über die Glasmalerwerkstatt Ulbrich berichtet. B&T zeigt auf den Tafeln 109 und 110 zwei Schnupftabakgläser mit Fotografien.

Vergoldung: Bei bemalten Schnupftabakgläsern war die zusätzliche Glanzvergoldung die Regel. Das Glanzgold wird durch Einbrennen von in Schwefelbalsam gelöstem Schwefelgold erzeugt und ergibt einen sofortigen, aber schlecht haltbaren Effekt. Besonders bei einigen schönen alten Schnupftabakgläsern aus den Steigerwaldhütten, die mit größter Sorgfalt bemalt wurden, ist diese geringe Haltbarkeit sehr zu bedauern.

Glasperlenbesatz: Auf die Erzeugung von Glasperlen zum Export als Handelsware nach Afrika und Übersee waren in Böhmen und Bayern ganze Hüttenbetriebe spezialisiert (Paternosterhütten nach den Paternosterkugeln, Petterlhütten, etc.). Dabei wurden die winzigen Kugeln vom „Zangler" mittels der Paterlzange vom glühenden Glasfaden abgezwickt. Der Besatz von Hohlgläsern mit Glasperlen, die mit Glasfluß aufgebracht und durch Einbrennen nahezu unlöslich mit der Glaswandung verbunden wurden, ist schon sehr früh ausgeführt worden. Pazaurek (Lit 25) schreibt über die Anwendung von Glasperlenbesatz im 17. Jh.:

„Mit Glasperlen besetzte Gläser, meist Henkelkrüge oder Kuffen, sind nicht sehr häufig ... Die meisten Gläser dieser Art tragen weder einen Zeit- noch einen Ortsvermerk. Die vorläufig einzig sicheren Spuren führen uns nach Böhmen und ... Schlesien ... (folgt Erwähnung von Gläsern aus der Zeit von 1617–1659) ... Lange hat sich diese Verzierung nicht erhalten."

Glasperlenbesatz krönte aber im 19. Jh. oft die besten Arbeiten der Glasmaler, wie die Tafeln 82–84 zeigen. Mit die teuersten Gläser waren die „dreifärbigen, bemalten Tabackgläser mit Perl", das belegen uns die Glashandlungen Hetzenecker und Ulbrich um die Jahrhundertwende. Meist sind die Spiegel mit Perlen umrahmt, gelegentlich findet sich der Perlenbesatz aber auch an den Seiten (Taf. 9 u. 10).

Emailmalerei: Auf den Schnupftabakgläsern des 18. und zu Anfang des 19. Jhs. wurde ausschließlich die pastose Emailmalerei verwendet, wie sie sich aber gelegentlich auch auf den Gläsern um 1900 findet (Taf 85, 86). Sehr viel einfacher auszuführen, dabei bei alten Gläsern in besonders schöner Arbeit, ist die Malerei in Flachfarben. Wie die Transparenzfarben wurde die Flachfarbenmalerei zu Anfang des 19. Jhs. eingeführt und dabei sehr gerne auf Milch- oder Trübglas verwendet (vgl. Taf. 15, 18, 20, 80 in B&T, hier Taf. 9 u. 12). Seltener ist die Anwendung von Transparenzfarben auf Kristallglas (Taf. 117 in B&T). Ende des 19. Jh. war die Flachfarbenmalerei auf Emailgrund die verbreitetste Maltechnik. Meist wurde der ganze Spiegel in Email ausgeführt und mit Flachfarben ausgemalt. Aber auch freistehende Figuren und florale Motive wurden erst in Weißemail in ihren Umrissen „grundiert" und dann mit Flachfarben angelegt (Taf. 99 u. 102). Die auf Emailgrund ausgeführte Malerei ist leider nicht sehr haltbar, und so sind viele Gläser aus der Zeit um 1900 recht abgegriffen. Manchmal wurde deshalb mit mehr oder weniger Geschick eine Restaurierung versucht (Abb. 78). Malmotive sind auf den Bildtafeln reichlich dargestellt, zu beachten ist dabei die enge Verwandtschaft zum Gebrauchsglas (Lit 27, 34 u. 41).

KAPITEL 7:

Die Schnupftabakgläser in unseren Tagen

Hüttenfertigung und Schinderarbeit

Von den zehn Bayerwaldglashütten, die 1975 noch ausführlich beschrieben wurden (Lit 35), sind seit den jüngsten Geschäftsaufgaben vorerst nur noch sieben in Betrieb.

Schott-Werke, Zwiesel:

Die größte davon ist die Schott-Zwiesel-Glaswerke AG. Neben der vollautomatischen Kelchglaserzeugung werden in einer separaten Abteilung, der sog. „Christinenhütte", an fünf Öfen mit etwa 140 Mann mundgeblasene Kunstgläser erzeugt. Mit der „Arte-Nova"-Kollektion wird versucht, an die Tradition des berühmten Loetz-Glases aus dem Jugendstil anzuknüpfen. Seit Mitte 1982 wird von der Christinenhütte eine Serie von 25 verschiedenen Typen von Schnupftabakgläsern aufgelegt. Es handelt sich dabei um moderne, eigenständige Entwürfe, nicht einfach eine Anlehnung an alte Vorlagen. Die Formen sind allerdings manchmal noch zu groß und schwer. Bereits in früheren Jahre wurde für Geschäftsfreunde ein kleiner Posten Schnupftabakgläser in der Hütte gefertigt, dabei meist vom Glasmacher Fritz Mathe, der sich derzeit zusammen mit einem Helfer bei einem täglichen Umfang von grob geschätzt 30 Stück voll der neuen Schnupftabakglasserie widmet.

In der Mundblasabteilung bei Schott darf jedes Wochenende am Freitag für zwei Stunden geschunden werden, d. h. die Glasmacher können für den eigenen Bedarf – gegen einen Unkostenbeitrag, z. B. etwa DM 4,– für einen Bierkrug – Glas entnehmen und Gegenstände ihrer Wahl fertigen. Bei Schott handelt es sich dabei meist um die beliebten Halbekrügel, in anderen Hütten dominieren aber auch die Schnupftabakgläser, die von den Glasgeschäften und Veredelungsbetrieben sehr gerne abgenommen werden. Der profilierteste Büchslmacher bei Schott ist zweifelsohne der Blechinger Karl. Zumindest gilt dies für die früheren Jahre (Lit 14). Seit seiner Tätigkeit als Hüttenmeister kommt er leider nur noch selten dazu, meist mit dem Glasmacher Weiß als Helfer, eines seiner herrlichen Stücke zu blasen. Er beschränkt sich deshalb auf Experimente, wobei er manchmal auch ganz neue Varianten erfindet.

Riedlhütte:

Das Werk Riedlhütte gehört zur Fa. Nachtmann Bleikristallwerke GmbH in Neustadt an der Waldnaab und ist derzeit mit ca. 900 Mitarbeitern die zweitgrößte Hütte im Bayerischen Wald. Hier werden Kelchgläser und farbige Überfangrömer hergestellt, bei handgefertigtem Bleikristall ist man derzeit führend in Europa. Acht transparente Überfangfarben stehen im Programm, die sich auch auf Schnupftabakgläsern wiederfinden und deshalb hier aufgeführt werden sollen:

Goldrubin:	Färbung über echtes Walzgold, von dem ca. 30 kg/Jahr verbraucht werden!
Kobaltblau:	über Kobaltoxid
Amethyst:	″ Manganoxid
Smaragdgrün:	″ Chrom- und Kupferoxid
Kupferrubin:	″ Kupferoxid, reduzierend geschmolzen
Bernstein:	″ Gold- und Silberbeigaben
Aquamarin:	″ Kupferoxid, oxydierend geschmolzen
Resedagrün:	″ Chromoxid

Eine hüttenmäßige Fertigung von Schnupftabakgläsern gibt es in dieser auf das Kelchglasprogramm spezialisierten Hütte nicht.

Das Schinden wurde zunächst in den 50er Jahren verboten, da vor und vor allem nach der Währungsreform dabei stark übertrieben wurde. Es lebte aber Anfang der 70er Jahre wieder auf, als die Facharbeiterprüfung für Glasmacher eingeführt wurde und bei den Gesellenstücken Freihandarbeit gefordert war. Heute ist es Freitag nachmittag und Samstag vormittag offiziell erlaubt, es müssen allerdings kleine Beträge für die Entnahme der Glasmasse entrichtet werden. Dabei werden Büchsl in großen Mengen hergestellt, allerdings in unterschiedlicher Qualität. Die Betriebsleitung, Herr Steger, ist dabei sehr aufgeschlossen. Seiner Meinung nach braucht ein guter Glasmacher bei der oft eintönigen Massenproduktion eine gewisse Abwechslung. Außerdem fördern derartige Arbeiten, die dann zuhause in den Schrank der besten Stube kommen und gerne Bekannten und Verwandten vorgewiesen werden, den Berufsstolz.

Spiegelau:

Die Kristallglasfabrik Spiegelau GmbH ist mit ca. 500 Mitarbeitern im Spiegelauer Betrieb der drittgrößte Glasfabrikant, außerdem wird noch eine vollautomatische Fertigung in Frauenau betrieben. In modernem Design wird elegantes Kristallglas erzeugt. Eine Hüttenfertigung von Schnupftabakgläsern gibt es seit den Zeiten Ludwig

Abb. 80 u. 81: Schnupftabakgläser aus Hüttenfertigung Schott, Zwiesel, um 1982, (mit frdl. Genehmigung Schott-Werke-AG)

Abb. 82:
Hüttenfertigung von Schnupftabakgläsern in Hütte Eisch, Frauenau, um 1978.
(mit frdl. Genehmigung Eisch)

Abb. 83:
Falkensteinglashütte
Max Kreuzer, 1983

Abb 84:
Eines der letzten Glasl
vom Geyer Willi

Abb. 85

Stangls nicht mehr. Es darf aber jeden Tag geschunden werden, dabei entstehen hauptsächlich Halbekrügel und Schnupftabakgläser, die aber in der Qualität etwas im Schatten derer aus Frauenau stehen. Hauptsächlich die Glasmacher Hopper und Geyer sollen sich der Büchslfertigung annehmen. Unbedingt erwähnt werden muß aber der Glasschleifer Klaus Büchler, der sehr viel Sinn für moderne Entwürfe nicht nur bei Schnupftabakgläsern hat. Im Museum in Grafenau sind einige sehr eigenständige, geschmackvolle Arbeiten von ihm ausgestellt (vgl. auch Taf 152 und 153).

An dieser Stelle soll auch der Bericht eines alten Glasmachers aufgenommen werden, der lange Zeit Büchsl geschunden hat und über 20 Jahre in Spiegelau tätig war: Der Geyer Willi wurde 1909 geboren und stammt aus einer Familie, die viele bekannte Glasmacher hervorgebracht hat. Er lernte bei seinem Vater ab 1922 in der Poschingerhütte, die damals an Isidor Gistl verpachtet war, und wurde dann in die 1925 erbaute Gistlhütte als Glasmacher übernommen. Nach dem Krieg war er in Riedlhütte und im Rheinland tätig, von 1949 bis zur Pensionierung im Jahr 1972 in Spiegelau. Bereits in den frühen 20er Jahren war das Schinden in den Hütten Brauch und die Büchslfertigung beobachtete er beim Vater und dem älteren Bruder. Mascherl wurden auf dem Schäuferl gerollt, Bandlbüchsl (ähnlich Nr. 44 in B&T) wurden von der Stange gefertigt. Diese ca. 30 cm langen Stücke ließ man abkühlen und nahm sie später nach erfolgter langsamer Erhitzung bis auf Rotglut am hohlen Nabel auf. Der röhrenartige „Schnackl" wurde auf einem kalten Nabel abgesetzt, damit ein geschlossener Hohlkörper, und weiter verarbeitet. Bei der Herstellung von Hohlgeschnürlten wandte man ein vereinfachtes Verfahren an, bei dem auf den Mantel verzichtet wurde. Der „Kern" wurde in einen sehr scharfen und tiefzackigen „Optischen" eingeblasen (vgl. Lit 14) und erhielt somit tiefgratige Lamellen, die beim Verwärmen und Walzen zu Hohlräumen geschlossen wurden. Recht einfach war auch die Herstellung von „geschleuderten" Büchsln. Der Glasposten wurde in einen Optischen eingeblasen und nach dem Abkühlen freihändig mit einem Farbglasfaden umsponnen. Dieser schmolz dann beim anschließenden Verwärmen ganz schnell zu Punkten auf den Stegen des kantigen Kernes zusammen. 1929 blies der Geyer Willi sein erstes Büchsl, und später sollten noch viele, viele hinzukommen! Da das Schnupfen nicht mehr sehr verbreitet war, wurde die Schinderware, die man zum Hamstern nach dem Zweiten Weltkrieg herstellte, von anderen Gegenständen bestimmt. Für einen Kerzenständer gab es ein Ei. Wenn ein Bauernhaus im Gäuboden einen schön geschmückten Herrgottswinkel in der guten Stube aufwies, dann wohnten dort christliche Leute, denen ein gläserner Weihwasserkessel einen Schinken wert war. Nur einmal in den 50er Jahren sollen zwei Wochen lang für einen besonderen Kunden Schnupftabakgläser hüttenmäßig in Spiegelau produziert worden sein. Richtig los ging es – und damit stimmt der Bericht vom Geyer Willi mit den anderen seiner Kollegen überein – erst ab etwa 1965 wieder, als die Nachfrage nach Schnupftabakgläsern als Zier- oder Sammelgegenstände neu belebt wurde. In Spiegelau war damals der Geyer Willi der angeblich einzige, der Mascherl, eine der anspruchsvollsten Techniken, herstellen konnte. Er rollte sie auf dem Schäuferl und blieb gerne bei dieser Technik, da er sie alleine und ohne Helfer ausführen konnte. In den Jahren nach seiner Pensionierung werkelte das liebe Original noch 10 Jahre in der Riedlhütte, gerne geduldet von der Betriebsleitung, beim Büchslschinden. Eines der letzten Exemplare aus seiner Hand hat er mir dann zum Schluß unserer launigen Unterhaltung liebenswürdigerweise verehrt.

Poschinger, Frauenau:

Das mittelgroße, traditionsreiche Unternehmen hat eine große Fertigungspalette. Manche Gläser lehnen sich stark an ehemalige Biedermeierstücke an, z. B. die handbemalten Freundschaftsbecher mit rosa Innen- und emailweißem Außenüberfang. Eine Hüttenfertigung von Schnupftabakgläsern gibt es nicht. Allerdings ist man bei Poschinger, was das Schinden angeht, immer sehr großzügig gewesen. Es darf täglich während der Arbeitspausen „privatelt" werden, auch muß man das verarbeitete Glas nicht abgelten. Natürlich dominierten nach dem Krieg zunächst die Halbekrügel, Zierschalen, Weihwasserkessel, usw. Mitte der 60er Jahre entstanden dann der Nachfrage verschiedener Sammler folgend die ersten Schnupftabakgläser. Zunächst versuchte man sich an einfachen Schwartenmägen und zerrieb das „Katzensilber" aus dem Urgestein in der Kaffeemühle für die Flinsglasl. Vor allem zwei Glasmacher bei Poschinger befassen sich seit dieser Zeit bis heute intensiv mit der Fertigung von Schnupftabakgläsern. Ewald Wolf ist bereits in B&T erwähnt und hat mit großem Fleiß enorme Stückzahlen produziert. Dabei muß man bedenken, wie anstrengend es ist, neben der harten Akkordtätigkeit die Arbeitspausen für die Büchslfertigung zu opfern. Wolf zeigt eher die einfacheren Techniken, wie z. B. Kröselüberfänge oder Geschleuderte, dabei aber in vielfältigsten Varianten. Johann Plechinger bläst Mehrfachüberfänge, allerdings mit Glasstaub, die von Schleifern wie Josef Schwarz, Spiegelau, und ehemals Dörndorfer, Frauenau, veredelt wurden. Es dominieren jedoch seine Fadengläser und Mascherl, die er grundsätzlich in der Vorrichtung arbeitet (Lit 14), und meist mit Klarglasfaden umspinnt. Die Farbglaswendeln und -bänder sind farblich gut abgestimmt, aber nicht allzu vielseitig in der Ausführung. In der Regel versieht er die Gläser mit einem hübschen passenden Glasstöpsel. Da die Hütte für Biedermeierbecher Zinnemail im Hafen führt, finden sich auch weißüberfangene Schnupftabakgläser mit rosa oder hellgrüner Innenblase, die meist von Michael Kamm, der ebenfalls bei Poschinger arbeitet, mit floralen Dekoren versehen werden.

Theresienthal:

Von allen Bayerwaldhütten ist die Hütte Theresienthal noch am stärksten ihrer wirklich bedeutenden Tradition verhaftet. Neben Kristall- und Farbglas für Trinkservice bezaubern auch heute noch die in sorgfältiger Transparenzmalerei veredelten Kelchgläser und Römer, die meist auf Originalmotive um die Jahrhundertwende zurückgehen. Dabei bestechen aber auch die mundgeblasenen Formen, die häufig auch noch sehr viel Freihandarbeit aufweisen.
Eine hüttenmäßige Fertigung von Schnupftabakgläsern gibt es nicht, die meisterlichen Schinderarbeiten vom ehemaligen Glasmacher Franz Schreder sind aber bereits Geschichte und in B&T gewürdigt. Geschunden wird dort jeden Tag in der Mittagspause. Pro Woche ist eine Pauschale von ca. DM 10,– für das verbrauchte Rohglas zu entrichten. Als Büchslmacher werden u. a. genannt die Glasmacher Hagl und Baumgartner. Die Techniken beschränken sich meist auf einfachere Gerissene oder Überfänge. Gelegentlich finden sich aber immer wieder auch Hohlgeschnürlte.

Eisch, Frauenau:

Die Hütte Valentin Eisch KG ist ein weiterer mittelständischer Betrieb, der vor allem durch die künstlerische Gestaltung von Professor Erwin Eisch geprägt wird. Neben Kristallglas wird hauptsächlich das Kunstglas der „Poesie"-Serie gepflegt; es ist weit über unsere Landesgrenzen berühmt geworden. Damit hat sich von allen anderen Bayerwaldbetrieben die Glashütte Eisch am meisten um das zeitgenössische Kunstglas verdient gemacht, ein Vergleich mit der früheren Hütte in Klostermühle (Loetzglas) ist nicht zu hoch gegriffen.
Seit Mitte der 60er Jahre sind dort herrliche Büchsl geschunden worden. Gelegentlich wurden auch von der Hütte kleinere Serien von Schnupftabakgläsern in Auftrag genommen und Ende der 70er Jahre erschien sogar ein Katalog über „Schnupftabakdosen", wobei natürlich gläserne Schnupftabakflaschen gemeint waren. Es heißt dort:

„... legen wir nicht unbedingt Wert in erster Linie auf das Alter eines Schmalzlerglases. Auch die Gegenwart soll und wird die technologische Glanzleistung beweisen und bestätigen ... Zu unserer stillen Freude fließt ein ständiger, in der Gegenwart leicht feststellbarer Nachschub von Neuschöpfungen, die es nicht notwendig haben, sich vor den traditionellen zu verstecken ..."

Der Katalog zeigt ein Sortiment von ca. 30 verschiedenen Gläsern vom Lochbüchsl, Schwartenmagen, Geschnürlten bis zum Geschleuderten, Mascherl, Geige und Neidfaust, daneben geschliffene Überfanggläser und bäuerlich bemalte Stücke. Leider lief die Produktion nur in sehr bescheidenem Umfang. Eine viel größere Bedeutung haben – wie eigentlich überall – die geschundenen Stücke aus der Hütte, die in enger Verbindung mit den berühmten Glasmachern Karl Straub (mittlerweile pensioniert) und Josef Pscheidl stehen (Lit 14). Bei den Veredlern müssen der Schleifer und Graveur Weber und vor allem der leider verstorbene Dörndorfer hervorgehoben werden. Heutzutage wird in der Regel einmal in der Woche, am Freitag, geschunden.

Von den vier kleineren Glashütten Klokotschnik in Zwiesel, Ludwigsthal, Osterhofen und Regenhütte, haben die drei ersteren zumindest vorläufig auf Grund der derzeit für die Glasindustrie wirtschaftlich schwierigen Situation kapitulieren müssen. In Ludwigsthal wurden 1976 vorübergehend einige Typen von Schnupftabakgläsern hüttenmäßig hergestellt (Taf 129), in den übrigen drei Glashütten gibt es so gut wie keine Tradition für die Herstellung von Schnupftabakgläsern, auch nicht als Schinderware.

Falkensteinglashütte:

Max Kreuzer, früher Hüttenmeister bei Klokotschnik, dann kurz in Ludwigsthal beschäftigt, errichtete Anfang 1981 in seiner ehemaligen Garage einen kleinen Ofen und nahm zusammen mit seinem Sohn am 1. 8. 81 die Produktion auf. Es wird nur Kristallglas, u. a. aus Scherben von Regenhütte, geschmolzen. Farbglas wird in Zapfen, von den Firmen Kügler, Augsburg und Zimmermann, Germaringen bezogen. Auch ein alter Farbglaszapfen aus der früheren Spiegelhütte fand eine brauchbare Verwendung. Obwohl bei Klokotschnik gar keine und in Ludwigsthal nur wenig Büchsl geschunden wurden, hat sich Kreuzer von Anfang an der Fertigung von Schnupftabakgläsern zugewandt, die ihm den größten Absatz bringen. Seine Formen sind so handlich und zierlich wie die der alten Gläser. Es dominiert die Mascherltechnik, daneben eine Art Jugendstilglas mit Lüstrierung, dazu eine Ätztechnik mit Silbernitrat, das mit Preßluft über das heiße Glas verteilt wird und funkenartige Effekte gibt. Die Mascherl werden „gewuzelt", d. h. über einen Nabel an der Pfeife aufgerollt, nicht aus einer Vorrichtung aufgenommen (Lit 14). Sie sind deshalb sehr elegant. Es gibt

Exemplare mit über 60 Stäbchen, wobei allerdings die Stäbchen in Form und Farbe nicht mehr richtig zur Geltung kommen, so daß es sich hierbei mehr um Kuriosa handelt. Ganz reizend sind die kleinen Mascherlbüchsl in Kinderausführung.

Seitdem Kreuzer ab etwa Mitte 1982 auch die Mehrfachüberfangtechnik in sein Repertoir aufgenommen hat, wird er mit Aufträgen geradezu überfallen. Meist wünscht man Entwürfe nach Vorlagen aus B&T. Der Schleifer Linsmeier, der auf den Mascherlglasln von Kreuzer einen sehr hübschen Ringspiegel mit S-Walzen an den Seiten ausführt, modelliert die Überfanggläser sehr liebevoll in der Art des leider verstorbenen Dörndorfer aus Frauenau.

Glasfachschule Zwiesel:

Gottseidank hat sich auch in dieser staatlichen Institution die Tradition des Schindens erhalten! Wie sehr würden sonst die herrlichen und im wahrsten Sinn des Wortes vorbildlichen Stücke des früheren Meisters, des Rankl Sepp (Lit 14), in der Geschichte der neuzeitlichen Schnupftabakgläser fehlen! In Richard Seidl, Jahrgang 1939, dem derzeitigen Meister, hat sich seit 1977 allerdings ein mehr als würdiger Nachfolger gefunden. Seine Fadengläser gehören zu dem Gelungensten, was heute auf diesem Gebiet zu finden ist, und reichen vom Mascherl bis zur komplizierten Netzglastechnik. Die breitgeschnürlten, die Bandl- und die gerissenen Glasl sind in Form und Technik so gelungen, daß sie von den Originalen um 1900 fast nicht zu unterscheiden sind. Eine Grenze setzt hier lediglich das heute zur Verfügung stehende Farbglas, das trotz seiner Vielfalt manche Nuancen des früher hergestellten Glases nicht wieder bringen kann.

Die Veredler

Wie im vorigen Jahrhundert bemüht sich im Bayerischen Wald neben den Glashütten eine große Zahl von selbständigen Betrieben um die Glasveredelung. Von Herstellern wie Riedlhütte und anderen wird das Rohglas bezogen und dann geschliffen, geschnitten oder bemalt. Meist wird daneben ein mehr oder minder florierender Glashandel betrieben. Die meisten Veredelungswerkstätten handeln zumindest mit Schnupftabakgläsern, dem begehrten Souvenirartikel, sind dabei aber von den sehr unterschiedlichen Bezugsmöglichkeiten abhängig. Diese sind in der Regel ohnehin nicht sehr üppig, da fast nur Schinderware zur Verfügung steht. Deshalb möchte ich hier auch nur einige wenige Betriebe aufnehmen, die Schnupftabakglasrohlinge selbst und in größerem Umfang weiterverarbeiten.

Eingangs soll der scherzhafte Erlebnisbericht eines Sammlers, der jahrelang die „Szene" beobachtet hat, die Situation in Frauenau in den 70er Jahren schildern helfen. Herr Delling berichtet:

„An Ostern 1978 reiste ich nach Frauenau mit der Absicht, wieder einmal ein paar Büchsl mit nach Hause zu bringen, zumindest aber welche in Auftrag zu geben. Vier kleine gläserne Freuden sollten es sein, drei als Geschenke, eine für mich. Ich machte mich also auf den Weg zu zwei befreundeten Glasmachern – Karl Straub und Paul Schlag – und bat sie um je zwei Kristallglasrohlinge, so, wie sie von der Pfeife kommen. Diese brachte ich dann zu Franz Auerbeck, der sie in vier Arbeitsgängen geschliffen hat. Damit waren sie zur weiteren Veredelung, zu Gravur und Bemalung vorbereitet. Die Büchsl brachte ich mit nach Hause und schickte sie per Post mit genauen Anweisungen und der Bitte, sie bis Juli fertigzustellen, zu einer Glasmalerin nach Zwiesel. Der Juli kam und war fast um, aber Büchsl sind keine gekommen. Ich schrieb an Frau Trefny, die Antwort: Keine Zeit! Ich bat und bettelte, die Antwort: Ich bemühe mich! Kurz vor dem Herbsturlaub schrieb ich nochmals und erhielt die Mitteilung, ich möchte doch ein Muster des gewünschten Frauenauer Wappens nach Zwiesel mitbringen. Diese Bitte nach nahezu 6 Monaten zerschlug die Hoffnung, daß die Büchsl vielleicht doch fertig geworden seien. Und so war es auch, nur das mit einer aufgemalten Rose lag bereit, das mit dem Frauenauer Wappen wurde für die nächste Woche zugesagt, die zwei anderen mußte ich unverrichteter Dinge wieder mitnehmen. Nun, was tun? Ich wollte sie doch alle vier fertig nach Hause bringen!

Der nächste Weg war zu Franz Geier in Frauenau, der auch Glas bemalt. Zu meinem Leidwesen erhielt ich jedoch den Bescheid, daß er sich jetzt ausschließlich auf Hinterglasbilder spezialisiert hat. Also wieder umdisponieren: Anstelle einer Bemalung sollten die Büchsl halt eine Gravur erhalten. Also nun zu Otto Werner, der auch versprach, die Arbeiten auszuführen, allerdings sah er ein kleines Problem. Da die Büchsl auf beiden Seiten graviert werden sollten, sei es seiner Meinung nach empfehlenswert, sie zu verspiegeln, d. h. sie innen mit Silbernitrat zu versehen, da sonst in der Durchsicht die Schnittmotive ineinander übergehen würden. Nun sollte doch dieser Arbeitsgang nicht weiter schwierig sein, dachte ich und ging zum Hüttenmeister von Eisch. Herr Schneck sagte mir, das wäre auch eigentlich kein Problem, nur würde Silbernitrat nur noch selten verwendet, und ich müsse halt die Büchsl dalassen, bis es mal wieder soweit sei. Aber solange konnte ich nicht warten, also zurück zu Herrn Werner, um neu zu beratschlagen. Er verwies mich weiter zum Glasschleifer Dörndorfer, der mir am nächsten Tag zwei Namen nannte. Der eine, Michl Kamm, war gerade in Urlaub, der andere, Lautscham, riet mir, es beim Glasveredler Weidensteiner zu versuchen. Ich erhielt jedoch unverhofft Hilfe von Ernst Friedrich, der die Büchsl dann in Zwiesel bei einem Arbeitskollegen versilbern ließ, so daß ich sie am 2. Oktober endlich in Händen hatte.

So schwierig kann es sein, wenn man seine Schnupftabakglas-

101

sammlung bereichern möchte. Denn gute Büchsl zu kaufen, wie man Semmeln kauft, ist so gut wie unmöglich."

Soweit die Situation in Frauenau im Jahr 1978, wobei eine ganze Reihe von Namen genannt werden. Nun aber zur Einzeldarstellung einiger Veredelungsbetriebe, die sich in größerem Umfang mit Schnupftabakgläsern befassen, wobei die Übersicht keinen Anspruch auf erschöpfende Darstellung erheben will.

Glaskunst Franz Jung, Zwiesel

Franz Jung erhielt seine Ausbildung als Glasgraveur in der Glasfachschule Zwiesel und machte sich 1975 selbständig. Er legte 1974 die Meisterprüfung ab und führt in seinem Geschäft Schliffe und Gravuren aus. Bei den Schnupftabakgläsern werden meist Überfanggläser geschliffen, häufig auch geätzte Gläser geschnitten.

Siegfried Kapfhammer, Waldkristall-Glaskunst, Frauenau

Der Hohlglasschleifermeister Siegfried Kapfhammer eröffnete sein Geschäft in Frauenau 1965. Es werden sämtliche Schlifftechniken ausgeführt. Geschundene Büchsl erhält er meist aus Frauenau, wobei die Qualität aber oft recht unterschiedlich ist. Es handelt sich um Schwartenmägen und einfachere Fadentechniken, dabei auch Mascherl. Die guten Glasmacher behalten natürlich die besseren Stücke selbst oder verkaufen sie gelegentlich an eigene Bekannte. So sind die interessantesten Stücke bei Kapfhammer die, die er aus Überfangglasrohlingen selbst veredelt. Er erhält diese von Glasmachern aus Frauenau, meist Hütte Eisch, und Riedlhütte. Hierbei ist nun Kapfhammer ganz in seinem Element. Die Mehrfachüberfänge aus der Eischhütte werden sauber geschliffen und hübsch graviert, die gleichmäßigen, transparenten Überfanggläser aus Riedlhütte mit eigenständigen Mustern in bester handwerklicher Arbeit veredelt.

Rudolf Wagner, Glasveredelung, Zwiesel

Im Gegensatz zu Kapfhammer ist Wagner mehr auf den Glasschnitt spezialisiert. Er ist 1911 in Steinschönau, dem böhmischen Glasveredelungszentrum, geboren. 1925–28 absolvierte er seine Lehre als Kupfergraveur im Heimbetrieb Lorenz in Langenau bei Haida, die Motive waren hauptsächlich Blumen und Vögel. Es folgte ein Wechsel zu Gürtler, wo er als Steinschneider tätig war. Während der Zeit der Arbeitslosigkeit führte Wagner verschiedene Tätigkeiten aus, u. a. 1936 in Brünn (Monogrammschnitt) und im gleichen Jahr bei Süßmuth in Schlesien (figurale Arbeiten). 1939 wurde er Reichssieger in Gravur in Köln und legte im selben Jahr die Meisterprüfung ab. Während des Krieges arbeitete er in der Josephinenhütte in Schreibershau. Es folgte ein Stipendium an der biegsamen Welle und eine Tätigkeit für Lobmeyr in Wien. Schließlich wurde Wagner zur Wehrmacht eingezogen. Da nach dem Krieg eine Rückkehr nach Böhmen unmöglich schien, wurde er bis 1950 bei Rimpler in Zwiesel tätig. Am 1. 3. 1950 machte er sich in Zwiesel als Glasgraveur mit einem Kugler als Gehilfen selbständig.

Schnupftabakgläser veredelt Rudolf Wagner seit den 70er Jahren, wobei ich durch Auftragsarbeiten selbst Anregungen geben konnte. Von Anfang an dominierten dabei die sorgfältig ausgeführten Schnittmotive, zunächst jagdliche Szenen, Tiere, später „Glasmacher, Glasverkäufer, Handwerkszeichen, Eisstockschützen, Markt zu München, Tabakdame, Fische", wie die Kurzbezeichnungen alle hießen. In besonderer Auftragsarbeit spezieller Schnupftabakglassammler führte er zahlreiche Gläser nach Vorlagen aus dem Buch B&T aus. Daneben erfolgt ein gelegentlicher Ladenverkauf üblicher Schnupftabakgläser, die zum Teil in Wagners Werkstatt geschliffen werden.

Die Verschlußspezialisten:

Nachdem Glasstopsel üblicherweise kaum verwendet werden und damit die Glasmacher als Verschlußlieferanten nicht infrage kommen, auch die Schnupftabakhersteller nicht mit irgendwelchen Vorrichtungen einspringen, besteht derzeit ein dringendes Problem für den Sammler, wie er seine geliebten Stücke „krönen" soll, die ohne Verschluß einfach nicht ausgewogen wirken. Einiges über Verschlüsse ist in B&T gesagt. Häufig werden mangels anderer Möglichkeiten Wurzeln bizarrer Gestalt verwendet, es gibt auch einige private Verschlußproduktionen, die sich meist an die überlieferten Messingverschlüsse mit einem oder mehreren Ringen anlehnen. Ich selbst habe einmal für einen Sammler etwa 1000 derartige Verschlüsse hergestellt. Am liebevollsten gefertigt finde ich die Verschlüsse von Herrn W. Hölscher aus Osterholz-Scharmbeck, also ausgerechnet aus dem hohen Norden! Neben den Standardformen aus Messing, Kupfer und Silber mit Splint und mehreren runden Plättchen in 18 mm, bzw. für Gesellschaftsflaschen in 30 mm Durchmesser, und glatten Ringen zu Preisen von 2–10 DM je nach Material, werden auch spezielle Formen gefertigt. Dabei macht man aus reinem Zinn (95%, bleifrei) Abgüsse von Muttervorlagen, der Splint ist entsprechend den Vorlagen durch einen Nagel mit Öse ersetzt. Es handelt sich dabei um die Modelle „Vroni, Fredl und Alois" (Taf. 131, 149, 121). Ersteres geht auf einen Trachtenknopf, letzteres auf alte Messingverschlüsse des 19. Jh. zurück. Metallverschlüsse in teils traditioneller, teils moderner Ausführung stellt auch die Fa. Zimmermann in Germaringen her. Sehr hübsch ist bei der traditionellen, flachen Ausführung die Verwendung profilierter Ringe, wie sie auch um die Jahrhundertwende üblich waren. Die moderne, hohe Ausführung mit Kügelchen unterschiedlichen Durchmessers kommt besonders auf den birnenförmigen Schnupftabakgläsern der Christinenhütte gut zur Geltung.

Sammler, Sammlungen, Fälschungen:

Um die zeitgenössische „Szene" bei den bayerischen Schnupftabakgläsern abzurunden, muß natürlich auch etwas über die Sammlungen und den Handel ausgesagt werden. Viele private Sammler sehen eine öffentliche Darstellung nicht gern, deshalb soll nur erwähnt werden, wie weit sich der Bogen hier spannt. Viele „Waldler" haben zuhause ihre Glasvitrinen, die wie schon vor hundert Jahren mit gläsernen Erinnerungsstücken gefüllt werden. Abgesehen von einigen Glasmachern, die Hunderte von Schnupftabakgläsern besitzen, handelt es sich hierbei um kleinere Sammlungen im Bereich von 1–2 Dutzend Büchseln, manchmal vom Vater und Großvater vererbt. Der Fremdenverkehr wird ebenfalls zahlreiche Klein-und Großsammlungen zeitgenössischer Gläser in vielen Städten des Bundesgebietes haben entstehen lassen. Oft ist es ganz unglaublich, welch umfangreiche Sammlungen interessierte Urlauber zusammentragen. Daneben existieren die wenigen Spezialisten, die über lange Jahre hinweg in oft fanatischem Sammlerehrgeiz Hunderte und Hunderte herrlicher alter Gläser zu bedeutendsten Sammlungen musealen Charakters aufgebaut haben. Die größte Schnupftabakglassammlung überhaupt ist die bereits zitierte vom Altbürgermeister Reitbauer in Regen. Mit über 1500 Stück hat sie ähnliche Dimensionen erreicht, wie die berühmte Tabatierensammlung Friedrich des Großen. Sie enthält einen nicht allzugroßen, aber repräsentativen Stock alter Gläser, dazu kommt ein umfassender Überblick über die Fertigung aus den 60er Jahren bis heute, worin ihre wichtigste Bedeutung liegt. Das Schönste an dieser Sammlung aber ist, daß Stück für Stück von Privatpersonen als Dank und in freundschaftlicher Geste aus Verehrung für das Wirken eines außerordentlich beliebten Gemeindeoberhauptes übermittelt wurde. Diesem, wie auch den anderen großen Privatsammlern im Bayerischen Wald, ist es hauptsächlich zu verdanken, daß ich über 1000 alte Gläser in mein Fotoarchiv aufnehmen durfte. Damit wurde ein wesentlicher Beitrag geleistet, um die beiden Bücher über bayerische Schnupftabakgläser mit Bildmaterial auszustatten.
Aber nun zu den wichtigsten musealen Sammlungen:

Die größte und bedeutungsvollste mit grob geschätzt 300 Exemplaren ist die im Waldmuseum Zwiesel. Zwei wichtige Sammlungen mit je ca. 150 Stück beherbergen das Glasmuseum Frauenau und das Schnupftabakmuseum Grafenau. Erwähnung finden müssen aber auch wegen der Qualität ihrer Gläser die mit etwa 30–50 Stück etwas kleineren Sammlungen des Bayerischen National Museums in München und des Oberösterr. Landesmuseums in Linz, sowie des Bauernhausmuseums in Tittling. Die musealen Sammlungen, zusammen mit dem in B&T gezeigten Material, sollten dem interessierten Sammler oder Händler eigentlich genug Möglichkeiten zu einer sachgerechten Information geben. Trotzdem ist es nach wie vor betrüblich zu sehen, wie groß die Unsicherheit bei einer einigermaßen vernünftigen Zuschreibung geblieben ist. Nach wie vor werden neue Gläser im Handel wissentlich und unwissentlich als alt, teuer genug an den Mann gebracht. Auch wird den „alten" Gläsern aus der Zeit um 1900 oft ein nahezu biblisches Alter angedichtet. Sehr bedenklich ist auch die Kritiklosigkeit einiger Auktionshäuser, die manchmal in großem Umfang zum Teil grob gefälschte Ware absetzen, wobei die blindlings höchste Preise bietenden Erwerber sicher ihren Teil zu dieser Misere beitragen. Leider handelt es sich gerade in jüngster Zeit bei diesen Stücken nicht einmal um gute Exemplare besserer Glasmacher, bei denen der einzige Mangel eine unrichtige Alterszuschreibung wäre, sondern um eindeutige Fälschungen zum Zwecke der Bereicherung ohne jeden handwerklichen Wert. Eine große Enttäuschung war für mich in diesem Zusammenhang, daß einer der ersten Hinweise auf mein Buch B&T in einem Auktionskatalog ausgerechnet ein derart gefälschtes Glas betraf. Um mein Archiv auch mit derartigen Kuriositäten auszustatten, bin ich soweit gegangen, eines dieser Exemplare zu erwerben. Die einzige Möglichkeit zur Beschaffung war tatsächlich eine Auktion. Das Glas kostete mich mit allen Zuschlägen etwa DM 200, wobei die gleichzeitig versteigerten anderen Exemplare Zuschlagspreise von über DM 350 erzielten! Ich habe das erworbene Glas in dieses Buch als abschreckendes Beispiel aufgenommen (Taf. 155), möchte aber betonen, daß der Hersteller selbst vielleicht nicht einmal in betrügerischer Absicht gehandelt hat, sondern evtl. irgendein agiler Zwischenträger. Schade ist, daß die Auktionshäuser mit ihren Spezialisten sich hier nicht kritischer einsetzen. Die meiste Schuld trifft aber den kritiklosen Endabnehmer, der mit seinem überhöhten Gebot auch andere Sammler im Bieterrausch zu unüberlegten Handlungen hinreißt.
Bei dieser Gelegenheit sei auch noch darauf verwiesen, daß zahlreiche Sammler nach dem Erscheinen von B&T den verständlichen Wunsch hatten, sich nach Vorlagen aus diesem Buch ähnliche Gläser fertigen zu lassen. Nahezu alle geschnittenen Gläser wurden dabei von der

Werkstatt Wagner im Auftrag nachgearbeitet, ähnliche Aufträge wurden an Kapfhammer für Schliff- und Kreuzer (Falkensteinhütte) für Glasmacherarbeiten erteilt. Das ist sehr erfreulich und dient der Belebung der „Szene", auch wird jeder dieser Hersteller immer redlich Auskunft über das Herstellungsdatum geben. Sobald jedoch diese Gläser, vielleicht erst nach einer Generation, wieder in den Handel kommen, heißt es, mit Sorgfalt und Sachverstand zu beurteilen. Dabei hoffe ich, mit meinen Veröffentlichungen allen Sammlern und Liebhabern dieser so vielfältigen, liebenswerten Gegenstände eine nicht unwesentliche Hilfe an Hand geben zu können.

Nachtrag

Kurze Technologieübersicht, die Herstellung von Glas und Schnupftabakgläsern

Das Wort „Glas" hat seinen Ursprung in der germanischen Bezeichnung „glaza" für (oft durchsichtigen) Bernstein. Diese wurde auf das von den Römern eingeführte „vitrum" übertragen.

Das vermutlich älteste Glasmacherrezept auf einer Keilschrifttafel aus Mesopotamien vom 17. Jh. v. Chr. erwähnt bereits Zusätze wie Blei, Kupfer, Salpeter (= Soda), Kalk. Die Hauptbestandteile der Glasschmelze sind jedoch neben dem Quarzsand (SiO_2) die Flußmittel Soda oder Pottasche, die den Schmelzpunkt des Quarzsandes von ca. 1700° C auf etwa 1200° C erniedrigen helfen. Die Soda (Na_2CO_3 = Natriumkarbonat) wurde früher im vorderen Orient aus freiem Vorkommen oder aus Meeresalgen gewonnen. Nördlich der Alpen benützte man die wertvollere Pottasche (K_2CO_3 = Kaliumkarbonat), die aus Buchenasche hergestellt wurde.

Quarz und Flußmittel ergeben jedoch erst den Glasfluß, das im heißem Wasser lösliche Wasserglas, das schließlich durch die Zugabe der sog. Stabilisatoren Kalk (CaO) oder Bleioxid (PbO) zum beständigen technischen Glas wird.

Entfärbungsmittel (z. B. Braunstein = Mangandioxid), Färbungsmittel (verschiedene Metalloxide) und Trübungsmittel (z. B. Arsenik, Kaliumphosphat, Zinnoxid, Kryolith, etc.) bestimmen sodann den gewünschten Glascharakter.

Das Rezept aus Mesopotamien enthielt also neben dem Quarzsand Soda (Salpeter) zur Schmelzpunkterniedrigung, bereits Blei und Kalk zur Stabilisierung und Kupfer zur (Rot-)Färbung!

Über die Mittel zur Glasfärbung sind in B&T genug Hinweise gegeben, die hier nicht mehr wiederholt zu werden brauchen. Zur Ergänzung der dortigen Erläuterungen hier nur noch die nicht einfachen „Farben" Weiß und Schwarz nach alten Rezepten:

Neri gibt 1601 für die „Milch-Farbe" an
„30 Pfd Fritta Cristalli (Basis-Glasgemenge)
75 Pfd Zinnasche oder Zinnkalch (Zinkoxid ZnO)
3½ Pfd Magnesie (Braunstein)"

Kunckel schreibt 1689 für „Opael und Milchweiß"
„130 Pfd Kies
70 Pfd Salpeter
12 Pfd Borrox
12 Pfd Weinstein
5 Pfd Arsenic
15 Pfd Hirschhorn oder Knochen"

Mit weniger Knochenmehl erzeugte er somit die Opalfarbe, mit mehr die intensivere Milchfärbung.

Das 1817 erstmals von Buquoy in Südböhmen erzeugte schwarze Hyalithglas hat bis heute vieles von seinen Geheimnissen behalten. Sehr oft wird Schwarzglas über eine Dunkelviolettfärbung erzeugt, die beim reinschwarzen Hyalith aber nicht gegeben war. Aus vergilbten Aufzeichnungen eines Hyalithschmelzers ist uns folgende Rezeptur erhalten, die aber wohl vielfach abgewandelt wurde:

„100 Pfd Sand
20 Pfd Pottasche
30 Pfd Soda
18 Pfd Kalk
½ Pfd Eisenfeilspäne
2 Pfd Kohlen"

Mittels der vermutlich im letzten Jh. v. Chr. von den Phöniziern erfundenen Glasmacherpfeife war die Möglichkeit zur vielseitigen und rationellen Gestaltung beliebiger Glaskörper gegeben. Dazu kurz der Werdegang eines Schnupftabakglases in einem Prozeß, der über Jahrhunderte derselbe geblieben ist:

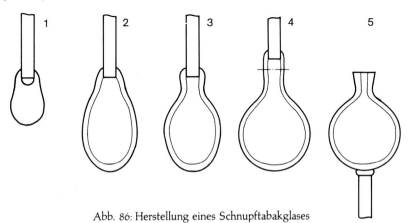

Abb. 86: Herstellung eines Schnupftabakglases

Der Glasmacher nimmt den „Glasposten" an der ca. 1,2 m langen Pfeife auf (1). Durch Aufblasen und Formen im Wallholz und mittels Richteisen erhält man eine etwa tropfenartige, im Querschnitt runde Form (2). Mit der Auftreibschere wird nun der Kragen eingeschnürt. Nach sorgfältigem Flachdrücken (4) des Körpers zwischen zwei Holzbrettchen ist der Formcharakter des Glases endgültig festgelegt. Nun wird es von der Pfeife an das Hefteisen, einen einfachen Eisenstab, umgesetzt und die Pfeife samt den Glasresten vom Kragen abgesprengt. Die meist zu große Öffnung wird zugetrieben, der Kragen etwas gestaucht.

Abschließend als Klassifikationshilfe eine kurze, systematische Darstellung der verschiedenen Schnupftabakglastechniken, wie sie in B&T im Einzelnen erläutert und beschrieben sind:

Einschichtengläser:	Farblose Gläser
	Transparente Farbgläser
	Trübgläser und opake Farbgläser
Mehrschichtengläser:	Zweischichtige Überfanggläser
	Mehrschichtige Überfanggläser
Gläser mit farbigen Faden- oder Bandeinlagen:	Fadengläser
	Breitgeschnürlte Gläser
	Bandlgläser (gerade Bandeinlagen)
	Gerissene Gläser (gekämmte Fadeneinlagen)
	Filigrangläser
	Geschleuderte Gläser (Fadenpunkte)
Spezielle Glasmasse und Glaseinschlüsse:	Flinsgläser (Glimmereinschlüsse)
	Marmor- oder Steingläser
Freihandformen:	Grundform und Varianten
Optische Gläser:	Einschichtig optische Gläser
	Hohlgeschnürlte (hohlwendel-optische Gläser)
	Bladerl (perloptische Gläser)

Auf verschiedene Veredelungstechniken bei Schnupftabakgläsern wurde in Kapitel 6 eingegangen.

BILDKATALOG:

Anmerkung:

Wo im Band „Brasilflaschl und Tabakbüchsl" (hier abgekürzt zu B&T) im Bildkatalog besonderer Wert darauf gelegt wurde, entsprechend einer übersichtlichen Klassifikation möglichst alle bei Schnupftabakgläsern aufgefundenen Glastechniken zu zeigen, sollen hier neben einem allgemeinen Überblick bestimmte Techniken, z. B. die Glasmalerei entsprechend ihrer Bedeutung vertieft dargestellt werden. Daneben wurde auch die zeitgenössische Produktion umfangreicher gewürdigt.

Überfanggläser

1 *Doppelüberfangglas mit
Innenüberfang
Bayerischer Wald, um 1870 (?)*

*Mit den drei Farben und dem sorgfältig
entworfenen Schliff ein sehr individuelles,
gelungenes Glas.*

2 *Doppelüberfangglas
Bayerischer Wald (?), um 1880 (?)*

*Eigenwilliges Schliffbild als stilisierter Baum
mit Blättern, Blüten und Früchten.*

3 *Doppelüberfangglas
Bayerischer Wald (?), um 1870 (?)*

*Schlankes, hervorragend ausgeführtes Glas
mit sehr elegantem Schliffbild, durch
Glanzgoldmalerei weiter veredelt.*

4 *Doppelüberfangglas
Bayerischer Wald, um 1890*

*Von diesem Schlifftypus mit den weichen
Schnörkeln sind mehrere Exemplare erhalten
(vgl. Nr. 26, B&T). Hier mit einfachem
Berufssymbol des Schäfflers oder
Schankkellners, rückseitig „Michl Dachs".*

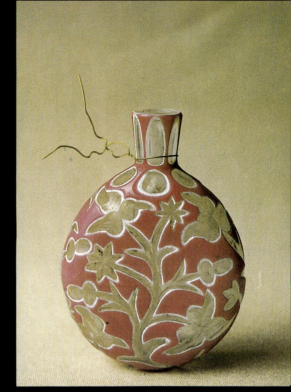

Trübgläser

5 *Trübglas*
Bayerischer Wald, 2. Hälfte 19. Jh.

Der kobaltblaue Kragenrand als Verzierung des grauen Trübglases verweist eindeutig auf die Herkunft aus einer der Steigerwaldhütten („Schachtenbachglas").

6 *Trübglas*
Bayerischer Wald, um 1900
Der Farbton dieses schlichten, aber handlichen Glases entspricht exakt dem von Bruchglasscherben aus Spiegelhütte.

7 *Trübglas, überfangen*
Bayerischer Wald, 2. Hälfte 19. Jh.

Das opake Grün kommt nicht allzu häufig vor. Scherbenfunde belegen diesen Farbton u. a. aus der Steigerwaldhütte Schachtenbach, die allerdings 1845 geschlossen und nach Regenhütte verlegt wurde. Eigenwilliges Schliffbild (vgl. Nr. 26 in B&T).

8 *Steinglas, sog. Lithyalin*
Nordböhmen, um 1850

Eine der interessantesten und geheimnisvollsten Glassorten ist das marmorierte Lithyalin, das von Friedrich Egermann um 1830 in Blottendorf bei Haida erfunden und später häufig zu imitieren versucht wurde. Daß dieser Glastyp auf einem Schnupftabakglas auftauchte, ist eine einmalige Rarität!

Trüb- und Opakgläser

9   *Milchglas mit Flachfarbenmalerei*
    Böhmen (?), um 1850

    Dieses alte, sehr liebevoll gestaltete Glas ist wohl die Auftragsarbeit für einen geistlichen Herrn. Die Rückseite (nach Nr. 86) zeigt starke Anlehnung an die Porzellanmalerei, die die Glasmalerei dieser Zeit weit übertraf.

10 *Trübglas mit Flachfarbenmalerei*
    Bayerischer Wald, Mitte 19. Jh.

    Wie das vorhergehende Beispiel trägt dieses Glas interessanterweise den Patterlsbesatz auf den Seitenflächen. Wie die Nummern 12, 74, 83, 84 sowie 16 und 80 in B&T vermutlich aus einer der Steigerwaldhütten, die ja auch für die hohe Qualität ihrer Schleifer und Maler berühmt waren. Maurerzunftzeichen, rückseitig die Bezeichnung „Rupert Wolf".

11 *Trübglas*
    Bayerischer Wald, 2. Hälfte 19. Jh.

    Ein Scherbenvergleich verweist nach Schachtenbach, das Schliffbild deutet eher auf eine spätere Herkunft hin.

12 *Trübglas mit Flachfarbenmalerei*
    Bayerischer Wald, Mitte 19. Jh.

    Schliffbild und Verzierung zeigen eindeutig dieselbe Handschrift wie die Nr. 80 in B&T und hier die Nr. 10, 74, 83 und 84, allesamt Einzelstücke höchster Qualität. Rückseitig die Widmung von sieben Vereinskollegen an ihren „Josef Muhr".

13 *Fadenglas*
Bayerischer Wald, um 1890

Einfaches, aber liebevoll veredeltes Fadenglas aus der Werkstatt des Zwieseler Glasmalers Heinrich Ulbrich. Die Rißvorlage zum freundschaftlichen Kartengruß ist im Nachlaß des Künstlers (Archiv Oskar Ulbrich) enthalten.

14 *Breitgeschnürltes Glas*
Bayerischer Wald, um 1900

Gut erhaltenes Reklameglas der Brasiltabakfabrik Weiß in Landshut, von der zahlreiche, zum Teil auch figürlich bemalte Schnupftabakgläser erhalten sind.

Geschnürlte Gläser

15 *Breitgeschnürltes Glas*
Bayerischer Wald, um 1900

Seltenes Exemplar eines aufwendig bemalten und geschliffenen geschnürlten Glasls. Die Kombination der Fadentechnik mit der schlichten Malerei wirkt durchaus liebenswert.

16 *Bandlglas*
Bayerischer Wald, um 1900

Wie bei den vorigen Glastypen sind Malereien auch bei den beliebten Bandlgläsern selten gewesen.

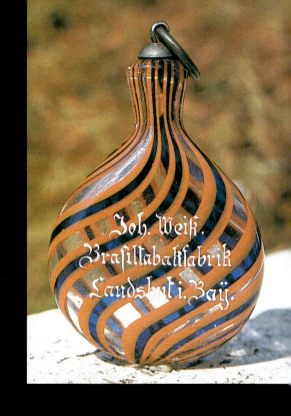

Fadengläser

17 *Fadenglas*
Bayerischer Wald, um 1880

Ein handliches Glas in Birnenform mit sorgfältig ausgeführtem Schliff.

18 *Fadenglas*
Bayerischer Wald, um 1900

Mehrfarbige Glassorten wurden hier zu Stäbchen gestaltet, die dichtliegend und verdreht diesem Glas einen eigenwilligen Charakter verleihen.

19 *Fadenglas*
Bayerischer Wald (?), um 1900

Fadengläser mit dichtliegenden weißen und rosa Fäden, umsponnen und mit appliziertem Fuß, waren nicht selten (vgl. B&T, Nr. 39). Besonders gefällig wirken aber bei diesem Glas der unterbrochene Dekor und die blauen Saumfäden.

20 *Fadenglas, umsponnen*
Bayerischer Wald, um 1900

Fadengläser in dieser Ausführung sind recht häufig gewesen. Ausgefallen ist hier allerdings die Farbgebung.

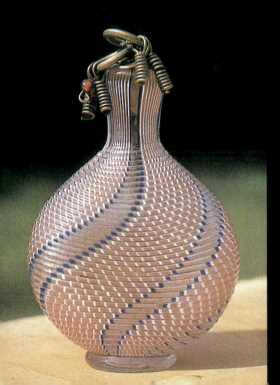
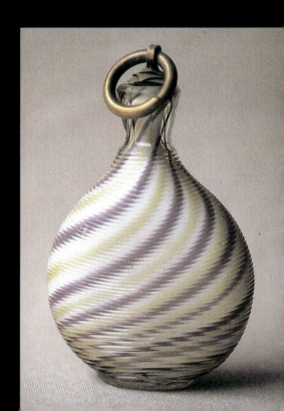

Gerissene Gläser

21 *Fadenglas in Schuppendekor gekämmt*
Bayerischer Wald, um 1890

Typisches Glas mit mehrfarbigen Fäden vor weißem Innenüberfang.

22 *Fadenglas in Schuppendekor gekämmt, umsponnen*
Bayerischer Wald, um 1910 (?)
Hier liegen die farbigen Fäden dicht auf dem weißen Außenüberfang auf. Bemerkenswert die sehr gleichmäßige Ausführung und das glitzernde Flinsgrün bei den Fäden.

23 *Fadenglas in Schuppendekor gekämmt, umsponnen*
Bayerischer Wald, um 1910 (?)

24 *Fadenglas in Fiederdekor gekämmt, umsponnen*
Bayerischer Wald, um 1910 (?)

Aus der gleichen Familie wie die vorigen beiden Beispiele, lediglich die Kammzugtechnik ist hier variiert.

25 *Mascherlglas*
Bayerischer Wald, um 1910

Zu beachten ist bei diesem Glas die feine, regelmäßige Ausführung der „Rosenkranzperlen" aus grün-weißen Fäden und aus rotblauen mit zwischenliegendem weißen Opalglas. Hübscher Originalverschluß in Leder.

26 *Mascherlglas*
Bayerischer Wald, um 1900

Ein gutes Beispiel dafür, mit wieviel Sinn für farbliche Abstimmung die besten Mascherlgläser ausgeführt worden sind.

Filigrangläser

27 *Mascherlglas*
Bayerischer Wald, um 1910

Interessanterweise existiert von diesem Glas ein nahezu identisches Stück in einer mir bekannten Privatsammlung. Das dürfte bei Mascherlgläsern durchaus gelegentlich der Fall sein, da die Stäbchen, die „Bausteine" eines derartigen Glases, meist für die Herstellung mehrerer Exemplare ausreichen.

28 *Mascherlglas*
Bayerischer Wald, um 1900
Ein besonders aufwendiges Glas in sehr spezieller Ausführung (Auftragsarbeit?). Die weißblauen Rosenkranzperlen mit silbernen, die weißen mit flinsgrünen Saumbändern. Dazu noch das geschnittene und mit Goldmalerei betonte Blumenbukett. Rückseitig der Namensvermerk „Matt. Egginger".

Fleckenoptische und Flinsgläser

29 *Fleckenoptisches Glas*
Bayerischer Wald, um 1910 (?)

Die Technik des fleckenoptischen oder „geschleuderten" Glases war Anfang des Jahrhunderts beliebt und fand sich bei vielen Gebrauchsgläsern dieser Zeit. Zunehmend lebt diese Herstellungsart auch bei Schnupftabakgläsern unserer Tage wieder auf.

30 *Flinsglas*
Bayerischer Wald, um 1910

Obwohl die Technik des Belegens mit Glimmerplättchen oder ähnlichen Materialien nicht sehr anspruchsvoll ist, wirkt sie doch recht attraktiv. Diese Gläser, die man in alten Exemplaren nicht allzu häufig findet, gehen ursprünglich auf das venezianische Aventuringlas zurück.

31 *Fleckenoptisches Glas*
Bayerischer Wald, um 1910

Der punktweise abgerissene Glasfaden zeigt bei diesem „geschleuderten" Glas interessanterweise einen strukturierten Querschnitt.

32 *„Schwartenmagen" mit Flinseinlage*
Bayerischer Wald, um 1910

Eine einfache Verzierungstechnik des Glasmachers ist das Auflegen farbiger Glassplitter. Derartige Schwartenmagen- oder Preßsackgläser sind auch heutzutage wieder sehr verbreitet. Hier ein gelungenes und geschmackvolles altes Exemplar.

Freihandformen

33 „Stiefel", Farbglas
Böhmen (?), Anfang 19. Jh. (?)

Flakons in Stiefelform waren nicht selten
(vgl. Launert Lit. 8 Abb. 47). Das
vorliegende Stück ist mit Schliff und
Bemalung sehr aufwendig gestaltet.

34 „Neidfaust", Milchglas
Bayerischer Wald (?), um 1800

Derartige Stücke, meist aber mit Metall-
schraubverschluß (Verwendung als
Riechfläschchen), finden sich gelegentlich in
der Literatur, vgl. Glassammlung Biemann
(Lit. 43, Nr. 292) und Launert (Lit. 8, S. 29).
Meist wird ihnen sogar ein noch höheres
Alter zugeschrieben. Solche Stücke dürften als
Vorbilder für die später sehr verbreiteten
Neidfäuste bei den Schnupftabakgläsern
gelten (Nr. 76–78, in B&T).

35 „Neidfaust", Milchglas
Oberösterreich, um 1800

Ein sehr ähnliches Gegenstück zu voriger Nr.
mit dem Liebessymbol der schnäbelnden
Tauben auf sprossendem Herzen. Vermutlich
Hütte Freudenthal in Österreich.

36 „Stiefel", Trübglas
Steigerwaldhütten, Mitte 19. Jh.

Die Verzierung in Form der opakblauen
Schlange auf dem hellgrauen Glaskörper war
ein spezielles Dekor der „Schachtenbachhütte"
und findet sich auch auf Trinkbechern und
ähnlichen Gebrauchsgläsern.

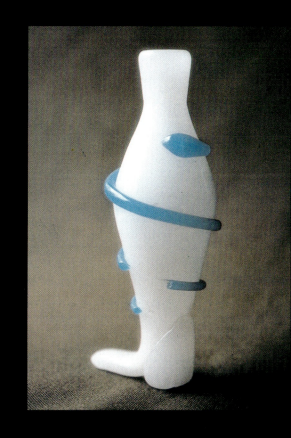

Umsponnene Gläser

37 *Umsponnenes Farbglas*
Bayerischer Wald, datiert 1904

Dieses umsponnene Uranglas ist an den Schliffstellen sehr liebevoll bemalt. Rückseitig der Anlaß dieser Auftragsarbeit: „Erinnerung an den 5. 2. 1902", vermutlich der Hochzeitstag des Beschenkten.

38 *Umsponnenes Glas mit Innenüberfang*
Bayerischer Wald, um 1900

Bei diesem großen Gesellschaftsglas, das mit Klarglasfaden äußerst gleichmäßig umsponnen ist, ergibt sich die geschmackvolle Eleganz aus der sehr zurückhaltenden Anwendung des Glasschliffes, sodaß die feingerippte Oberfläche attraktiv zur Wirkung kommt.

39 *Umsponnenes Glas mit Innenüberfang*
Bayerischer Wald, um 1900

Im Gegensatz zum vorher Gezeigten ist dieses große Gesellschaftsglas mit Emailfaden umsponnen und reich geschliffen. Es stammt vermutlich ebenfalls aus der Hütte Spiegelau.

40 *Umsponnenes Glas mit Fadeneinlage*
Bayerischer Wald, um 1900

Ein recht „bayrischer" Typus, dieses umsponnene „Geschnürlte", von dem in ähnlicher Ausführung einige wenige Exemplare bekannt sind. Schliff und Technik könnten auf die Hütte Spiegelau verweisen.

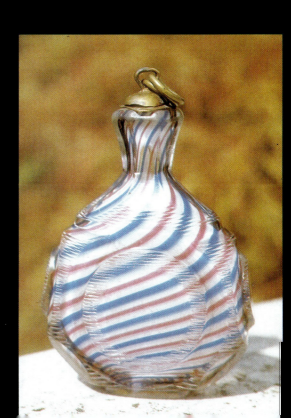

Optische und Formgläser

41 *Formglas*
Spiegelau (?), um 1900

Dieses in der Form geblasene Glas lehnt sich eng an übliche Schlifftypen an. Rückseitig die Devise: „Schnupf wer will, aber nicht zu viel".

42 *Optisches Glas*
Bayerischer Wald, um 1880 (?)

Glas mit „geschiebtem" Dekor. Es finden sich immer wieder Einzelstücke mit dieser speziellen Oberflächengestaltung. Bekannt sind farblose, waldglasgrüne, kobaltblaue Gläser (vgl. Nr. 85 B&T). Besonders interessant ist dieses chrysoprasgefärbte Trübglas, das evtl. auf eine der Steigerwaldhütten („Schachtenbach") verweisen könnte!

43 *Optisches Glas*
Bayerischer Wald, Anfang 19. Jh.

Einfaches optisches Glas in zartgrüner Waldglasfärbung.

44 *Formglas*
Böhmen (?), um 1900

Figürliche Darstellung mit Eichhörnchen. Vielfalt und Verbreitung dieser Formgläser deuten an, daß hier durchaus Wege gesucht wurden, diese Gebrauchsartikel zu verbilligen.

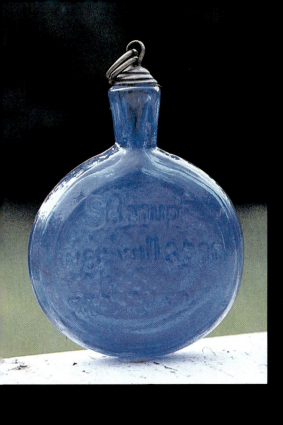

**Perloptische und
hohlgeschnürlte Gläser**

45 *Perloptisches Glas
    Bayerischer Wald, um 1890*

    *„Bladerlglas", das in der farblosen Variante
    eigentlich am besten wirkt.*

46 *Hohlgeschnürltes Glas
    Spiegelau, um 1900*

    *Reizvoller schwefelgelber Farbton
    (vgl. Nr. 90, B&T). Typisches Schliffbild für
    Spiegelauer Gläser.*

47 *Hohlgeschnürltes Glas
    Bayerischer Wald (?), Mitte 19. Jh.*

    *Sehr frühes hohlgeschnürltes Glas mit rubin-
    geätzten und bemalten Schilden, dazu
    Glasperlenbesatz. Die früheste urkundliche
    Erwähnung der hohlgeschnürlten Gläser liegt
    bei 1874.*

48 *Perloptisches Glas
    Bayerischer Wald, um 1900*

    *Der Farbton wurde als „antikgrün" bezeichnet
    und findet sich aus dieser Zeit häufig. Sehr
    gute Kalligraphie bei der Namensbezeichnung.*

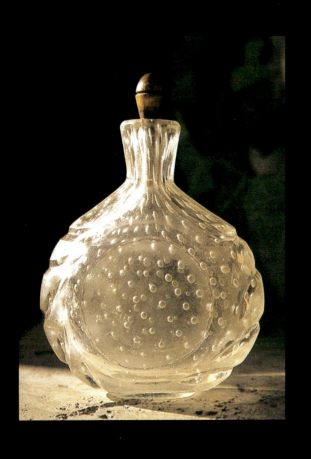

Geschliffene Gläser

49 *Uranglas, geschliffen*
Bayerischer Wald (?), um 1850
Ein herrlich gestaltetes Glas in der fluoreszierend gelb-grünen Färbung durch Uranoxyd (annagelb). Meisterliches Schliffbild.

50 *Überfangglas, geschliffen*
Bayerischer Wald, um 1850

In zweierlei Hinsicht ist dieses Glas besonders bemerkenswert: Zum einen handelt es sich nicht wie sonst üblich um einen Goldrubininnenüberfang, sondern einen Außenüberfang, d. h. die rosafarbene Glasschicht liegt außen. Zum andern ist das Schliffbild sehr durchdacht gestaltet. Die vier „Schleuderspiralen" laufen um die Seiten, kreuzen sich auf der Rückfront und laufen wieder im kleinen Spiegel auf der Vorderseite zusammen.

51 *Überfangglas, geschliffen*
Oberösterreich, um 1890

Hier der beliebte Goldrubininnenüberfang. Der gelungene, schlichte, aber ausgefallene Schliff verweist auf die österreichischen grenznahen Glashütten.

52 *Uranglas, geschliffen*
Bayerischer Wald, um 1850

Neben dem Uranoxyd wurde dem „annagrünen" Glas zur Farbgebung noch Kupfervitriol beigemischt. Schliff ähnlich wie bei Nr. 49, aber nicht ganz so gelungen.

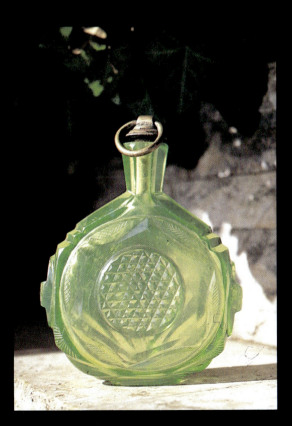

Geschliffene Gläser

53 *Farbglas, geschliffen*
Bayerischer Wald, Mitte 19. Jh.

Aufwendige Arbeit in reichem Walzenschliff.

54 *Geätztes Glas, geschliffen*
Bayerischer Wald, 1. Hälfte 19. Jh.

Das farblose Glas erhielt einen sehr aufwendigen Schliff mit Spitzsteinelung und Walzenschliffelementen und wurde anschließend vom Glasmaler mit Rot- und Gelbbeize versehen.

55 *Überfangglas, geschliffen*
Bayerischer Wald, 1. Hälfte 19. Jh.

Eine sehr gelungene Arbeit mit individuellem Silberverschluß. Vermutlich länger in Familienbesitz, da neben der Namensbezeichnung „Siegmund Kammermaier" der Fuß die gravierten Initialen „A. K.", der Verschluß „M. K." zeigt.

56 *Farbglas, geschliffen*
Bayerischer Wald, 1. Hälfte 19. Jh.

Glasfarbe, Schliffausführung (ganz ähnlich Nr. 55!), sowie die geschnittene Namensbezeichnung in lateinischen Lettern belegen ein hohes Alter. Der Kragen wurde vom Zinngießer vermutlich bereits im 19. Jh. restauriert.

Geschnittene Gläser

57   *Uranglas, geschnitten*
Bayerischer Wald, um 1870

*Sehr gute Schnittdarstellung eines
Hl. Michael, hinten die Initialien „M. Sch".*

58   *Überfangglas, geschnitten*
Bayerischer Wald, um 1890

*Großes Gesellschaftsglas der „Freiwilligen
Feuerwehr Lohe – Wischelburg" mit dem
detailliert geschnittenen Spritzenwagen.*

59   *Farbglas, geschnitten*
Bayerischer Wald, datiert 1806

*Der etwas blasse, blaue Farbton hebt sich bei
diesem alten Glas deutlich vom Kobaltblau
des späteren 19. Jh. ab. Sehr typisch der
sparsame Schliff und der naive Schnitt des
Bauernstandsymboles. Rückseitig datiert
1806.*

60   *Farbglas, geschnitten*
Bayerischer Wald, datiert 1798

*Ein derart altes, noch dazu datiertes Stück ist
eine herrliche Rarität. Schliff und Schnitt in
einfacher, aber charaktervoller Ausführung
(vgl. Nr. 99 in B&T!). Rückseitig das Zunftzeichen des Zinngießers und die Initialen
„J.A.".*

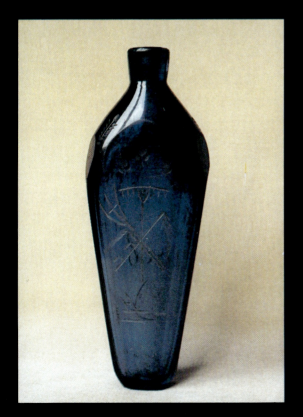

Gläser mit Drucken

61   *Glas mit Farbdruckauflage*
           Spiegelau (?), um 1900

           Gläser mit Farbdrucken, bzw. den wenig
           haltbaren Abziehbildern sind recht zahlreich
           erhalten. Dieses Glas zeigt rückseitig das
           Münchner Kindl, das auch in der
           Spiegelauer Preisliste (B&T) erwähnt ist.

62   *Glas mit Farbdruckauflage*
           Bayerischer Wald, um 1900

           Dieses Glas zeigt ein reichhaltiges Dekor in
           Glanzgold und Email, dürfte demnach eher in
           einer Malerwerkstatt als in einer Glashütte
           verziert worden sein.

63   *Glas mit Farbdruckauflage*
           Böhmen (?), um 1900

           Ansprechender Entwurf.

64   *Glas mit Farbdruckauflage*
           Bayerischer Wald, um 1900

           Von den üblichen Darstellungen abweichendes,
           ganz reizvolles Motiv. Mit Farbdrucken
           versehene Schnupftabakgläser gehören aber
           im allgemeinen zu den minderwertigen Sorten.

Bemalte Gläser – jagdliche Szenen

65 *Emailbemaltes Glas*
Süddeutsch (?), datiert 1802

Derartige Gläser waren im 18./19. Jh. als volkstümliche Schnapsflaschen weit in Europa verbreitet. Diese zierliche Plattflasche trägt rückseitig die Devise: „Ich bin ein Jager und stehe von Ferne, Schiese Hirsch und Vogell gerne. 1802". Da für einen gestandenen Jäger eine Schnapsflasche wohl mehr als nur zwei Schlucke enthalten sollte, kann das vorliegende seltene Stück evtl. doch noch als Schnupftabakbehälter gelten.

66 *Überfangglas*
mit Flachfarben auf Emailgrund
Bayerischer Wald, um 1890

Gut gestaltete Darstellung eines wildernden Bauern.

67 *Hohlgeschnürltes, bemaltes Glas*
Bayerischer Wald, um 1900

Vor allem figürlich sehr gut und typisch ausgeführte Malerei. Von derselben Hand sind einige Gläser überliefert. Dieses Glas wurde vor dem Schleifvorgang geätzt.

68 *Hohlgeschnürltes, bemaltes Glas*
Bayerischer Wald, um 1900

Humoristische Jagdszenen sind nicht selten.

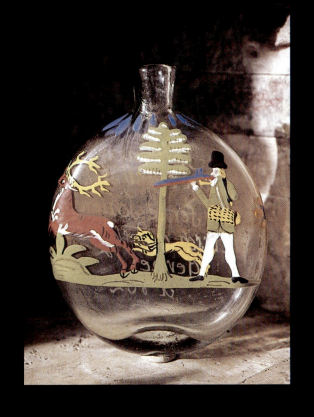

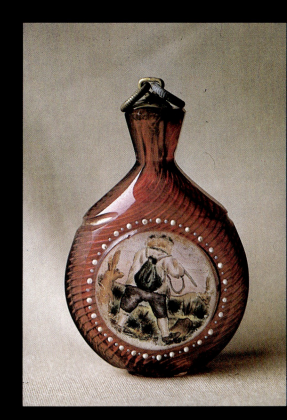

Bemalte Gläser – Zunftzeichen

69 *Klarglas, bemalt*
Oberösterreich, um 1800

Reich bemaltes, frühes Glas mit Schneiderzunftzeichen, vermutlich aus der Hütte Freudenthal, die auf derartige Arbeiten spezialisiert war (Lit. 27). Die Rückseite, ein Paar in Tracht, ist in B&T, S. 23 abgebildet!

70 *Farbglas, bemalt*
Bayerischer Wald, um 1900

Schnupftabakglas für den Angehörigen einer Liedertafel oder eines Gesangvereins, rückseitig die Initialen „AJ".

71 *Überfangglas, bemalt*
Böhmen, datiert 1907

Nachweis eines relativ frühen opak-gelben Innenüberfanges, Brauereizunftzeichen in sehr liebevoller Malerei. Die Übersetzung der tschechischen Devise lautet: „Zur Erinnerung gewidmet". Auf der Rückseite die Initialen „AW (?)".

72 *Überfangglas, bemalt*
Zwiesel, um 1885

Hervorragende Malerei mit den seltenen Bergmannsmotiven, aus der Hand von Heinrich Ulbrich. Rückwärts die Namensbezeichnung „Johann Schreil".

**Bemalte Gläser –
Zunftzeichen**

73   *Überfangglas, bemalt
Zwiesel, um 1900*

*Typisches Glas mit gutausgeführtem
Bauernstandszeichen aus der Hand von
Heinrich Ulbrich (vgl. Nr. 122 in B&T).
Auf der anderen Seite ein stilisierter
Blütenkranz.*

74   *Farbglas, bemalt
Bayerischer Wald, Mitte 19. Jh.*

*Herrliches dunkelgrünes Glas in klassischem
Schliffbild (vgl. Nr. 80 in B&T, hier Nr. 10,
etc.). Zunftzeichen des Mühlen- oder
Geschirrbauers in feinster Malweise. Rückseitig die Initialen „J.St." in Glanzgold.*

75   *Überfangglas, bemalt
Bayerischer Wald, um 1900*

*Seltene Darstellung des Zunftzeichens der
Donauschiffer, hinten in Gravur der Name
„Xaver Hierbed".*

76   *Bemaltes Glas
Zwiesel, um 1900*

*Metzgerzunftzeichen, ausgeführt von Heinrich
Ulbrich. Rückseitig „Josef Brandl". Rißvorlage
siehe B&T, aus Archiv Oskar Ulbrich.*

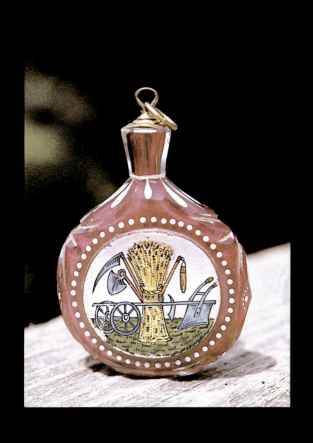

Bemalte Gläser – Zunftzeichen

77 *Fadenglas, bemalt*
Bayerischer Wald, um 1900

Entzückende Auftragsarbeit für einen Glasmacher, der das gelungene Büchsl wohl selbst geblasen hat. In guter Malerei das wichtigste Handwerkszeug. Rückseitig die Initialen „G.S."

78 *Überfangglas, bemalt*
Bayerischer Wald, um 1890

Flügelrad als Eisenbahnerzunftzeichen, auf der Rückseite der Name „Johann Landkamer".

79 *Überfangglas, bemalt*
Zwiesel, um 1900

Bäckerzunftzeichen im Patterlkranz, ausgeführt von Heinrich Ulbrich (Rißvorlage in B&T), hinten der Vermerk „Andenken Rud. Weil".

80 *Bemaltes Glas, hohlgeschnürlt*
Bayerischer Wald, um 1910

Hohlgeschnürltes blaues Glas mit bernsteinfarbenem Außenüberfang, der die hohlen Wendeln golden leuchten läßt. In ausgefallener, nahezu impressionistischer Darstellung Schmiedwerkzeuge, rückseitig „U. Ring". Der Kragenform angepaßter Beinverschluß.

Bemalte Gläser – pflügende Bauern

81   *Trübglas, bemalt*
Bayerischer Wald, um 1900

Neben dem Bauernstandszeichen mit Korngarbe, Sense, Dreschflegel, Pflug etc. war die figürliche Darstellung des pflügenden Bauern auf Schnupftabakgläsern bei dem entsprechenden Abnehmerkreis sehr beliebt. Bei Kleinhäuslern („Kuhbauern") waren die Pferde durch Ochsen ersetzt.

82   *Hohlgeschnürltes Glas,*
überfangen und bemalt
Bayerischer Wald, um 1900

Hier ein Typ eines ausgesprochenen Feiertagsglasls, schön geschliffen und bemalt, dazu mit Patterlbesatz. Derartige Gläser gehörten, wie uns die Handelsquellen nachweisen, zu den teuersten überhaupt.

83   *Trübglas, bemalt*
Bayerischer Wald, Mitte 19. Jh.

Ein herrliches Glas, vermutlich aus einer der Steigerwaldhütten (vgl. Nr. 10, 12, 74, 84 hier und 15, 80 in B&T). Feinst ausgeführte Flachfarbenmalerei, wahrscheinlich nach einer Druckvorlage. Rückseitig „Hain, Bauer".

84   *Überfangglas, bemalt*
Bayerischer Wald, Mitte 19. Jh.

Eine große Rarität! Aus derselben Hand wie das vorige Beispiel hier ein Überfangglas in Kupferrubin, geschmackvoll mit gelben Glasperlen besetzt. In dieser Qualität der Malerei von höchster Seltenheit. Die Rückseite trägt den Namen „Franz Bloch".

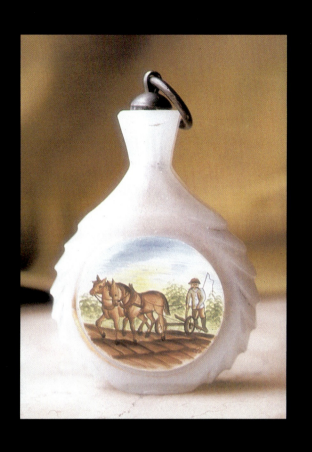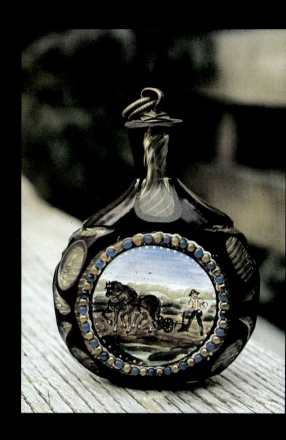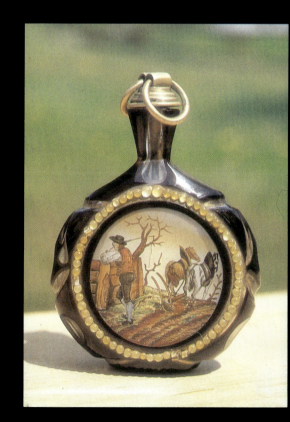

**Bemalte Gläser –
Heinrich Ulbrich**

    85   *Überfangglas, bemalt*
Zwiesel, um 1890

Dieses und das folgende Glas stellen zwei Musterbeispiele der Handwerkskunst des Zwieseler Malermeisters Heinrich Ulbrich dar. Beide stammen mit Sicherheit aus seiner eigenen Hand. Die Rißvorlage zu beiden ist in seinem Nachlaß erhalten (Archiv Oskar Ulbrich - hier Abb. 70. Beide tragen die Merkmale: Emailpunkte um Spiegel und an den Seiten und Emailkrawatte um den Kragen.
Flachfarbenmalerei auf Emailgrund vorne, pastose Emailmalerei auf der Rückseite, die hier absichtlich mit abgebildet ist.

    86   *Uranglas, bemalt*
Zwiesel, um 1890

Wie das vorige ein relativ frühes Ulbrich-Glas. Der leicht humoristische Einschlag findet sich bei beiden Tierdarstellungen und rührt wohl von der Vorlage her.
Bei beiden Gläsern ist auch die Rückseite sauber und liebevoll gestaltet. Hier besonders schön die Namensbezeichnung im stilisierten Blütenkranz.

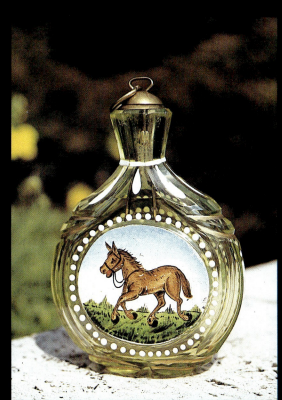
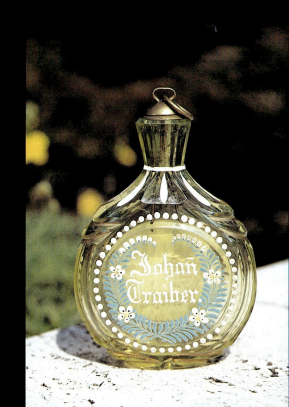

**Bemalte Gläser –
florale Dekore**

9   Milchglas, bemalt
     Böhmen (?), um 1850

     Die herrliche Malerei dürfte wohl aus der
     Hand eines Porzellanmalers stammen.

87   Milchglas, bemalt
     Süddeutsch (?), um 1800

     Das zierliche Glas zeigt in gut erhaltener
     Emailmalerei das Freundschaftssymbol mit
     den zwei Tauben auf sprossendem Herzen
     (vgl. B&T, Nr. 13!).

88   Hohlgeschnürltes Glas, bemalt
     Bayerischer Wald, um 1900

     Etwas einfachere Darstellung auf einem Glas,
     wie es (vermutlich in der Werkstatt Ulbrich)
     im Vorrat gefertigt wurde. Die Rückseite zeigt
     einen stark stilisierten Blütenkranz ohne
     Namensbezeichnung.

89   Farbglas, bemalt
     Bayerischer Wald, um 1890

     Hier ein sehr viel sorgfältiger gestaltetes Glas
     aus der Hand von Heinrich Ulbrich
     (Rißvorlage siehe B&T). Auf der Rückseite
     die Devise „Schnupf, Bruder".

**Bemalte Gläser –
Tierdarstellungen**

90   *Farbglas, bemalt*
Zwiesel, um 1890

Dieses gut gestaltete Glas aus der Hand von Heinrich Ulbrich wird vielleicht die Auftragsarbeit eines Imkers gewesen sein (Rißvorlage siehe Abb. 66).

91   *Hohlgeschnürltes Glas, bemalt*
Zwiesel, um 1900

Mit dem Bienenmotiv sind gerade von Heinrich Ulbrich mehrere Stücke erhalten. Hier eine etwas einfachere Malarbeit. Auf der anderen Seite die Devise „Nim dir a Pris".

92   *Uranglas, bemalt*
Böhmen (?), um 1890

Äußerst feine Malerei mit liebevollen Verzierungen. Rückseitig die Namensbezeichnung „Georg Bredl".

93   *Überfangglas, bemalt*
Zwiesel, um 1900

Nicht häufig ist der gelbe Überfang und die Darstellung eines geliebten Hundekameraden. Malerarbeit Heinrich Ulbrich, auf der Rückseite stilisierte Blumen.

**Bemalte Gläser –
Tierdarstellungen
in Weißemail**

94 *Farbglas, bemalt
Bayerischer Wald, um 1900*

Einen ganz speziellen Typus vertreten diese einfachen, ungeschliffenen Farbgläser mit Tierdarstellungen in Email, die wohl über längere Zeiträume hergestellt wurden. Möglich wäre bei einigen dieser Gläser die Herkunft aus Spiegelau, wo zwar gemalt wurde, aber, wie die Preisliste zeigt (B&T), nicht in sehr aufwendiger Form. Infrage käme auch noch eine Malerwerkstatt, wie z. B. Gärtler in Zwiesel. Hinweise auf Ulbrich sind nicht erhalten. Denkbar wäre aber auch eine „Schinderarbeit" eines z. B. in Theresienthal beschäftigten guten Glasmalers.

95 *Farbglas, bemalt
Bayerischer Wald, Mitte 19. Jh. (?)*

Vermutlich wie die folgende Nr. ein älteres Glas.

96 *Farbglas, bemalt
Bayerischer Wald, 1. Hälfte 19. Jh. (?)*

Eine lockere, ansprechende Darstellung, mit sicherer Hand ausgeführt.

97 *Farbglas, bemalt
Bayerischer Wald, um 1900*

Deutlich sind auch die Anklänge an die Bierdeckelmalerei.

Bemalte Gläser – Wirtshausszenen

98 *Farbglas, bemalt*
Bayerischer Wald (?), um 1880

Hier handelt es sich um eine sehr aufwendig gestaltete Auftragsarbeit für einen sicher recht wohlhabenden Besitzer. Die humoristische Darstellung in bester Manier des Porzellanmalers, rückseitig „Ludwig Jungwirth" im üppigen Blütenkranz. Der figürlich geschnitzte und vergoldete Verschluß wurde eigens für dieses Glas gefertigt!

99 *Überfangglas, bemalt*
Böhmen (?), 2. Hälfte 19. Jh.

Gelungene, humoristische Darstellung auf einem eleganten „Wetzstein". Rückseitig „Emanuel Schmid".

100 *Überfangglas, bemalt*
Bayerischer Wald, um 1900

Einfache Wirtshausszene, vermutlich Werkstatt Ulbrich, Zwiesel.

101 *Überfangglas, bemalt*

Großes Gesellschaftsglas der „Tischgesellschaft Regen", das wohl in der Werkstatt Ulbrich in Auftrag gegeben wurde.

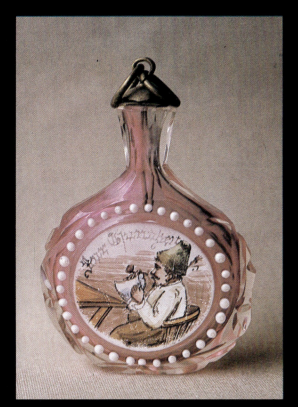

**Bemalte Gläser –
diverse Motive**

102   *Ordinariglas, bemalt
Bayerischer Wald, um 1880*

Auf schlichtem, unveredelten Klarglas eine hervorragend ausgeführte Malarbeit in Glanzgold und Flachfarben auf Emailgrund in den Umrissen der Darstellung. Um die Figur Reste einer Glanzvergoldung „Andenken an Altoetting".

103   *Überfangglas, bemalt
Bayerischer Wald, um 1900*

Darstellung einer Dampfmaschine nach Rißvorlage der Werkstatt Ulbrich, Zwiesel (siehe Abb. 70.)

104   *Hohlgeschnürltes Glas, bemalt
Bayerischer Wald, um 1900*

Hübsch ausgeführte technische Darstellung des Wunderwerkes der Neuzeit, hinten die Namensbezeichnung „Josef Weiß".

105   *Farbglas, bemalt
Bayerischer Wald, um 1900*

Unter den Malmotiven erwähnt das Geschäftsbuch Ulbrich (B&T) u. a. „Lokomotif" (siehe vorige Nr.) und „Veloziped". Die Rückseite zeigt eine Reklameaufschrift der Brasiltabakfabrik Carl Neumann in Landshut.

Bemalte Gläser – Devisen

106 *Farbglas, bemalt*
Bayerischer Wald, um 1900

Gläser mit Sprüchen, Devisen und Namensbezeichnungen gehörten mit zu den wichtigsten Auftragsarbeiten. Hier ein besonders reich gestaltetes Exemplar. Rückseitig ein am Tisch sitzender Schnupfer.

107 *Überfangglas, gesponnen und bemalt*
Bayerischer Wald, datiert 1907

Sehr sauber ausgeführtes Hochzeitsglas, wohl die Gabe der Braut an den Bräutigam. Auf der Rückseite „Josef Beyerl".

108 *Farbglas, bemalt*
Bayerischer Wald, um 1900

Hier ein Beispiel für die beliebten Schnupfersprüche. Auf der anderen Seite liest man: „Schnupf Bruder, es ist kein (!) Guter!"

109 *Farbglas, bemalt*
Bayerischer Wald, um 1910

Dekorationsstück oder Reklameglas einer Tabakhandlung in Neureichenau.

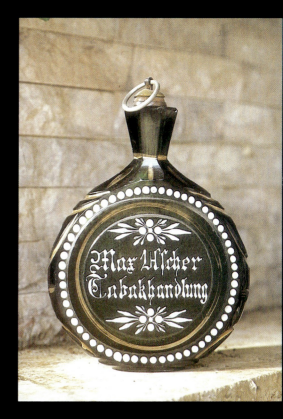

Bemalte Gläser – Tabakfabriken und Veteranen

110 *Farbglas, bemalt*
Bayerischer Wald, um 1910

Stadtwappen von Landshut, wo um 1900 zahlreiche Schnupftabakfabrikanten ihren Sitz hatten. Rückseitig „Landshuter Brasiltabakfabrik Kissenberth & Straub".

111 *Farbglas, bemalt*
Bayerischer Wald, um 1910

Frühes Reklameglas der heute größten Schnupftabakfabrik in Deutschland. Auf der Rückseite die Ortsbezeichnung „Landshut".

112 *Glas mit Innenüberfang, bemalt*
Bayerischer Wald (?), um 1935

Veteranenglas, rückseitig der Vermerk „Zur Erinnerung a. d. Weltkrieg 1914/17".

113 *Glas mit Außenüberfang, bemalt*
Bayerischer Wald, datiert 1895

Eines der zahlreichen erhaltenen Exemplare zur Erinnerung an den 70er Krieg. Auf der Rückseite der Name des Inhabers „Johann Gschwendtner".

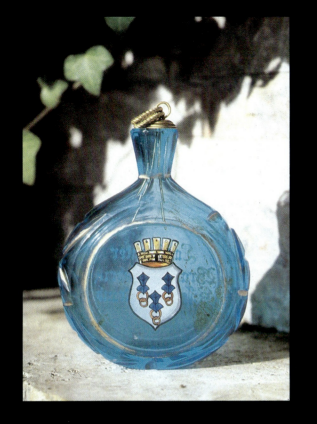

114 *Mascherlglas von Sepp Pscheidl*
in Hütte Eisch, Frauenau, 1978

Dieses Glas erhielt ich als Anerkennung
für das Buch B&T. Die Stäbchen sind nicht
überstochen, dadurch wirkt das Glas
besonders leicht.

115 *Neidfaust*
Bayerischer Wald, um 1970

Ein besonders naturgetreu gestaltetes
Exemplar dieser häufigen Freihandform.
Evtl. Karl Blechinger (?).

Neuzeitliche Gläser

116 *Wendeloptisches Fadenglas*
von Karl Blechinger
in Hütte Schott, Zwiesel, 1982

Durch Überstechen von Fadenglasstäbchen
entstehen in den Kehlungen die hohlen
Wendeln. Interessantes Experiment eines
besonders begabten Glasmachers.

117 *Überfangglas, geschliffen,*
von Karl Blechinger
in Hütte Schott, Zwiesel, 1980

Gelungener Entwurf eines Doppel-
überfangglases mit Hochschliffdekor.
Oberflächengestaltung in Anlehnung an den
„Martelé-Schliff" französischer Jugend-
stilgläser.

**Neuzeitliche Gläser –
Hütte Eisch**

118   *Neidfaust*
       Hüttenfertigung Eisch, Frauenau, 1976

       Ausgeführt wurde dieser Auftrag bei einer
       Losgröße von 50 Stück von Josef Pscheidl.

119   *Fadenglas*
       Hüttenfertigung Eisch, Frauenau, 1978

       Aus der offiziellen, aber nie sehr
       umfangreichen Hüttenproduktion
       (siehe Abb. 82).

120   *Fadenglas*
       aus Hütte Eisch, 1979

       Recht geschmackvolle Ausführung.

121   *Fadenglas in Fiederdekor*
       aus Hütte Eisch, 1979

       Wie die vorige Nr. eine Schinderarbeit, also
       nicht aus offizieller Produktion.

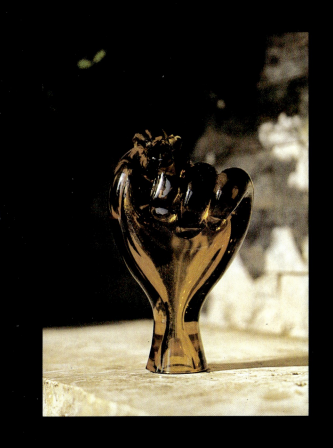

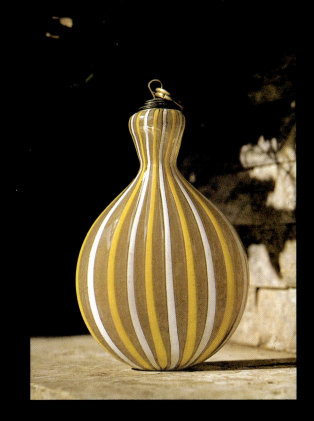

**Neuzeitliche Gläser –
Poschinger
und Spiegelau**

122   *Mascherlglas von Johann Plechinger
Poschingerhütte, Frauenau, 1982*

*Typisches Glas von Plechinger, in
Privatarbeit hergestellt.*

123   *Überfangglas, bemalt
Poschingerhütte, Frauenau, 1981*

*Entspricht in der Technik den
Biedermeierbechern dieser Hütte. Das
Emailglas wird im Hafen geführt. Malarbeit
des Hüttenmalers Michael Kamm.*

124   *Überfangglas
Hütte Spiegelau, 1976*

*Farbgebung über einen Wachsstift. Typisch
für die damaligen Kunstgläser der Hütte.*

125   *Fleckenoptisches Glas, umsponnen
Hütte Spiegelau, 1979*

*In Anlehnung an die typischen Frauenauer
Gläser.*

**Neuzeitliche Gläser –
diverse Hütten**

126 *Glas in Fadentechnik, Schuppendekor
Hütte Theresienthal (?), 1981*

*Eines der wenigen geschmackvoll ausgeführten
zeitgenössischen Gesellschaftsgläser.*

127 *Hohlgeschnürltes Glas
vermutlich Theresienthal, um 1979*

*Seit Blechinger sen. und Franz Schreder ist
die Tradition der Fertigung von
hohlgeschnürlten Glasln in Theresienthal
nicht abgerissen, wie die typische
Bernsteinfarbe vermuten läßt.*

128 *„Arte-Nova"-Glas
Hütte Schott, Zwiesel, um 1980*

*Schnupftabakglas in Anlehnung an die
Kunstglasserie bei Schott, die das Loetz-
Jugendstilglas zum Vorbild hat.*

129 *Kröselglas
Hütte Ludwigsthal, 1976*

*Leider nur sehr kurzzeitig wurde dieser
gelungene Glastypus in offizieller Produktion
in der Hütte Ludwigsthal hergestellt, die
mittlerweile geschlossen ist.*

Neuzeitliche Gläser – Falkensteinhütte

130 „Art Nouveau"-Glas von Max Kreuzer
Falkensteinhütte, 1982

Auflagen von Glassplittern und Hütteniris.

131 „Sternschnuppenglas" von Max Kreuzer
Falkensteinhütte, 1982

Chemikalientropfen wurden hier zu einem hübschen Effekt mit Druckluft vertrieben.

132 Mascherlglas von Max Kreuzer
Falkensteinhütte, 1982

Sorgfältige und farbenfrohe Arbeit. Ein Musterbeispiel für Hunderte ähnlicher Gläser, die Kreuzer in gleichbleibender Güte herstellt. Zierlicher Doppelspiegelschliff von Linsmeier.

133 Überfanggläser von Max Kreuzer
Falkensteinhütte, 1982

Gelungenes Mehrfachüberfangglas in Frauenauer Manier (vgl. Nr. 135 in B&T), Schliff von Siegfried Linsmeier in Zwiesel.

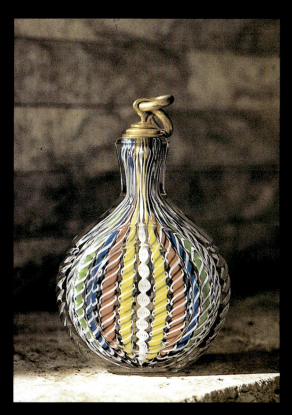

Neuzeitliche Gläser – Richard Seidl

134 *Netzglas von Richard Seidl*
Glasfachschule Zwiesel, 1982

Diese hervorragend ausgeführte Netzglastechnik mit Mehrfachfäden erfordert besonderes handwerkliches Geschick.

135 *Netzglas von Richard Seidl*
Glasfachschule Zwiesel, 1982

Klassische Form eines „retikulierten" Glases. Zwischen gekreuzten Emailfäden gleichmäßige Lufteinschlüsse, die sich beim Herstellungsvorgang ausbilden. Diese ursprünglich venezianische Technik wurde um 1840 vom Direktor Pohl der Josephinenhütte in Schreibershau wiedererfunden (B&T).

136 *Mascherlglas von Richard Seidl*
Glasfachschule Zwiesel, 1982

Äußerst geschmackvolle, vielseitige Arbeit in der Art der venezianischen „vasi a ritorti".

137 *Mascherlglas von Richard Seidl*
Glasfachschule Zwiesel, 1979

Feine weiß-blaue Rosenkranzperlen wechseln sich mit zarten blauen, mehrgängigen Spiralen ab.

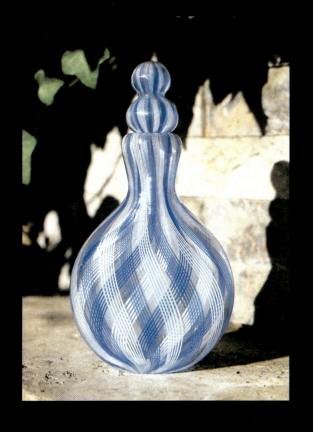

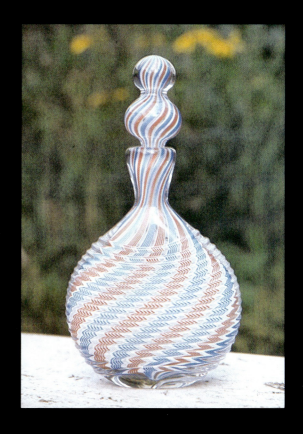

Neuzeitliche Gläser – Richard Seidl

138 „Geschleudertes" Glas
von Richard Seidl
Glasfachschule Zwiesel, 1983

Gleichmäßiger, über den Messerrücken gesponnener Faden, mit dunkelblauer Einlage.

139 „Gerissenes" Glas von Richard Seidl
Glasfachschule Zwiesel, 1982

Abgesehen von der Farbtönung der Glasfäden ist dieses gelungene Stück ohne weiteres mit den Gläsern der Jahrhundertwende zu vergleichen (vgl. Nr. 21 ff).

140 *Geschnürltes Glas von Richard Seidl*
Glasfachschule Zwiesel, 1981

Gelungene Replik einer der meistverbreiteten Glastechniken um 1900.

141 *Bandlglas von Richard Seidl*
Glasfachschule Zwiesel

Auch diese Technik ist in Wahl und Verarbeitung des Farbglases, in Gestalt und Schliff den Ursprüngen nah verwandt (vgl. Nr. 44 in B&T).

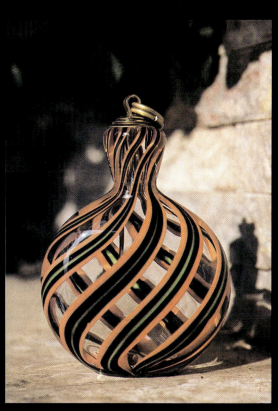

Neuzeitliche Gläser – diverse Veredler

142 *Überfangglas, geschliffen*
Falkensteinhütte, 1983

Gleichmäßiger Mehrfachüberfang im Frauenauer Stil. Hochschliff von Alois Schmid in Spiegelau.

143 *Geätztes Glas, geschnitten*
Schleiferei Jung, Zwiesel, 1981

In Schliff und Gravur sehr ordentlich ausgeführt.

144 *Uranglas, bemalt*
Hütte Eisch (?), Frauenau, 1978

Meines Wissens hat die Hütte Eisch als einzige Uranglas in neuerer Zeit aufgelegt. Zur Verarbeitung von Uranglas ist derzeit eine behördliche Genehmigung erforderlich. Malerei Hirtreiter, Zwiesel.

145 *Überfangglas, bemalt*
Glasfachschule Zwiesel, 1975

Reizende, originelle Darstellung, ausgeführt von einer Schülerin der Glasfachschule.

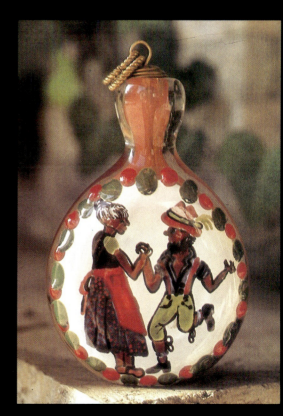

Neuzeitliche Gläser – Werkstatt Kapfhammer

146 *Farbloses Glas, geschnitten*
Werkstatt Kapfhammer, Frauenau, 1976

Saubere handwerkliche Arbeit.

147 *Mehrfach-Überfangglas*
Werkstatt Kapfhammer, 1975.

Dieses Mehrfachüberfangglas in guter Qualität stammt sicher aus der Hütte Eisch. Schöne Hochschlifftechnik.

148 *Überfangglas*
Werkstatt Kapfhammer, 1982

Neben solider handwerklicher Arbeit experimentiert Kapfhammer gerne mit gewagten und ausgefallenen Freischlifformen. Dieses und das nachfolgende Glas aus Riedlhütte.

149 *Überfangglas*
Werkstatt Kapfhammer, 1982

Seltene Zierschliffvariante.

Neuzeitliche Gläser – Rudolf Wagner und Klaus Büchler

150 *Farbglas, geschnitten*
Werkstatt Wagner, Zwiesel, 1979

Das topasfarbene Glas stammt aus der Hütte Eisch. Schnitt von Rudolf Wagner nach Vorlage aus B&T!

151 *Klarglas, geschnitten*
Werkstatt Wagner, Zwiesel, 1979

Die Szene „Altmünchner Trachten" ist einem Aquarell von J. H. Mettenleitner, 1810, entnommen. Hervorragende Schnittarbeit nach bester böhmischer Manier.

152 *Klarglas, geschliffen*
Klaus Büchler, Spiegelau, 1982

Moderner, ganz eigenständiger Entwurf eines experimentierfreudigen, hochbegabten Schleifers.

153 *Schwarzglas, geschliffen*
Klaus Büchler, Spiegelau, 1982

Wie man sieht, zögert Büchler nicht, auch die Malerei in seine Gestaltung einzubeziehen. Schwarzglas aus der Hütte Eisch.

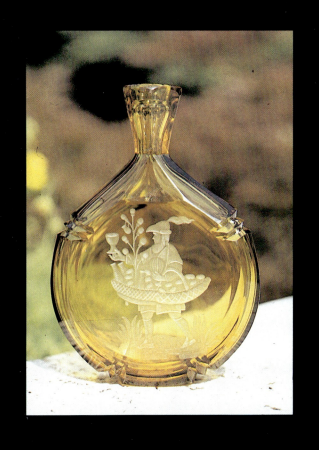

**Neuzeitliche Arbeiten –
Anlehnung an Vorlagen**

154   *Überfangglas, geschnitten
Bayerischer Wald, um 1900,
Schnittarbeit 1979*

*Nahezu alle alten in B&T abgebildeten
Gläser dienen meist in Auftragsarbeit in
unseren Tagen Glasmachern und -veredlern
als Vorlage. Hier auf einem alten Glas das
Motiv „Obstverkäufer" nach Nr. 102 in
B&T, ausgeführt von Rudolf Wagner,
Zwiesel.*

155   *Schwarzglas, bemalt
Bayerischer Wald, um 1982*

*Leider als Fälschung im Auktionshandel
grassierende Ware. Malvorlage war
eindeutig Nr. 80 aus B&T!*

156   *Überfangglas, geschnitten
Bayerischer Wald, datiert (19)81*

*Nach Nr. 100 aus B&T ausgeführt von H.
Schweizer, ehemals Glasgraveur in der
Werkstatt Wagner, Zwiesel.*

157   *Überfangglas, geschliffen
Falkensteinhütte, 1983*

*Auch von Max Kreuzer wurde B&T als
„Musterbuch" verwendet, vgl. dort Nr. 30!*

Katalog zu den Farbtafeln

Zu den Katalogdaten sollen kurz folgende Erläuterungen gemacht werden:
Über jedes Glas sind Hinweise gegeben über

Glasmasse	**(G)**
Schliff	**(S)**
Veredelung	**(V)**
Maße	**(M)**
Erhaltung	**(E)**
Provenienz	**(P)**

Die Abkürzung KSF bei den Schliffhinweisen (S) bezeichnet die Ausführung von Kragen, Schulter und Fuß des Glases, z. B. bedeutet KSF 8/2/1, daß der Kragen achteckig geschliffen, die Schulter zweifach und der Fuß einfach abgesetzt sind. Einige Schlifftypen wurden mit Ziffern bezeichnet, Erläuterung nach Abb. 71.

Die Maßangaben (M) verstehen sich in Millimeter, zu Höhe x Breite x Stärke, wobei die Höhe über das ganze Glas, Breite und Stärke nur am Körper (nicht am Hals) gemessen wurden. Fehlt ein Formhinweis, so handelt es sich um die übliche flache Linsenform.

Angaben über Herkunft und Alter des Glases finden sich mit allgemeinen Hinweisen im Bildteil. Die Diavorlagen (24 x 36 mm Kleinbild) befinden sich im Archiv des Verfassers.

1	**G:** Farblos mit Goldrubininnenüberfang und Doppelaußenüberfang in Weiß-Blau **S:** kleine Ringspiegel, S-Walzen als vierstrahliger Schleuderstern, die Seiten mit Spiegel, KSF 4/1/0 **V:** – **M:** 110 x 88 x 24 **E:** Geringe Gebrauchsspuren **P:** Sammlung Bachl, Deching	**2**	**G:** Farblos mit Doppelüberfang in Rosa-Weiß **S:** Stilisierter Baum mit Blüten und Eicheln, sechsfach geschälter Kragen **V:** – **M:** 96 x 70 x 30 **E:** Gebrauchsspuren, bestoßen **P:** Sammlung Bachl, Deching
3	**G:** Farblos mit Doppelüberfang in Weiß-Blau **S:** Spiegel, die Seiten mit S-Walzen, KSF 6/1/0, Zierschliff auf Spiegel **V:** Schliffkanten mit Glanzvergoldung **M:** 121 x 93 x 22 **E:** Gebrauchsspuren **P:** Sammlung Zanella, Schönberg	**4**	**G:** Farblos mit weiß-blauem Doppelüberfang **S:** Kleiner Ringspiegel, Seite in Fantasieschliff, Kragen vierfach geschält **V:** Frontal in Mattschnitt ein Faß, rückseitig „Michl Dachs" **M:** 87 x 72 x 23 **E:** Geringe Gebrauchsspuren **P:** Sammlung Schaefer
5	**G:** Trübglas hellgrau, kobaltblauer Ansatz am Kragen **S:** Spiegel, die Seiten mit S-Walzen, KSF 8/1/1 **V:** Reste von Malerei in Glanzgold mit floralen Motiven **M:** 109 x 88 x 26 **E:** Gebrauchsspuren **P:** Sammlung Zanella, Schönberg	**6**	**G:** Hellblau opak **S:** – **V:** – **M:** 87 x 65 x 19 **E:** Gebrauchsspuren **P:** Sammlung Schaefer

7	**G:** Trübglas hellgrün mit Emailüberfang **S:** kleine Ringspiegel, geschwungene Kerben, die Seiten als Ringspiegel, KSF 4/1/1 **V:** – **M:** 103 x 89 x 22 **E:** Geringe Gebrauchsspuren **P:** Sammlung Zanella, Schönberg	8	**G:** Rötlich marmoriert **S:** Spiegel, die Seiten über Fuß laufend auf Kante geschliffen, achteckiger Kragen **V:** – **M:** 99 x 86 x 23 **E:** Geringe Gebrauchsspuren **P:** Sammlung Zanella, Schönberg
9	**G:** Milchglas **S:** Planschliff **V:** In Flachfarben Christus am Kreuz, rückseitig Blumenbouquet. Rote, gezwickte Glasperlen an Seiten, Schliffkanten und Kragen in Glanzgold **M:** 102 x 92 x 18 **E:** Einige Patterl ausgebrochen, Boden schliffkorrigiert (?) **P:** Sammlung Schaefer	10	**G:** Trübglas hellgrau **S:** Standardschliff, KSF 6/1/1 **V:** Frontal in Flachfarben Maurerwerkzeuge im Lorbeerkranz, hinten „Rupert Wolf" in Schwarz. Schliffkanten in Glanzgold, die Seiten mit grünen Glasperlen. **M:** 95 x 83 x 21 **E:** Gebrauchsspuren **P:** Sammlung Zanella, Schönberg
11	**G:** Trübglas chrysoprasfarben **S:** Schlifftyp 5, KSF 6/2/1 **V:** – **M:** 94 x 79 x 27 **E:** Geringe Gebrauchsspuren **P:** Sammlung Schaefer	12	**G:** Trübglas hellgrau **S:** Standardschliff, KSF 8/1/1 **V:** In Glanzgold im Blütenkranz „Ant. Adam, Mx. Kargl, Fr. Xv. Köppl, Jos. Mayrhofer, Al. Weismüller, Fr. Xv. Schmidt, Ant. Meindl ihrem (frontal) Josef Muhr". Dazu in Flachfarben Noten, Musikinstrumente, Landkarte, Globus. Blaue Glasperlen um Spiegel, Schliffkanten mit Glanzgold. **M:** 107 x 86 x 27 **E:** Schriften abgegriffen, Kragen angebrochen und geklebt **P:** Sammlung Schaefer

13	G: Hellblau, transp. mit weißem Emailfaden S: Standardschliff, KSF 8/1/1 V: In Emailmalerei Brief im Blumenstrauß, hinten weiße Blattranken mit roten Beeren. Emailpunkte um Spiegel und an den Seiten, weiße Krawatte, Schliffkantenvergoldung. M: 94 x 74 x 23 E: Gebrauchsspuren P: Sammlung Schaefer	14	G: Farblos mit Schnürln in opakem Orange und transp. Blau S: – V: In Email „Joh. Weiß. Brasiltabakfabrik Landshut i. Bay.", hinten „Weiß – Schmalzler" M: 107 x 80 x 24 E: Geringe Gebrauchsspuren P: Sammlung Schaefer
15	G: Farblos mit opaken Schnürln in Rot-Weiß-Hellgrau S: Schlifftype 4, KSF 8/1/1 V: Hase in Flachfarben auf Email, hinten „Zur Erinnerung" im stilis. Blütenkranz. Schliffkanten in Glanzgold. M: 91 x 73 x 23 E: Gebrauchsspuren P: Sammlung Schaefer	16	G: Farblos mit Bändern in Lachsfarbe – Hellblau – Lachs auf Email S: Standardschliff, KSF 8/1/1 V: Emailmalerei in floralem Dekor M: 86 x 57 x 28 E: Geringe Gebrauchsspuren P: Sammlung Bachl, Deching
17	G: Farblos mit Fäden in Opakrot und transp. Blau S: Kleine Spiegel an vier Seiten, dazwischen S-förmige Schliffkerben, KSF 6/0/0 V: – M: 75 x 43 Ø, runde Birne E: Gebrauchsspuren, Kragen bestoßen P: Sammlung Schaefer	18	G: Farbglas mit aufgelegten dichtgewendelten Farbglasspiralen S: – V: – M: 93 x 72 x 22 E: Geringe Gebrauchsspuren P: Sammlung Fastner, Zwiesel

19	**G:**	Farblos mit rosa-weißen Fäden in bandartigen Wendeln mit blauen Saumfäden. Umsponnen und mit Glasfuß.	**20**	**G:** Farblos mit Emailinnenüberfang und geschnürlten Fäden in Violett und Gelb. Maschinell umsponnen, applizierter Fuß.
	S:	–		**S:** –
	V:	–		**V:** –
	M:	77 x 57 x 29		**M:** 90 x 65 x 33
	E:	Geringe Gebrauchsspuren		**E:** Geringe Gebrauchsspuren
	P:	Sammlung Weiß, München		**P:** Sammlung Bachl, Deching
21	**G:**	Farblos mit Emailinnenüberfang und gerissenen Fäden in Rosa-Blau-Rosa	**22**	**G:** Farblos mit roten, flinsgrünen und gelben gerissenen Fäden auf Emailüberfang. Umsponnen und mit Fuß.
	S:	–		**S:** –
	V:	–		**V:** –
	M:	77 x 47∅, runde Birne		**M:** 96 x 57 x 25
	E:	Geringe Gebrauchsspuren		**E:** Geringe Gebrauchsspuren
	P:	Sammlung Zanella, Schönberg		**P:** Sammlung Schaefer
23	**G:**	Farblos mit weißem Innenüberfang und gerissenen Fäden in Hellgrün – Schwarz – Orange – Rot – Violett. Umsponnen und mit Fuß.	**24**	**G:** Farblos mit gegenläufig gerissenen Fäden in Hellgrün – Gelb – Rot auf Email. Umsponnen
	S:	–		**S:** Stand geschliffen
	V:	–		**V:** –
	M:	92 x 59 x 29		**M:** 82 x 58 x 23
	E:	Geringe Gebrauchsspuren		**E:** Geringe Gebrauchsspuren. Fuß durch Schliffkorrektur entfernt.
	P:	Sammlung Schaefer		**P:** Sammlung Schaefer

25	**G:** Farblos mit Wendeln in Weiß mit vorgelegten Fäden in Hellblau und Rot. Weiße und flinsgrüne Rosenkranzperlen. **S:** Standardschliff, KSF 8/2/2 **V:** – **M:** 91 x 70 x 24 **E:** Gebrauchsspuren **P:** Sammlung Schaefer	**26**	**G:** Farblos mit Wendeln in Blau – Weiß – Rosa, dazu weiße und weiß-rosa Rosenkranzperlen. **S:** Schlifftype 5, KSF 8/1/1 **V:** – **M:** 97 x 77 x 29 **E:** Gebrauchsspuren **P:** Sammlung Schaefer
27	**G:** Farblos mit Wendeln in Opakgelb – Transp.-grün und Opakrot – Trübemail, dazu weiße Rosenkranzperlen. **S:** Standardschliff, KSF 6/1/1 **V:** – **M:** 89 x 67 x 30 **E:** Gebrauchsspuren **P:** Sammlung Schaefer	**28**	**G:** Farblos mit Wendeln in Lila – Weiß – Hellblau. Rosenkranzperlen in Weiß und Weiß-Blau, mit Saumfäden in Flinsgrün und Katzensilber. **S:** Schlifftype 5 mit S-Walzen, KSF 8/2/2 **V:** Frontal geschnittener Blumenstrauß, hinten „Math. Egginger". Schliff- und Schnittkanten mit Resten einer Glanzvergoldung. **M:** 95 x 71 x 25 **E:** Gebrauchsspuren, Kragen bestoßen **P:** Sammlung Schaefer
29	**G:** Farblos mit transp. blauer Innenblase, außen opakrote Punktreihen. **S:** Kragen und Fuß geschliffen, KSF 6/0/2 **V:** – **M:** 101 x 79 x 25 **E:** Gebrauchsspuren **P:** Sammlung Schaefer	**30**	**G:** Farblos mit opaker, kaiserroter Innenblase, darüber Silberflins. **S:** Schlifftype 5 mit S-Walzen, KSF 8/2/2 **V:** – **M:** 100 x 78 x 28 **E:** Geringe Gebrauchsspuren **P:** Sammlung Schaefer

31			32		
	G:	Farblos mit opakrotem Innenüberfang und Millefiori-Glaspunkten		G:	Farblos mit weißer Innenblase, darüber verschiedenfarbige Glasauflagen und Silberflins
	S:	–		S:	Schlifftype 1, KSF 8/1/1
	V:	–		V:	–
	M:	89 x 66 x 30		M:	91 x 68 x 24
	E:	Geringe Gebrauchsspuren		E:	Gebrauchsspuren
	P:	Sammlung Zanella, Schönberg		P:	Sammlung Schaefer
33			34		
	G:	Hellblau		G:	Milchglas
	S:	Reicher Zierschliff, Kragen achtfach geschält.		S:	–
	V:	Schliffkanten mit Glanzvergoldung		V:	Emailmalerei, stilis. Blumen
	M:	130 x 44 Ø		M:	100 x 31 Ø, Neidfaust
	E:	Gebrauchsspuren		E:	Gebrauchsspuren
	P:	Sammlung Fastner, Zwiesel		P:	Sammlung Zanella, Schönberg
35			36		
	G:	Milchglas		G:	Trübglas hellgrau mit hellblau-opaker aufgelegter Schlange um Körper
	S:	–		S:	–
	V:	In Emailmalerei schnäbelnde Tauben auf sprossendem Herzen, stilis. Blumen		V:	–
	M:	85 x 36 Ø, Neidfaust		M:	130 x 43 Ø, Stiefelform
	E:	Gebrauchsspuren		E:	Gebrauchsspuren, Schlange teils abgebrochen
	P:	Sammlung Oberösterr. Landesmus. Linz		P:	Sammlung Bachl, Deching

37	G: Annagelb, maschinell umsponnen S: Ringspiegel, die Seiten in bei diesem Glastyp häufigen „Schmetterlingsmuster", KSF 6/2/2 V: Frontal in Email „G. Rickl" im Blütenkranz, hinten „Erinnerung an den 5. II. 1902". Weiße und kleinere rote Emailpunkte um die Spiegel. Schliffkanten in Weiß und Rot nachgezogen. M: 98 x 78 x 25 E: Gebrauchsspuren, Kragen etwas bestoßen. P: Sammlung Schaefer	**38**	G: Farblos mit Goldrubininnenüberfang, mit Klarglasfaden maschinell umsponnen, applizierter Fuß S: Kragen achtfach geschält, Fuß achteckig geschliffen V: – M: 167 x 122 x 39 E: Geringe Gebrauchsspuren P: Sammlung Schaefer
39	G: Farblos mit Goldrubininnenüberfang, mit Emailfaden maschinell umsponnen, applizierter Fuß S: Ornamentaler Schliff in Anlehnung an das bei gesponnenen Gläser typische „Schmetterlingsmuster", KSF 8/1/1, Fuß achteckig gerieben V: – M: 175 x 148 x 44 E: Geringe Gebrauchsspuren P: Sammlung Schaefer	**40**	G: Farblos mit Emailinnenüberfang, davor geschnürlte Fäden in Rosa und Blau. Maschinell mit Klarglasfäden umsponnen S: Schlifftype 1, KSF 8/1/1 V: – M: 93 x 73 x 26 E: Gebrauchsspuren P: Sammlung Schaefer
41	G: Kobaltblau, in der Form geblasen, vorne „Schnupf wer will aber nicht zu viel", hinten Spiegel mit feiner Waffelung, flächige Seiten über den Fuß laufend. S: – V: – M: 96 x 78 x 27 E: Gebrauchsspuren P: Sammlung Schaefer	**42**	G: Trübglas hellgrün, optisch in geschiebtem Dekor S: Kragen achtfach geschält, Fuß geschliffen V: – M: 89 x 58 x 47, Birnenform E: Gebrauchsspuren P: Sammlung Bachl, Deching

43	**G:** Zartgrünes Waldglas, optisch geblasen **S:** – **V:** – **M:** 98 x 71 x 21 **E:** Starke Gebrauchsspuren **P:** Sammlung Schaefer	**44**	**G:** Farblos, in der Form geblasen, frontal Eichhörnchen **S:** – **V:** – **M:** 92 x 66 x 31 **E:** Gebrauchsspuren **P:** Sammlung Zanella, Schönberg
45	**G:** Farblos, perloptisch **S:** Schlifftype 5, KSF 8/1/1 **V:** – **M:** 102 x 86 x 27 **E:** Starke Gebrauchsspuren **P:** Sammlung Schaefer	**46**	**G:** Farblos mit schwefelgelbem Innenüberfang, hohlwendeloptisch **S:** Doppelspiegel, Schlifftype 5, KSF 8/1/1 **V:** – **M:** 96 x 76 x 28 **E:** Geringe Gebrauchsspuren **P:** Sammlung Schaefer
47	**G:** Farblos, hohlwendeloptisch **S:** Spiegel, Seiten mit S-Kerben und je einem kleinen Spiegel, KSF 6/1/1 **V:** Patterl um Spiegel hinten in Hellgrün und opakem Hellblau, vorne in Hellgrün und Blau, rotgeätzte Schilde, Kartuschen in Email, Schliffkanten in Glanzgold **M:** 100 x 82 x 25 **E:** Gebrauchsspuren **P:** Sammlung Zanella, Schönberg	**48**	**G:** Antikgrün, perloptisch **S:** Standardschliff mit Doppelspiegel, KSF 8/1/1 **V:** Gravur „Michl Altmann" **M:** 110 x 86 x 30 **E:** Ohne Gebrauchsspuren **P:** Sammlung Schaefer

49	G: Annagelb S: Spiegel in Ornamentalschliff, vorne Steindelmedaillon im Sechseck, hinten zwei versetzte Quadrate. Die Seiten mit je zwei Höckern in Walzenschliff, dazwischen ein ovales, gesteindeltes Medaillon, KSF 8/0/1 V: – M: 108 x 93 x 22 E: Gebrauchsspuren P: Sammlung Schaefer	**50**	G: Farblos mit Goldrubinaußenüberfang (!) S: Frontal von Spiegel ausgehend vier Evolventen in Walzenschliff, die kreuzweise über die Rückseite geführt sind. An den Seiten die Restflächen gesteindelt, KSF 6/1/1 V: – M: 95 x 83 x 24 E: Starke Gebrauchsspuren, Fuß gering bestoßen P: Sammlung Schaefer
51	G: Farblos mit Goldrubininnenüberfang S: Fünf um 90° versetzte um Seiten und Fuß umlaufende Kerben, die sich in der Glasmitte zur Spitzsteindelung treffen. An den Seiten oben Flächen –, unten Walzenschliff V: – M: 103 x 80 x 21 E: Geringe Gebrauchsspuren P: Sammlung Schaefer	**52**	G: Annagrün S: Spiegel in Ornamentalschliff, vorne Steindelmedaillon im Sechseck, hinten Tropfen zwischen zwei Blättern. Seitlich gekerbte Medaillons in Hochschliff dazu je eine S-Walze, KSF 8/2/1 V: – M: 104 x 92 x 24 E: Gebrauchsspuren P: Sammlung Schaefer
53	G: Kobaltblau, mit violettem Stich S: Quadratisches Ornament mit in Walzenschliff stufenförmig abgesetzten Ovalen an den vier Seiten, oben in achteckigen Kragen auslaufend V: – M: 84 x 72 x 22 E: Starke Gebrauchsspuren, vermutlich Schliffkorrektur am Kragen P: Sammlung Schaefer	**54**	G: Farblos S: Reicher Ornamentalschliff mit gesteindelten tropfenförmigen Schilden und Schliffwalzen, die Seiten mit Medaillons, KSF V: Schliffflächen mit Rubin- und Gelbätzung M: 106 x 90 x 17 E: Gebrauchsspuren P: Sammlung Waldmuseum Zwiesel

55	G:	Farblos mit Goldrubininnenüberfang	**56**	G:	Dunkelgrün, transp.
	S:	Spiegel mit Ornamentalschliff, die Seiten mit X-Kerben und Steindelung, KSF 8/0/0		S:	Spiegel mit Ornamentalschliff, die Seiten mit Spiegeln, Walzen, Steindelung verziert
	V:	Frontal geschnitten „Sigmund Kamermaier", am Fuß „AK". Der Kragen in Silber gefaßt, an Kette Löwe mit Initialen „MK"		V:	Gravur in lateinischen (!) Buchstaben „Jgh. Mayer"
	M:	102 x 78 x 22		M:	108 x 89 x 24
	E:	In bester Erhaltung		E:	Gebrauchsspuren, Kragen in Zinnguß (alt) repariert
	P:	Sammlung Schaefer		P:	Sammlung Schaefer

57	G:	Annagelb	**58**	G:	Farbglas mit Goldrubininnenüberfang
	S:	Spiegel, S-Walzen an Seiten, KSF 8/1/1		S:	Spiegelschliff, die Seiten in Zierschliff, KSF 8/2/2
	V:	Frontal in Mattschnitt Hl. Michael, hinten „M. Sch."		V:	In Mattschnitt Spritzenwagen, hinten „Freiwillige Feuerwehr Lohe-Wischelburg"
	M:	99 x 81 x 17		M:	163 x 133 x 39
	E:	Gebrauchsspuren		E:	Gebrauchsspuren
	P:	Sammlung Waldmuseum Zwiesel		P:	Sammlung Schaefer

59	G:	Dunkelblau, transp.	**60**	G:	Blaugrün transp.
	S:	Planschliff, dto. Seiten und Stand		S:	Planschliff, dto. Seiten und Stand, KSF 8/0/0
	V:	Geschnittenes Bauernstandszeichen, rückseitig die Initialen „JA" und Datierung „1806"		V:	In einfachem Schnitt schlichtes Bouquet in Vase, dazu Jahreszahl 1798, hinten Zinnkannen (Zinngießerzunft?) und „J.A." unter stilis. Krone (?)
	M:	142 x 52 x 28, Wetzsteinform		M:	122 x 47 x 20, Wetzsteinform
	E:	Gebrauchsspuren		E:	Starke Gebrauchsspuren, teils bestoßen
	P:	Sammlung Volkskundehaus Ried/Inn		P:	Sammlung Weiß, München

61	G: Farblos mit Goldrubininnenüberfang S: Standardschliff, KSF 8/1/1 V: Als Abziehbild das Bayerische Wappen, hinten Münchner Kindl mit Maßkrug und der Devise „Wohl bekomm's". Schliffkanten vergoldet M: 94 x 75 x 24 E: Geringe Gebrauchsspuren P: Sammlung Schaefer	**62**	G: Farblos mit aufgelegten bunten Glassplittern S: Standardschliff, KSF 8/2/1 V: Abziehbild, darstellend Kaiser Wilhelm II., Emailpunkte um Spiegel, Glanzvergoldung M: 97 x 71 x 28 E: Geringe Gebrauchsspuren P: Sammlung Fastner, Zwiesel
63	G: Kobaltblau S: Schlifftype 5, KSF 6/1/1 V: Abziehbild mit Rokokopaar, Glanzvergoldung M: 77 x 52 x 20, Birnenform E: Geringe Gebrauchsspuren P: Sammlung Zanella, Schönberg	**64**	G: Dunkelgrün, optisch geblasen S: Stand geschliffen V: Abziehbild mit Gärtner, der Obstbäume beschneidet M: 92 x 72 x 26 E: Gebrauchsspuren P: Sammlung Zanella, Schönberg
65	G: Farblos S: – V: In Emailmalerei Jäger mit Hirsch und Hund, hinten „Ich bin ein Jäger und stehe von Ferne, Schiese Hirsch und Vogell Gerne, 1802" M: 133 x 104 x 25 E: Gebrauchsspuren P: Sammlung Schaefer	**66**	G: Farblos mit Rosalininnenüberfang S: Spiegel, die Seiten in Zierschliff, KSF 6/1/1 V: In Emailmalerei Bauer, der über Schubkarre und Mistgabel Büchse anlegt, hinten „Paul Fischer". Emailpunkte um Spiegel, Emailverzierungen M: 94 x 74 x 24 E: Gebrauchsspuren, Glaskörper in zwei Hälften gesprungen P: Sammlung Museumsdorf Tittling

67	**G:** Farblos, hohlwendeloptisch **S:** Spiegel, die Seiten auf Kante geschliffen, KSF 6/1/1 **V:** Vor Schliff rubingeätzt, in Flachfarben. Jäger mit Hund und Fuchs im Fangeisen, hinten Elch **M:** 102 x 95 x 26 **E:** Gebrauchsspuren **P:** Sammlung Museumsdorf Tittling	68	**G:** Farblos mit Rosalininnenüberfang, hohlwendeloptisch **S:** Standardschliff, KSF 8/1/1 **V:** In Flachfarben auf Email zielender Jäger, hinter ihm Hase, rückseitig die Initialen „AG" (?) **M:** 92 x 66 x 27 **E:** Gebrauchsspuren **P:** Sammlung Bachl, Deching
69	**G:** Farblos **S:** – **V:** In Emailmalerei Schneiderzunftzeichen, rückseitig Paar in Tracht **M:** 108 x 60 x 22 **E:** Gebrauchsspuren **P:** Sammlung Oberösterr. Landesmus. Linz	70	**G:** Dunkelviolett **S:** Standardschliff, KSF 6/2/2 **M:** In Emailmalerei Lyra vor schwarz-weiß-rotem Hintergrund, Emailpunkte um Spiegel, sehr saubere Glanzvergoldung, hinten „AJ" **M:** 93 x 77 x 21 **E:** In bester Erhaltung **P:** Sammlung Bachl, Deching
71	**G:** Farblos mit gelbopakem Innenüberfang **S:** Spiegel, die Seiten mit S-Walzen, KSF 6/1/1 **V:** In Email Brauerzunftzeichen mit Devise „Y uponýnku vénoval!", hinten „AW" (?) dat. 20. 10. 1907, Glanzvergoldung **M:** 83 x 62 x 18 **E:** keine Gebrauchsspuren **P:** Sammlung Zanella, Schönberg	72	**G:** Farblos mit Innenüberfang in Goldrubin **S:** Standardschliff, KSF 6/2/2 **V:** In Emailmalerei „Glück Auf!" und Bergmannszunftzeichen im Eichenkranz, hinten „Johann Schreil" reiche Verzierung mit Emailpunkten und Kartuschen, Glanzvergoldung **M:** 112 x 98 x 28 **E:** In bester Erhaltung **P:** Sammlung Bachl, Deching

73
G: Farblos, Innenüberfang in Goldrubin
S: Spiegel, die Seiten gekerbt, KSF 8/1/1
V: In Flachfarben auf Email Bauernstandszeichen, Emailpunkte um Spiegel, weiße Krawatte, Glanzvergoldung, hinten stilis. Blütenkranz
M: 94 x 76 x 20
E: Gebrauchsspuren
P: Sammlung Museumsdorf Tittling

74
G: Dunkelgrün
S: Standardschliff, KSF 8/1/1
V: Auf Emailgrund gemalt Löwen mit Zahnrad (Geschirrbauer) und Kartusche, hinten die Initialen „J.St." und kleine und größere Glasperlen aus Goldrubin um Spiegel. Schliffkanten mit Glanzgold
M: 93 x 84 x 22
E: Gebrauchsspuren, Schliffkorrektur am Kragen
P: Sammlung Schaefer

75
G: Farblos mit Emailüberfang
S: Spiegelringschliff mit gekerbten Seiten
V: In Flachfarben auf Emailgrund Anker mit Bootshaken (Donauschiffer), hinten graviert „Xaver Hierbed", eingerahmt von grünen Emailtupfen, Emailpunkte um Spiegel, Schliffkanten mit Glanzgold
M: 93 x 74 x 24
E: Gebrauchsspuren
P: Sammlung Schaefer

76
G: Farblos mit Rosalininnenblase, hohlwendeloptisch
S: Standardschliff, KSF 8/1/1
V: In Flachfarben auf Email Metzgerzunftzeichen, hinten „Josef Brandl". Zweireihig Emailpunkte um Spiegel, seitlich einreihig. Emailkrawatte und Glanzvergoldung
M: 84 x 64 x 18
E: Gebrauchsspuren
P: Sammlung Schaefer

77
G: Farblos mit dichten, geschnürlten, feinen Emailfäden
S: Standardschliff, KSF 6/1/1
V: In Emailmalerei Glasmacherwerkzeuge und Bierglas, hinten „G.S.". Blaue und rote Emailpunkte an Schulter und Kragen, Glanzvergoldung
M: 80 x 59 x 19
E: In bester Erhaltung
P: Sammlung Zanella, Schönberg

78
G: Farblos mit Innenüberfang in Goldrubin
S: Schlifftype 5, KSF 8/1/1
V: In Flachfarben auf Email Flügelrad im Lorbeerkranz, hinten „Johann Landkamer"
M: 95 x 75 x 26
E: Gebrauchsspuren
P: Sammlung Zanella, Schönberg

79			80		
	G:	Farblos mit Goldrubininnenüberfang		**G:**	Hellblau mit bernsteinfarbenem Überfang, hohlwendeloptisch
	S:	Spiegel, die Seiten mit Kerben, KSF 8/0/0		**S:**	Standardschliff, KSF 6/2/2
	V:	In Flachfarben auf Email Brot, Breze, Semmeln (Bäckerszunft), dazu „Alois Kroner". Blaue und grüne Glasperlen um Spiegel. Glanzvergoldung, weiße Krawatte, hinten „Andenken Rud. Weil"		**V:**	Schmiedwerkzeuge in Flachfarben auf Email, hinten „H. Ring". Emailpunkte um Spiegel. Schliffkanten und Krawatte in Glanzgold, die Seiten mit weißen Emailpunkten
	M:	86 x 71 x 26		**M:**	98 x 75 x 29
	E:	Geringe Gebrauchsspuren		**E:**	Keine Gebrauchsspuren
	P:	Sammlung Zanella, Schönberg		**P:**	Sammlung Schaefer

81			82		
	G:	Trübglas, hellgrau		**G:**	Annagelb mit Überfang in Kupferrubin, hohlwendeloptisch
	S:	Spiegel, die Seiten mit U-Kerben		**S:**	Spiegel, die Seiten mit Linsen und Kerben, KSF 4/1/1
	V:	In Flachfarben pflügender Bauer, hinten in rotem Email „Martin Siebauer", dazu stilis. Blüten		**V:**	In Flachfarben auf Email pflügender Bauer, Patterl um Spiegel in Gelb und Blau, Glanzvergoldung. Hinten in Email „Es lebe der Ackersmann", dazu grüne und blaue Patterl
	M:	103 x 80 x 24		**M:**	99 x 80 x 27
	E:	Gebrauchsspuren		**E:**	Geringe Gebrauchsspuren
	P:	Sammlung Reitbauer, Regen		**P:**	Sammlung Fastner, Zwiesel

83			84		
	G:	Trübglas hellgrau		**G:**	Farblos mit Kupferrubinaußenüberfang
	S:	Standardschliff, KSF 6/1/1		**S:**	Spiegelringschliff, die Seiten mit Linsen und Kerben, KSF 4/1/1
	V:	In Flachfarben pflügender Bauer, dazu rote, gezwickte Glasperlen um Spiegel, hinten „Georg Hain Bauer" und grüne Patterl, Schliffkanten mit Glanzvergoldung		**V:**	In Flachfarben Pferde mit Pflug und Bauer am Zaun, gelbe Patterl um Spiegel, hinten „Franz Bloch" auf Email mit Weinlaubdekor und grünen Paterln
	M:	97 x 77 x 31		**M:**	93 x 77 x 27
	E:	Gebrauchsspuren		**E:**	Geringe Gebrauchsspuren
	P:	Sammlung Schaefer		**P:**	Sammlung Schaefer

85	G: Farbglas mit Emailaußenüberfang S: Schlifftype 4, KSF 6/1/1 V: In Flachfarben auf Email röhrender Hirsch, hinten stilis. Blumen. Blaue Emailpunkte um Spiegel und an den Seiten, blaue Krawatte, Glanzvergoldung M: 92 x 72 x 25 E: Beste Erhaltung P: Sammlung Zanella, Schönberg	**86**	G: Annagelb S: Standardschliff, KSF 8/2/2 V: In Flachfarben auf Email trabendes Pferd. Hinten in Email „Johañ Traiber" im stilis. Blütenkranz. Emailpunkte um Spiegel und an den Seiten, weiße Krawatte, Glanzvergoldung M: 94 x 71 x 22 E: Beste Erhaltung P: Sammlung Schaefer
87	G: Milchglas S: – V: In Emailmalerei Blumenkorb mit Tauben auf sprossendem Herzen, rückseitig floraler Dekor M: 76 x 59 x 22 E: Gebrauchsspuren, Schliffkorrektur am Kragen P: Sammlung Schaefer	**88**	G: Farblos, hohlwendeloptisch S: Standardschliff, KSF 8/1/1 V: In Email Blumenbouquet, Glanzvergoldung, Krawatte in Glanzgold M: 98 x 76 x 25 E: Geringe Gebrauchsspuren P: Sammlung Schaefer
89	G: Grün S: Schlifftype 2, KSF 8/0/0 V: In Flachfarben auf Email Blumenbouquet, Emailpunkte um Spiegel, Krawatte, Glanzvergoldung, hinten „Schnupf, Bruder" M: 87 x 70 x 22 E: Beste Erhaltung P: Sammlung Bachl, Deching	**90**	G: Hellgrün S: Schlifftype 2, KSF 8/0/0 V: In Email Biene zwischen stilis. Blüten, weiße Krawatte und Punkte um Spiegel und an Seiten, Glanzvergoldung, hinten stilis. Blüten. M: 92 x 72 x 22 E: Geringe Gebrauchsspuren P: Sammlung Schaefer

91	G:	Farblos mit Innenüberfang in Goldrubin, hohlwendeloptisch	92	G:	Annagrün
	S:	Spiegel, die Seiten mit U-Kerben, KSF 8/0/1		S:	Standardschliff, KSF 8/2/2
	V:	Biene in Emailmalerei, hinten „Nim dir a Bris". Weiße Krawatte und Emailpunkte um Spiegel, Glanzvergoldung		V:	In Flachfarben auf Email Rehbock in Landschaft. Farbiger Kranz aus stilis. Blüten um Spiegel, Glanzvergoldung, hinten „Georg Bredl".
	M:	95 x 66 x 26		M:	104 x 83 x 24
	E:	Gebrauchsspuren		E:	Beste Erhaltung
	P:	Sammlung Schaefer		P:	Sammlung Bachl, Deching
93	G:	Farblos mit Doppelüberfang in Gelb-Weiß	94	G:	Hellblau, transp.
	S:	Spiegelringschliff, die Seiten mit Linsen und Kerben, KSF 4/1/1		S:	Stand geschliffen
	V:	In Flachfarben auf Email sitzender Jagdhund, hinten stilis. Blüten, blaue Krawatte und Punkte um Spiegel und an Seiten		V:	In Email Vogel über Wiese
				M:	?
				E:	Geringe Gebrauchsspuren
	M:	87 x 59 x 25		P:	Privatsammlung
	E:	Gebrauchsspuren			
	P:	Sammlung Bachl, Deching			
95	G:	Kobaltblau	96	G:	Kobaltblau
	S:	Stand geschliffen		S:	Stand geschliffen
	V:	In Weißemail Auerhahn		V:	In Weißemail Rehbock
	M:	71 x 54 x 17		M:	95 x 75 x 22
	E:	Geringe Gebrauchsspuren		E:	Gebrauchsspuren
	P:	Sammlung Zanella, Schönberg		P:	Sammlung Bachl, Deching

97	G: Azurblau transp. S: – V: In Weißemail Hirsch M: 97 x 73 x 22 E: Geringe Gebrauchsspuren P: Sammlung Weiß, München	**98**	G: Blau transp. S: Standardschliff, KSF 8/1/1 V: Flachfarbenmalerei auf Email, Trunkenbold mit Maßkrug, darüber „Sternsakra, heut' hab' ich wieder einen!", rückseitig „Ludwig Jungwirth" in reichem Blumendekor. Farbige Emailpunkte an den Seiten, Kragenkonturen in Email nachgezogen. Glanzvergoldung M: 102 x 78 x 27 E: Gebrauchsspuren P: Sammlung Schaefer
99	G: Farblos mit Selenrubin (?) – Innenüberfang S: Spiegel, die Seiten mit dichten U-Kerben, KSF 8/0/0 V: Frontal in Emailmalerei Baßgeiger mit Hut und Brille, hinten „Emanuel Schmid", dazu mit Glanzgold gehöhte Emailkartuschen. Schliffkanten in Glanzvergoldung. M: 163 x 53 x 25, Wetzsteinform E: Gebrauchsspuren, der abgebrochene Hals hervorragend vom Glasmacher restauriert. P: Sammlung Schaefer	**100**	G: Farblos mit Goldrubin Innenüberfang S: Schlifftype 2, KSF 8/0/0 V: In Flachfarben auf Email aus Bierkrug trinkender Mann, dazu „Zur Gesundheit", Emailpunkte um Spiegel, hinten leeres Spruchband M: 84 x 70 x 22 E: Gebrauchsspuren P: Sammlung Bachl, Deching
101	G: Farbglas mit Goldrubininnenüberfang S: Spiegel, die Seiten in Zierschliff, KSF 8/2/2 V: In Flachfarben auf Email Stammtischbruder, hinten „Tischgesellschaft Regen". Kleine und große Emailpunkte um Spiegel, Glanzvergoldung M: 182 x 150 x 42 E: Beste Erhaltung P: Sammlung Bachl, Deching	**102**	G: Farblos S: – V: Emailmalerei in Flach- und Transparentfarben: Madonna mit Kind, um die Figur Reste ehemaliger Glanzvergoldung „Andenken an Altoetting" in Kursivschrift M: 101 x 78 x 20 E: Gebrauchsspuren P: Sammlung Schaefer

103	G:	Farblos mit Emailaußenüberfang	104	G:	Farblos, hohlwendeloptisch
	S:	Spiegelringschliff, die Seiten mit Zierschliff		S:	Standardschliff, KSF 6/1/1
	V:	In Flachfarben auf Email Dampfmaschine, Emailpunkte um Spiegel, Glanzvergoldung. Hinten „Michl Löfelmann"		V:	In Flachfarben auf Email Dampflok mit Waggons, hinten „Josef Weiß"
	M:	129 x 104 x 30		M:	100 x 80 x 29
	E:	Geringe Gebrauchsspuren		E:	Beste Erhaltung
	P:	Sammlung Waldmuseum Zwiesel		P:	Sammlung Bachl, Deching
105	G:	Antikgrün	106	G:	Dunkelgrün, transp.
	S:	Schlifftype 4, KSF 6/1/1		S:	Schlifftype 5, KSF 8/2/1
	V:	In Flachfarben auf Email Radfahrer, hinten in Email „Aechter Landshuter Brasiltabak aus der Fabrik von Carl Neuman"		V:	In Flachfarben auf Email am Tisch sitzender Schnupfer mit Glasl, hinten „Der eine schnupft zum Zeitvertreib, der and're aus Verdruß, der dritte, weil er Kreuz und Leid beim Weib ertragen muß", Emailpunkte um Spiegel, Schliffkantenvergoldung
	M:	92 x 79 x 22		M:	183 x 144 x 42
	E:	Geringe Gebrauchsspuren		E:	In bester Erhaltung
	P:	Sammlung Bachl, Deching		P:	Sammlung Oberösterr. Landesmus. Linz
107	G:	Farblos mit Rosalininnenüberfang mit Klarglasfaden maschinell umsponnen.	108	G:	Bernsteinfarben transp.
	S:	Spiegelringschliff, die Seiten als Schmetterlingsornament, KSF 8/2/2		S:	Spiegel, gekerbte Seiten, KSF 6/3/2
	V:	In Email und Gold „Josef Beyerl", hinten „Zur Erinnerung an das Hochzeitsfest 1907". Emailpunkte um Spiegel, Schliffkanten mit Glanzvergoldung		V:	In Email „Nim nicht z'viel, Sonst komst in d'Höll", hinten „Schnupf Bruder, es ist kein Guter", dazu stilis. Blüten. Emailpunkte um Spiegel
	M:	138 x 107 x 31		M:	108 x 82 x 31
	E:	Von bester Erhaltung		E:	Gebrauchsspuren
	P:	Sammlung Schaefer		P:	Sammlung Schaefer

109	**G:** Grün **S:** Spiegel, die Seiten gekerbt, KSF 8/2/2 **V:** In Email „Max Ascher Tabakhandlung", hinten „Neureichenau". Emailpunkte um Spiegel, Schliffkanten vergoldet. **M:** 135 x 108 x 28 **E:** Beste Erhaltung **P:** Sammlung Schaefer	**110**	**G:** Hellblau, transp. **S:** Schlifftype 2, KSF 8/0/0 **V:** Landshuter Stadtwappen in Flachfarben auf Email, rückseitig „Landshuter Brasiltabakfabrik Kissenberth & Straub". Schliffkanten und Krawatte in Glanzgold **M:** 97 x 80 x 25 **E:** Geringe Gebrauchsspuren **P:** Sammlung Schaefer
111	**G:** Braun transp. **S:** Standardschliff **V:** In Email „Landshuter Brasiltabakfabrik Pöschl & Cie", hinten „Landshut" **M:** 101 x 79 x 22 **E:** Gebrauchsspuren **P:** Sammlung Zanella, Schönberg	**112**	**G:** Farblos mit opaker gelber Innenblase **S:** Spiegel, die Seiten in Zierschliff mit Linsen und Kerben **V:** In Emailmalerei Eisernes Kreuz mit Krone, Buchstabe „W" und „1914", hinten „Zur Erinnerung a. d. Weltkrieg 1914/17" **M:** 92 x 71 x 25 **E:** Geringe Gebrauchsspuren **P:** Sammlung Zanella, Schönberg
113	**G:** Farblos mit Doppelüberfang in Blau-Weiß **S:** Spiegelringschliff, die Seite gekerbt, KSF 4/1/1 **V:** In Email „Erinnerung a. d. Feldzug 1870/71, Regen 1895", hinten „Johann Gschwendtner" **M:** 92 x 73 x 23 **E:** Gebrauchsspuren **P:** Sammlung Fastner, Zwiesel	**114**	**G:** Aus Glasstäbchen mit Wendeln in Gelb-Blau-Rot und Gelb-Schwarz-Rot und weißen Rosenkranzperlen **S:** – **V:** – **M:** 84 x 54 x 27 **E:** Neu **P:** Sammlung Schaefer

115	G: Grün S: Kragen sechsfach geschält V: – M: 95 x 54 x 35, Neidfaust E: Neu P: Sammlung Schaefer	116	G: Farblos mit gelbem transp. Innenüberfang. Zwischen hohlen Schnürln rote und blaue transp. Fäden S: Stand beschliffen V: – M: 105 x 83 x 33 E: Neu P: Sammlung Schaefer
117	G: Farblos mit Doppelüberfang in transp. Grün und Blau S: In Hochschliff beidseitig vierblättriges Kleeblatt, an den Seiten Rauten, Fuß gesteinelt. Restliche Fläche unregelmäßig gekerbt, KSF 4/1/1 V: – M: 100 x 78 x 34 E: Neu P: Sammlung Schaefer	118	G: Hellbraun, transp. S: – V: – M: 91 x 56 x 37, Neidfaust E: Neu P: Sammlung Schaefer
119	G: Kobaltblau mit geschnürltem, breiten, weißen Faden S: Stand geschliffen V: – M: 113 x 85 x 32 E: Neu P: Sammlung Schaefer	120	G: Farblos mit Glasfäden in opakem Gelb und Weiß vor ockerfarbenem Glasstaub S: Stand geschliffen V: – M: 109 x 76 x 26 E: Neu P: Sammlung Schaefer

121	G: Farblos mit gerissenen Bändern in Stumpfviolett und Gelb in Fiederdekor S: Stand geschliffen V: – M: 110 x 75 x 28 E: Neu P: Sammlung Schaefer	**122**	G: Farblos mit gelb-roten Wendeln und gelben Bändern, freihändig mit Klarglas umsponnen S: Stand geschliffen V: – M: 93 x 67 x 24 E: Neu P: Sammlung Schaefer
123	G: Farblos mit Goldrubininnen- und starkem Milchglasaußenüberfang S: Kragen vierfach geschält, um die Fronten kleine Linsen V: Florale Emailmalerei beideitig, Mündung vergoldet M: 107 x 81 x 31 E: Neu P: Sammlung Schaefer	**124**	G: Farblos mit weißem Innenüberfang, davor blaue, blasige Schlieren. S: Seiten gekerbt V: – M: 97 x 72 x 28 E: Neu P: Sammlung Schaefer
125	G: Farblos mit Bändern in hellem, opaken Grün vor Email. Über den Bändern schwarze Tupfer S: Stand geschliffen V: – M: 105 x 75 x 25 E: Neu P: Sammlung Schaefer	**126**	G: Farblos mit starkem transp. bernsteinfarbenem Faden in Schuppendekor S: Stand geschliffen V: – M: 183 x 143 x 50 E: Neu P: Sammlung Schaefer

127	**G:** Bernsteinfarben, transp., hohlwendeloptisch **S:** Spiegel mit gekerbten Seiten, KSF 6/2/2 **V:** – **M:** 83 x 57 x 24 **E:** Neu **P:** Sammlung Schaefer	**128**	**G:** Farblos mit bernsteinfarbenem Überfang und gerissener Marmorierung **S:** Stand geschliffen **V:** Hütteniris **M:** 109 x 81 x 30 **E:** Neu **P:** Sammlung Schaefer
129	**G:** Klarglas mit Emailüberfang und eingewalzten, feinen, bunten Glassplittern **S:** Stand geschliffen **V:** – **M:** 88 x 64 x 23 **E:** Neu **P:** Sammlung Schaefer	**130**	**G:** Farblos mit dunkelrotem Außenüberfang und aufgewalzten Glassplittern in opakem Violett und Rosa. Leicht lüstriert **S:** Stand geschliffen **V:** – **M:** 83 x 63 x 21 **E:** Neu **P:** Sammlung Schaefer
131	**G:** Farblos mit opakem, dunkelroten Überfang mit gelblich-grünen Tupfen in Sternschnuppendekor **S:** Stand geschliffen **V:** – **M:** 88 x 66 x 23 **E:** Neu **P:** Sammlung Schaefer	**132**	**G:** Farblos mit weißen Rosenkranzperlen, Wendeln in verschiedenen Farben **S:** Doppelspiegel, Seiten mit S-Walzen, KSF 6/2/1 **V:** – **M:** 82 x 62 x 21 **E:** Neu **P:** Sammlung Schaefer

133	G:	Farblos mit opaker, grüner Innenblase, dreifachem Außenüberfang in opakem Dunkelviolett – Weiß – Orange	**134**	G: Farblos mit kreuzgenetzten Sechsfach-Fäden in Blau und Email
	S:	Beiderseits Schmetterling in Zierschliff, KSF 4/0/1		S: Stand geschliffen
	V:	–		V: –
	M:	89 x 69 x 22		M: 91 x 66 x 23
	E:	Neu		E: Neu
	P:	Sammlung Schaefer		P: Sammlung Schaefer

135	G:	Farblos mit „retikulierten" Einfach-Fäden in Email	**136**	G: Farblos mit nur weißen Spiralen, Wendeln, Rosenkranzperlen
	S:	Stand geschliffen		S: Planschliff mit flächigen Seiten, KSF 8/1/1
	V:	–		V: –
	M:	91 x 66 x 23		M: 84 x 64 x 21
	E:	Neu		E: Neu
	P:	Sammlung Schaefer		P: Sammlung Schaefer

137	G:	Farblos mit je 5 feinen Fäden in Blau und Orange auf gewendelten Emailbändern, umsponnen mit Klarglasfaden, passender Glasverschluß	**138**	G: Farblos mit taubenblauem Innenüberfang und weißen Flecken mit Muster
	S:	Stand geschliffen		S: Stand geschliffen
	V:	–		V: –
	M:	89 x 69 x 24		M: 91 x 64 x 20
	E:	Neu		E: Neu
	P:	Sammlung Schaefer		P: Sammlung Schaefer

139	G: Farblos mit opakweißem Innenüberfang, außen gerissene Fäden in Schwarz – Grün – Braun, Schuppendekor. Applizierter Fuß S: – V: – M: 92 x 57 x 25, flache Birnenform E: Neu P: Sammlung Schaefer	**140**	G: Farblos mit Schnürln in Orange – Schwarz – Grün – Schwarz – Orange S: Stand geschliffen V: – M: 89 x 71 x 29 E: Neu P: Sammlung Schaefer
141	G: Farbglas mit Bändern in Blau – Orange – Gelb – Orange – Blau S: Planschliff mit flächigen Seiten, KSF 8/0/0 V: – M: 80 x 45 x 29, Birnenform E: Neu P: Sammlung Schaefer	**142**	G: Farblos mit dunkelrot-weißem Außen-und hellgrün-opakem Innenüberfang S: Spiegel, die Seiten mit Kerben und langen Oliven, KSF 4/1/1. Vorne in Hochschliff zwei Amseln, hinten stilis. Blüte V: – M: 95 x 71 x 25 E: Neu P: Sammlung Schaefer
143	G: Farblos mit geätzten Schilden S: Spiegel, die Seiten in Spitzsteindelung, KSF 6/2/2 V: Die rubingeätzten Spiegel mit floralem Dekor in Mattschnitt M: 100 x 74 x 24 E: Neu P: Sammlung Schaefer	**144**	G: Annagelb S: Standardschliff, KSF 6/1/0 V: In Emailmalerei auf beiden Seiten Rosenbouquet, Schliffkanten mit Ganzgold gesäumt M: 96 x 70 x 21 E: Neu P: Sammlung Schaefer

145	G:	Farblos mit opaker, lachsfarbener Innenblase	146	G:	Farblos
	S:	Stand geschliffen		S:	Spiegel, die Seiten mit Oliven gekerbt, KSF 6/1/1
	V:	In Flachfarben auf Email tanzendes Paar, umrahmt von roten und grünen Punkten		V:	Frontal zwei Karpfen zwischen Schlingpflanzen in Mattschnitt
	M:	87 x 62 x 22		M:	100 x 71 x 24
	E:	Neu		E:	Neu
	P:	Sammlung Schaefer		P:	Sammlung Schaefer
147	G:	Farblos mit opaker, hellgrüner Innenblase, Doppelüberfang in Weiß-Blau	148	G:	Farblos mit transp. Außenüberfang in Hellgrün
	S:	Spiegel, die Seiten mit Spiegel und Kerben, KSF 4/1/1		S:	Die Spiegel mit vier großen Linsen, die Seiten mit Ringspiegeln, Kragen vierfach geschält.
	V:	Frontal in Hochschliff Enzian, hinten weiß-blaues Rautenmuster		V:	–
	M:	98 x 72 x 27		M:	103 x 78 x 26
	E:	Neu		E:	Neu
	P:	Sammlung Schaefer		P:	Sammlung Schaefer
149	G:	Farblos mit transp. rotem Außenüberfang in Goldrubin	150	G:	Topasfarben, transp.
	S:	Zierschliff mit vier Linsen und Kreuz, die Seiten mit Oliven, Kragen vierfach geschält		S:	Planschliff, die Seiten auf Fläche, KSF 6/2/2
	V:	–		V:	In Mattschnitt Glasverkäufer
	M:	102 x 76 x 26		M:	92 x 67 x 19
	E:	Neu		E:	Neu
	P:	Sammlung Schaefer		P:	Sammlung Schaefer

151	G: Farblos S: Spiegel, die Seiten mit dichten Oliven, KSF 6/1/1 V: Frontal geschnitten Münchener Marktszene, hinten Signatur „Rudolf Wagner 1979" M: 97 x 69 x 21 E: Neu P: Sammlung Schaefer	**152**	G: Farblos S: Wellenartiger Zierschliff, Mattierung V: – M: 94 x 69 x 28 E: Neu P: Sammlung Schaefer
153	G: Schwarzglas S: Walzen über die Seiten, sternförmig von Mitte ausgehend, Stand geschliffen V: Walzen vergoldet M: 98 x 71 x 29 E: Neu P: Sammlung Schaefer	**154**	G: Farblos mit Goldrubininnenüberfang S: Schlifftype 1, KSF 8/1/1 V: In Schnitt Motiv „Obstverkäufer" M: 94 x 75 x 21 E: Gebrauchsspuren P: Sammlung Schaefer
155	G: Schwarzglas S: Planschliff, die Seiten mit Horizontalkerben, KSF 8/0/0 V: In Flachfarben Zunftzeichen „Geschirrbauer" auf Email. Hinten „Alois Meier", Email- und Glanzgoldpunkte. M: 80 x 69 x 23 E: Neu P: Sammlung Schaefer	**156**	G: Farblos mit Selenrubininnenüberfang S: Spiegel, die Seiten grätenartig gekerbt, KSF 6/2/2 V: In Schnitt Madonna mit Kind und Bezeichnung „St. Maria von Altötting", dazu Signatur „H. Schweizer 81" M: 99 x 80 x 29 E: Neu P: Sammlung Schaefer

157
- **G:** Farblos mit rosa-weißem Außen- und opakblauem Innenüberfang
- **S:** In Hochschliff stilis. Blüten, Kragen sechsfach geschält
- **V:** –
- **M:** 84 x 56 x 31, Birnenform
- **E:** Neu
- **P:** Sammlung Schaefer

Tab. 1:

Historisch gesicherte Daten über den Gebrauch und die Herstellung von Schnupftabakgläsern

Zeit	Ereignis	Quelle
1678–80	„Tabakhpixl" in der Glashütte zu München	Lit 14 (Rechnungsbücher)
1686	„Krystallene Tobakhpixl" in der Kaltenbruner Glashütte bei Oberplan	Paul Praxl im Passauer Jahrbuch für Gesch., Kunst u. Volkskunde, 1979
1741, 1766	„Tobackhs Fläschl" bei Bergknappen in Bodenmais	Lit 31
1758	Bestellung von „Tabakh Putellen" durch einen türkischen Kaufmann in der Mühlberger Glashütte im südlichen Böhmerwald	Paul Praxl
1794	„Tobackh Gläsel" eines Kraxentragers	Lit 14 (Verlassenschaft)
1798	dat. Glas	Taf. 60
1806	dat. Glas	Taf. 59
um 1800	emailbemalte Gläser aus Oberösterreich	Lit 14
1821	dat. Glas	Lit 14
1835	Glasschleifer und Glasschneider Augustin Hackl in Furth im Wald	Lit 22
um 1840	Hüttenfertigung in Spiegelau	Lit 14 (Prozeßakte)
1852	Johann Gaschler, Schleifer in Zwiesel, stellt in Landshut aus	Lit 14 (Katalog)
1854–62	Schleifer Nikolaus Klein in Hochbruck bei Zwiesel	Hetzenecker
1855–77	Glashütte Poschinger in Oberfrauenau	Hetzenecker
1858–84	Schleifer Ludwig Schiedermeier in Zwiesel	Hetzenecker
1862–69	Schleifer Adam Brunner in Zwiesel	Hetzenecker
1870–1908	Schleifer Karl u. Max Walter in Viechtach	Hetzenecker
1873–92	Schleifer Johann Gaschler in Zwiesel	Hetzenecker
1875–84	Glasmaler Franz Görtler in Zwiesel	Hetzenecker
1882	Schleifer Rosenlehner in Deggendorf	Hetzenecker
1886	Schleifer Joseph Ertl in Bodenmais	Hetzenecker
1887(?)–1909	Glashütte Ludwig Stangl in Spiegelau	Lit 14, Hetzenecker
1885–1926	Glasmalerwerkstatt Ulbrich in Zwiesel	Lit 14
1900–1905	Hüttenfertigung in Spiegelhütte	Lit 14 (Lohnbuch)
um 1900	Hüttenfertigung in Oberzwieselau	Lit 14 (Skizzen)
1914	Hüttenfertigung in Riedlhütte	Geschäftsbücher
um 1925	„Büchslschinden" in der Gistlhütte in Frauenau	Geyer Willi
um 1955	Einzelauftrag zur Hüttenfertigung in Spiegelau	Geyer Willi
seit 1965	Schinderarbeiten von verschiedenen Glasmachern, vor allem in – Poschingerhütte Frauenau – Eischhütte in Frauenau – Theresienthal – Schott in Zwiesel – Spiegelau – Glasfachschule Zwiesel	Lit 14
um 1978	Hüttenfertigung in – Eischhütte – Hütte Ludwigsthal	
seit 1981	Hüttenfertigung Max Kreuzer, Falkensteinhütte	
seit 1982	Hüttenfertigung Schott	

Tab. 2:

Auswahl aus den Bezügen von Schnupftabakgläsern der Glashandlungen Polzinger und Hetzenecker in Viechtach

Datum	Beschreibung	Preis
6. März 1854	von Kleyn in Zwiesel Tobackgläser	6 fl 18 kr
1854	von Zwiesel von Kleyn 6 Stück Tobackgläser à 30 kr, dto 34 St. Dutzend Uhrgläser, das Dutzend 10 kr	3' 3'40
1855	von Kleyn von Zwiesel für Tobackgläser	7'12
28. Febr. 1855	Herrn v. Poschinger für 8 Kästen Tafelglas und 7 Schock (vermutlich ungeschliffene!) Tobackgläser	156'26
12. März 1856	12 St. Tobackgläser	1'24
1857	2 Dtzd. Tobackstopseln	1'12
15. Nov. 1857	von Kleyn in Zwiesel T. gl. 21 Stücke	8'27
Juli 1858	von Schiedermeyer von Zwiesel Halbekrügel und 2 Tobackgläser	2'52
Dez. 1858	Stoppeln (?) von Schwager	4'48
Juli 1859	Stoppeln gekauft	2'45
Sept. 1859	Glasschleifer für Tobackgläser	2'52
21. April 1859	Lichtbülder (?) Tobackstoppeln	–
18. Febr. 1861	von Nikolaus Klein in Hochbruck 26 St. Tobackgläser und gefärbtes Tafelglas	–
3. Febr. 1862	Gottlieb Lederer von Cham Tobackstoppeln	3'
11. März 1862	Adam Brunner von Zwiesel 19 St. Tgl. und 6 Glaßdeckel	7'27
17. Juni 1862	Schiedermayer von Zwiesel 6 St. Tgl.	3'18
20. Dez. 1862	Schiedermayer Tgl.	26'30
10. Jan. 1863	von Cham Lichtbülder Tobackstoppeln und Tobackgläser	6'51
15. Jan. 1863	Adam Brunner Tgl	22'38
1864	(Poschinger) Hohlgläser u. Tgl. nachbezahlt	2'3
11. Mai 1864	Schiedermeier von Zwiesel Tgl. geschliffene	8'34
1864	Tgl. von Herrn Poschinger	5'42
22. Dez. 1864	von Adam Brunner geschliffene Weinstutzen und so auch Tgl.	21'8
8. Jan. 1865	Brunner von Zwiesel geschliffene Tgl.	15'42
30. März 1865	Zinck von Passau 15 Dtzd. Messingringeln und 1000 Schusser	5'33
	– Übernahme Hetzenecker –	
16. Juni 1871	Glasschleifer Walter für 8 grüne Tgl. schleifen zahlt zu 10 kr	1'20
10. Mai 1874	Glasschleifer Walter für 25 Halblitergläser zu 6 kr und 4 hohlverschnürlte Tabacksgläser zahlt zu 10 kr	3'10
	– bisher 1 Gulden (fl) zu 60 Kreutzer, ab 1876 1 kr = 3 Pfg., 1 fl = 1 Mark 80 Pfg. –	
14. Jan. 1877	Hr. G. B. v Poschinger in Frauenau für die grünen 100 Perltabacksgläser bar übersandt	33 M 30 Pfg
5. Febr. 1879	Franz Görtler in Zwiesel für bemalte, farbig geschliffene (sic) Tgl. per Postanweisung übersandt	28 M
4. Mai 1880	bei Gaschler Glasschleifer in Zwiesel Halbliter- und Tabaksgläser kauft zu bei Schiedermeier in Zwiesel Tabakgläser kauft zu bei Görtler Glasmaler Zwiesel Tgl. zu	57 M 4 M 20 Pfg 9 M 70 Pfg
16. Sept. 1882	F. Görtler in Zwiesel für 12 Dreifärbige, vergoldete, mit Perl besetzte Tabaksgläser	26 M

24. Oktober 1882	von Rosenlehner Glasschleifer (in Deggendorf) kauft 4 Tgl. à 70 Pfg	2 M 80 Pfg
17. Okt. 1883	von Schleifer Walter 6 weiß hohlgeschnürlte à 60 Pfg, 2 grün und rot hohlgeschnürlte à 70 Pfg, 6 weiße à 40 und 4 grüne Perl à 50 Pfg, 3 zweifärbige à 70 und 2 dreifärbige à 1 M 15 Pfg Tabakglasl	15 M 26 Pfg
21. Juni 1884	Glasschleifer Walter für 14 St. hohlgeschnürlte Tabaksgläser schleifen à 29 Pfg (bis 1888 finden sich häufig derartige Einträge, wo hohlgeschnürlte Gläser, die anscheinend von einer spezialisierten Hütte direkt bezogen wurden, bei W. in Viechtach zum Schleifen gegeben waren)	4 M 10 Pfg
15. Nov. 1885	Joh. Gaschler Glasraffineur Zwiesel für vergoldete Tgl. per Postanweisg.	59 M
4. Nov. 1886	Glasschleifer Jos. Ertl von Bodenmais 16 Tabakgläser kauft	9 M
28. Febr. 1888	Johann Gaschler Glasraffinerie Zwiesel für schöne Tabakgläser hier übersandt in einem Kistchen	46 M 50 Pfg
29. Febr. 1888	Walter Glasschleifer hier für 12 St. hohlgeschnürlte Tgl. schleifen à 29	3 M 53
11. Febr. 1893	Glasschleifer Walter 39 geschliffene und hier auch vergoldete Tabakgläser (von W. in Kaltmalerei selbst verg.?)	26 M 90 Pfg
9. Okt. 1896	Glasschleifer Walter 4 bemalte Tgl. mit Perl à 2 M, 2 à 1 M 60 Pfg und 1 zu 1 M 10 Pfg	8 M 50 Pfg
2. Dez. 1897	von Glasschleifer Walter 2 dreifärbig bemalte Tgl. mit Perl à 2 M (es handelt sich hier um Doppelüberfanggläser mit Emailbemalung und Paterlbesatz, die m. E. aber in Zwiesel bezogen wurden. Höchster Preis für Tgl.! Von 1893–1904 bezog Hetzenecker seine Tgl. übrigens nur noch über Walter. Obwohl seit 1889 stark im Verkauf, tauchte die Glasmalerwerkstatt Ulbrich in Zwiesel als Bezugsquelle nie auf.)	4 M
11. Febr. 1900	Glasschleifer Walter für 3 St. dreifärbige, vergoldete, mit Perl Tabaksbüchsl à 2 M	6 M

Tab. 3:

Schnupftabakfabriken in Bayern um ca. 1910

Hersteller	Daten	Hinweise
Josef Bach, Mainburg		G
Josef Bach, Straubing		G, 1
Josef Bacher, „Silberberg", Bodenmais		G
Alois Baier, Landshut	übern. v. Pöschl	G, 1
August Bastl, Zwiesel		G
Josef Beck, Straubing		G
A. Bergmann, Zwiesel		G
Gebr. Bernard AG, Regensburg	1733 – dato	S, 1, 3
August Bögele, Regensburg		G
Bogenstätter „Perlesreuter", Perlesreut und Grafenau	1901–1915 Perl. 1915–1974 Graf. Marke übernommen von Pöschl	S, 1, 2
Bräu, Stadtamhof		1
Josef Brucker, Wasserburg		G
Buchinger, Zwiesel		11
Martin Dorfner, „Klosterschmalzler", Straubing		G
Max Ebenherr, Landshut	übernommen v. Pöschl	G, 1
J. Ettenhuber, Rosenheim		G
Ludwig Eckl, Heinrichsbrunn		G
Ignaz Fahrmbacher, Landshut	gegr. 1796	G
E. Faller, Ergoldsbach		G, 1
Georg Fleischmann, Elisabethszell		G, S
Andre Gaschler, Zwiesel	übern. v. Jäger	G, S, 7, 15
J. M. Gmündener, Ilzhofen		G
Franz X. Gottinger, Hauzenberg		G
Josef Gremmers Wwe., Landshut	gegr. 1854, übern. 1929 d. Lotzbeck	G, S, 1, 4, 14
Franz Heidinger, Landshut (Inh. Georg Arndorfer)		G
Cajetan Heyn, Prien am Chiemsee		G
Max Jäger, Zwiesel		1
Alois Kammerer, Passau		1
A. Kandler, Deggendorf		S, 1
Kapfer, Abensberg/Ndb.		16
Kerschhackl, Vilshofen		1
Hermann Killesreiter, Waldkirchen		G 1
Kissenberth & Straub, Landshut	1884–1930	S, 1, 4
Michael Klinger, Landshut		S, 1
Josef Köck, Straubing		G
Ad. Kölzner, München		1
Jos. Kronberger, später Kronberger & Schuller, Landshut		G, 1

Hersteller	Daten	Hinweise
Kronthaler, Prien am Chiemsee		16
Andreas Kühbacher, Passau		G
Lichtenecker, Straubing (Inh. Schattenhofer)		1
Michael Lindner, Neuötting		S, 1
Listl, Grafing		1
Lotzbeck & Cie., Ingolstadt	gegr. 1774 in Lahr	G, 1
Franz Maurer, Deggendorf		S, 1, 12
L. Morasch, Freising		1
J. Mosers Nachf., München		1
J. Pauer, Passau	gegr. 1765	G, 1, 14
Peschl, Neukirchen v. W.		10
Alois Pöschl, Landshut	1902 – dato	G, S, 1, 4
Johann Prößl, Weiden		15
Joh. Peter Raulino u. Comp., Bamberg	gegr. 1740, übern. Lotzbeck	16
Gustav Rennert, München		G
Peter Ringelstern u. Sebastian Ritthaler, Landshut		S
Adolf Rödl, Bodenmais		13
Ludwig Schadenfroh, Straubing		G
Max Schneider, Straubing	gegr. 1859	G, 1, 9
Johann & Georg Schnellbögl, Rötz		G
Josefine Schnitzer, Arnstorf		1
Josef Schürer, Würzburg	1929 übern. Lotzbeck	G, S, 8
Ludwig Seidel, Regensburg		G
Josef Seitz, Waldkirchen		G, S
Franz Sternecker, Straubing		G, 1
Kirol Straßmeier, Nürnberg	1910–1929	5
Johann Strohmeyer, Zwiesel		G, S
Georg Wagners Nachf., Frontenhausen	übern. Straßmeier	1, 5
Stephan Wagner, Nürnberg		G
Johann Weiß, Landshut	1887–1962, übern. Pöschl	G, S, 1, 6, 14
Weitzenauer, Landshut, später: W. Nachf. Inh. Franz Gerstenecker	übern. Pöschl	1
Wünschhüttel, Tirschenreuth		S, 1

G = Belegstück allg. Art im Schnupftabakmuseum Grafenau
S = Schnupftabakglas mit Reklameschrift im Fotoarchiv Schaefer
1 = Akten des Amtsgerichts – Registergericht Landshut, betreffend den „Verein bayer. Brasiltabakfabrikanten", 1920
2 = Neumann: „600 Jahre Stadt Grafenau", 1976
3 = Offenbacher Monatsrundschau von 1940
4 = Bleibrunner „Niederbayern" Bd II, Landshut 1980
5 = Mitteilg. Heimatmuseum Vilsbiburg
6 = K. Person „Joh. Weiß und sein Werk", Landshut 1936
7 = Grafenauer Anzeiger 21. 9. 80
8 = Mitteilg. Fa. Lotzbeck
9 = Mitteilg. Frau Seitz, Straubing, Tochter des letzten Bes.
10 = Mitteilg. Herr Wagner, Neukirchen
11 = Bayer. Wald Zeitung, Zwiesel, 13. 9. 1906
12 = Heimatmuseum Deggendorf
13 = Landshuter Gewerbeausstellung 1903
14 = Industrieausstellung Nürnberg 1896
15 = Industrieausstellung Nürnberg 1906
16 = Mitteilg. Fa. Pöschl 1982

Preislisten der Firmen Bernard, Lotzbeck, Pöschl, Wittmann

Gebrüder Bernard Aktiengesellschaft
Postfach 11 02 26 · Gesandtenstraße 3–5
8400 Regensburg 11 · Tel. (09 41) 5 10 06

BERNARD SCHNUPFTABAKE

Schnupftabak-Preisliste gültig ab 1. Juni 1982

Lieferbedingungen umseitig! — Alle Preise incl. Mehrwertsteuer!

ORIGINAL REGENSBURGER SCHMALZLERFRANZL SPEZIALITÄTEN

SORTEN		20 GRAMM IN WÜRFEL			50 GRAMM IN BEUTEL			100 GRAMM IN BEUTEL		
		Art. Nr.	Gebinde Inhalt	KVP DM/Stck.	Art. Nr.	Gebinde Inhalt	KVP DM/Stck.	Art. Nr.	Gebinde Inhalt	KVP DM/Stck.
BRASIL FEINST	Schmalzler „delikat"	300	10	0,80	311	10	1,50	303	10	2,90
BRASIL FEINST	Schmalzler „delikat"	301	25	0,80						
GOLDAROMA	Schmalzler „aromatisch"	305	10	0,80	318	10	1,50	308	10	2,90
GOLDAROMA	Schmalzler „aromatisch"	306	25	0,80						
MANILA	Schmalzler „fruchtig"	315	10	0,80						
MANILA	Schmalzler „fruchtig"	316	25	0,80						
BRASIL FRESCO	Schmalzler „rassig"	320	10	0,90				323	10	3,50
BRASIL FRESCO	Schmalzler „rassig"	321	25	0,90						
JUBILÄUMSTABAK	Schmalzler „würzig"	325	10	1,00	319	10	2,20			
JUBILÄUMSTABAK	Schmalzler „würzig"	327	25	1,00						
ZWIEFACHER	Supermischung „mild"	463	10	1,00						

IN FARBENPRÄCHTIGEN FALTSCHACHTELN MIT PLASTIKBEUTEL UND LÖFFEL

TABAK-SET „N" =	8 versch. Schmalzler à 50 g				333	8	16,60			
BRASIL FEINST	Schmalzler „delikat"				302	10	1,70			
GOLDAROMA	Schmalzler „aromatisch"				307	10	1,70			
MANILA	Schmalzler „fruchtig"				317	10	1,70			
BRASIL FRESCO	Schmalzler „rassig"				322	10	2,00			
JUBILÄUMSTABAK	Schmalzler „würzig"				326	10	2,40			
WALDLERMISCHUNG					330	10	2,20			
KLOSTERMISCHUNG					341	10	2,20			
FICHTENNADELTABAK „Waldduft"					344	10	1,70			
GRAND CARDINAL					410	10	2,70			
FEINER OFFENBACHER CARDINAL					411	10	2,00			
GEKACHELTER VIRGIN					413	10	2,00			

SONSTIGE REGENSBURGER UND OFFENBACHER SPEZIALITÄTEN, SOWIE PARISER SORTEN

COPENHAGENER		335	10	1,00	337	10	2,20	334	10	4,10
ERFRISCHUNGSTABAK		336	10	0,80						
KLOSTERMISCHUNG		340	10	0,80				338	10	2,90
FICHTENNADELTABAK		343	10	0,80						
MACUBA		345	10	0,90				348	10	3,50
PARISER Nr. 2/4		346	10	0,80				347	10	2,90
RUSSISCHER AUGENTABAK		367	10	0,80				368	10	2,90
KOWNOER 1 A GRÜN		375	10	0,80	339	10	1,50	450	10	2,90
GOLDFARB		380	10	0,80						
OFFENBACHER „FEIN"					421	10	1,70	422	10	3,30
ALT OFFENBACHER KÖSTLICH					425	10	2,30	426	10	4,40
CIVETTE EXTRAFEIN					427	10	2,10	428	10	4,10
CIVETTE GELB					405	10	1,80	406	10	3,50
DANZIGER HELL / DUNKEL					407	10	1,50	408	10	2,90
DOPPELMOPS FEINKORN					429	10	1,60	430	10	3,10
FEINER OFFENBACHER CARDINAL								412	10	3,50

SNUFF-PROGRAMM

SNUFF-PROGRAMM		ASYMMETRISCHE BOXES			RUNDDOSEN			FLÄSCHCHEN		
		Art. Nr.	Gebinde Inhalt	KVP DM/Stck.	Art. Nr.	Gebinde Inhalt	KVP DM/Stck.	Art. Nr.	Gebinde Inhalt	KVP DM/Stck.
POLAR PRISE Snuff	rassig mit Menthol	451	20	1,40						
AMOSTRINHA Snuff	feiner Tabak mit Menthol	452	20	2,00						
NAPOLEON Snuff	exquisite Mischung	457	20	2,50						
AECHT ALTBAY. SCHMALZLER „elegant"		304	20	1,60						
CHARIVARI	feiner echter Schmalzler	459	20	1,80						
ZWIEFACHER	Schmalzler + Snuff	460	20	1,70						
SCHNUPFER-SET =	mit obigen 6 Sorten + Tuch	445	6	14,10						
GOLDAROMA	aromatischer Schmalzler				310	20	1,20			
SNUFF HELL	mild mit Menthol				471	20	1,10			
EXPORT AMOSTRINHA 100% Tabak ohne Menthol								458		2,00
EDELWEISS	Schnupfpulver tabakfrei				390	20	1,30			
WHITE SNUFF	Schnupfpulver tabakfrei				391	20	1,30			
NASEWEIS	Schnupfpulver tabakfrei				393	10	1,00			
NASEWEIS EXTRA	Schnupfpulver tabakfrei				394	10	1,10			
NASEWEIS	Schnupfpulver tabakfrei							395	10	1,10
NASEWEIS EXTRA	Schnupfpulver tabakfrei							396	10	1,20

Lotzbeck & Cie., Schnupftabakfabrik, 8070 Ingolstadt-Mailing
Inh. I. Heck   Tel. 0841/36242   Marienstr. 4

Schnupftabak - Preisliste   gültig ab 1. Juni 1982

Bezeichnung der Sorte	100g Packung KVP/St. Fabr. DM Pr.kg	50g Packung KVP/St. Fabr. DM Pr.kg	20g Packg.(10St.) KVP/St. Fabr. DM Pr.kg
1. Natschitotsches	3.90	2.--	1.--
2. Lotzbeck's Perle	3.60	1.85	1.--
3. Copenhagener	3.60	1.85	1.--
4. Macuba Nr. 1	3.40	1.75	-.90
5. Cardinal feinst	3.40	1.75	-.-
6. Königstabak	3.20	1.65	-.-
7. Cardinal 1	3.20	1.65	-.-
8. Marocco fein	3.20	1.65	-.85
9. Benediktiner B	3.20	1.65	-.-
10. Pariser Nr. 1	3.10	1.60	-.80
11. Cardinal Nr. 2	3.10	1.60	-.-
12. Saarbrücker Nr. 2	2.90	1.50	-.80
13. Pariser Nr. 2	2.90	1.50	-.80
14. Fichtennadeltabak	2.90	1.50	-.80
15. Erfrischungstabak extra	2.90	1.50	-.80
16. Schwarz Par.3 bl.Pap.	2.80	1.45	-.80
17. Arom. Augentabak 2	2.80	1.45	-.80
18. Pariser E	2.70	1.40	-.-
19. Kownoer, echt Königsbg	2.60	1.35	-.75
Brasil-Tabake (Ächt bayerischer Schmalzler)			
20. Fresko	3,-	1.65	-.85
21. Aroma Brasil	2.90	-.-	-.80
22. Brasil FI	2.90	1.50	-.80
23. Brasil-Schmalzler	2.60	-.-	-.80
Lahrer-Schnupftabake von Lotzbeck Gebr., gegr. 1774 in Lahr			
24. Veilchentabak	3.40	1.75	-.90
25. Großer Cardinal	3.40	1.75	-.90
26. Macuba 1	3.40	1.75	-.90
27. Lahr.Tabak gelb Pap.	3.10	1.60	-.80
28. Extra Cardinal 2	3.10	1.60	-.80
29. Cardinal Mops I/III	2.90	1.50	-.80
30. Tabak Mops 3	2.80	-.-	-.-
31. Rosentabak	2.70	-.-	-.-
Schürer Schnupftabake, früher gegr. 1811 in Würzburg			
32. Feinst Schürer	2.90	-.-	
33. Kopenhagener pur	2.90	-.-	
34. Bahia	2.90	-.-	
35. Schürer 2	2.70	-.-	
36. Sevilla	2.70	-.-	
37. Wurzenpeter	2.70	-.-	-.80
38. russ. Augentabak	2.70	-.-	-.80
39. Domherrn Mischung	2.60	-.-	
Kölner Tabake			
40. Grand Cardinal	3.90	-.-	1.--
41. Rappé 3	3.40	-.-	
42. Rappé 6	3.10	-.-	
43. Wormditter Kownoer Ia braun oder grün in 1 kg Packung	2.70 26.--	1.40	
44. Bamberger Virginie pur, extrafin	2.90	1.50	

Die angeführten KV-Preise sind unverbindlich empfohlene Preise.
Auf die Fabrikpreise wird die jeweils gültige Mehrwertsteuer,
derzeit 13% berechnet.

Alois Pöschl GmbH & Co. KG 8300 Landshut/Bayern
Schnupf- und Rauchtabakfabriken
Postfach 568, Tel. 08 71/ 20 34 Telex 58295 apl d

Schnupftabak Preisverzeichnis gültig ab 1. Juni 1982

SORTEN	100 g Beutel			50 g Beutel/Dosen			20 g Päckchen		
	Artikel-Nr. EAN 40024500	KVP DM/St.	Gebind. Inh.	Artikel-Nr. EAN 40024500	KVP DM/St.	Gebind. Inh.	Artikel-Nr. EAN 40024500	KVP DM/St.	Gebind. Inh.
Edelfresko (Jubiläum)				0022 3	2,20	10	0033 9	1,—	10
Fresko FF	0055 1	3,50	10				0066 7	—,90	10
Fresko F	0124 4	3,30	10						
Schmalzler A Brasil	0157 2	2,90	10						
Schmalzler D Doppelaroma	0204 3	2,90	10	0215 9	1,50	10	0237 1	—,80	10
Schmalzler SF Südfrucht				0306 4	1,50	10	0328 6	—,80	10
Schmalzler C	0408 5	2,70	10						
Erfrischungstabak goldgelb				0442 9	1,50*	10	0464 1	—,80	10/25
Schwarzmännch. Kopenhagener				0500 6	1,50*	10			
Kownoer				0588 4	1,50	10			
Danziger Goldstern gekachelt				0602 7	1,50*	10			
Fichtennadel							0646 1	—,80	10
Weiß-Schmalzler Privat				0011 7	2,20	10			
Weiß-Schmalzler Sorte 0	0113 8	2,90	10						
Perlesreuter Fresko Fein				0817 5	2,20	10			
Perlesreuter Fresko Brasil				0715 4	1,90	10			
Perlesreuter Waldler Fresko	0782 6	3,50	10						
Perlesreuter Fresko 00	0759 8	2,90	10						

	Plastikflaschen			Schnupfboxes			Würfelpackungen nur regional		
	Artikel-Nr. EAN 40024500	KVP DM/St.	Gebind. Inh.	Artikel-Nr. EAN 40024500	KVP DM/St.	Gebind. Inh.	Artikel-Nr. EAN 40024500	KVP DM/St.	Gebind. Inh.
Schmalzler D Doppelaroma	0248 7	1,40	10	0259 3	1,30	20	0271 5	—,80	20
Schmalzler SF Südfrucht	0339 2	1,40	10				0362 0	—,80	20
Erfrischungstabak goldgelb							0431 3	—,80	20
Schwarzmännch. Kopenhag.							0566 2	—,80	20
Schmalzler A Brasil							0180 0	—,80	20

SNUFF-PROGRAMM

	Dosen und Boxes						Fläschchen		
Ozona Aromatic Luxury Snuff	1001 7	2,10	10						
Löwenprise-Snuff	1283 7	1,80	10						
Gawith Apricot Snuff (engl.Liz.)	1556 2	1,80	20						
Gawith-Automatikbox	1578 4	3,20	10						
Packard's Club Snuff	1567 8	1,80	20						
President-Snuff	1147 2	1,60	20						
Gletscher-Prise Snuff	1012 3	1,40	20						
Gletscherprise-Automatikbox	1078 9	2,80	10						
Raspberry Snuff	1056 7	1,30	20						
Royal Mac Craig mild Snuff	1089 5	1,20	20						
OZONA-Snuff	1103 8	1,10	20						
CM-Golden Snuff (engl.Liz.)	1114 4	1,10	20						
EXCLUSIV mild Snuff	1125 0	1,10	20						
MIX-SNUFF *									
Edelfrucht-Snuff									
Spearmint-Snuff									
Snuffy weiß tabakfrei	1205 9	1,30	20						
Schneeberg weiß tabakfrei				Glasfläschchen			1250 9	1,10	10
Bayernprise Brasil m.SNUFF	1307 0	1,50	20	Steingutfläschchen unbemalt			1318 6	4,50	12
Bayernprise Brasil m.SNUFF				Steingutfläschchen bunt bemalt			1329 2	6,20	5

Die Kleinverkaufspreise (KVP) sind unverbindl. empfohlen und verstehen sich inklusive Mehrwertsteuer.   * in Vacuum-Dosen

SNUFF-TOBACCO Wittmann GmbH

Postfach 5064
7750 Konstanz 12

Schnupftabake

Karton	Art.-Nr.	Schnupftabake	Stück per Karton	unverbindliche Preisempfehlung
		Beutel-Packung 60 g		
	30	Brasil-Schmalzler	10	
	31	Drei-Kronen-Fruchtschmalzler	10	
	32	Fein-Aroma-Schmalzler	10	
	33	Erfrischung	10	
	39	Erfrischung «Tradition»	10	1.50
	34	Edel-Prise	10	
	35	Gekachelter Danziger	10	
	36	Kownoer 1a	10	
		Flaschen 30 g		
	40	Brasil-Schmalzler	10	
	41	Drei-Kronen-Fruchtschmalzler	10	
	42	Fein-Aroma-Schmalzler	10	
	43	Erfrischung	10	1.40
	44	Edel-Prise	10	
	45	Gekachelter Danziger	10	
	46	Kownoer 1a	10	
		Würfel-Packung 25 g		
	60	Brasil-Schmalzler	20	
	61	Drei-Kronen-Fruchtschmalzler	20	
	62	Fein-Aroma-Schmalzler	20	
	63	Erfrischung	20	–.80
	64	Edel-Prise	20	
	65	Gekachelter Danziger	20	
	66	Kownoer 1a	20	
		Flachbeutel (regional)		
	3	Skay	20	
	4	Mix-Snuff	20	
	5	Eis-Kristall	20	–.80
	6	Westfalen-Prise	20	
	10	Silber-Prise	20	
	128	Rumney's Export-Mix Drehdose	20	1.10
		Automatenpackung (regional)	10	1.—

Ab DM 60.– Nettowarenwert erfolgt Lieferung porto- und verpackungsfrei.

Bei Kleinsendungen wird DM 3.50 Porto- und Verpackungspauschale berechnet!

Snuff-Tobacco

Karton	Art.-Nr.	Snuff-Tobacco	Stück per Karton	unverbindliche Preisempfehlung
	100	**Singleton's** Super-Menthol	40	1.10
	106	**Singleton's** S.-M.-Automatenpackung	10	3.—
	109	**Singleton's** S.-M. Large Box	20	2.50
	111	**Prestige** Super-Menthol	20	1.90
	118	**Rumney's Fruit-Snuff** Menthol	20	1.80
	119	**Rumney's Fruit-Snuff** Extra	20	1.80
	120	**Rumney's Export**	20	1.80
	122	**Rumney's Mentholyptus**	20	1.30
	124	**Rumney's Maxi-Prise**	20	1.40
	126	**Rumney's Classic**	20	2.60
	130	**Tucky** English Blend	20	1.60
	132	**Zast** Eucalyptus	20	1.30
	134	**Edel-Prise Extra**	20	1.40
	140	**Eis-Kristall** w. Schnupfpulver, tabakfrei	20	1.30
		Zubehör		
	200	**Snuff-Souvenir, groß**	1	19.75
	202	**Snuff-Souvenir, klein**	1	13.20
		Snuff-Flasche, klein	6	6.45
		Snuff-Flasche, mittel	3	10.—
	220	**Schnupftuch**, Satin-Tuch	6	4.40
	225	**Wedel** für Snuff-Flaschen	1	2.—

Mengenrabattstaffel (Alle Produkte sind gemischt erhältlich)

ab 200 Stück	5 %	ab 1600 Stück	11 %	ab 3600 Stück	13 %
ab 400 Stück	8 %	ab 2400 Stück	12 %	ab 4800 Stück	14 %
ab 800 Stück	10 %				

Literaturverzeichnis

Schnupftabak und Schnupftabakbehälter:

1. Cohausen, Johann „Satyrische Gedanken von der Pica Nasi", Leipzig 1720
2. (Hill, Earle) "A Pinch of Snuff", London 1840
3. Tiedemann, Friedrich „Geschichte des Tabaks...", Frankfurt 1854
4. Blau, Josef „Böhmerwälder Hausind. und Volkskunst", Prag 1917
5. Laufer, Bernard „Tobacco Its Use In Asia", Chicago 1924
6. Laufer, Hambly & Linton „Tobacco And Its Use in Africa", Chicago 1930
7. Curtis, Mattoon „The Book of Snuff & Snuff Boxes", New York 1935
8. Bramsen, Bo „Nordiske Snusdåser", Kopenhagen 1966
9. Hartel, Klaus „Das Buch vom Schnupftabak", München 1970
10. (Tabakbeheerrad) „Die gone Blaar", Pretoria & Cape Town 1970
11. Launert, Edmund „Scent & Scent Bottles", London 1974
12. Schöning, Kurt „Schnupftabakbrevier", München 1975
13. Blakemore, Kenneth „Snuff Boxes", London 1976
14. Schaefer, Heiner „Brasilflaschl & Tabakbüchsl", Grafenau 1978
15. Dimt, Gunter „Schnupfen & Rauchen", Kat. Schloßmuseum Linz 1980
16. (Assoc. of Indep. Tobacco Specialists) „Snuff Index", London 1981
17. Loewe, Walter "I gyllne dosor", Boras 1982
18. Perry, Lilla „Chinese Snuff Bottles...", Rutland & Tokyo 1960
19. Stevens, Bob "The Collector's Book of Chinese Snuff Bottles", New York & Tokyo 1976
20. Kreuger, Ann "A European Collection", The Journal of the International Chinese Snuff Bottle Soc., Baltimore 1982

Glasliteratur

21. Kunckel, Johann „Die vollkommene Glasmacherkunst", 2. Aufl., Frankfurt & Leipzig 1689
22. Rudhart, v. „Die Industrie in dem Unterdonaukreise des Königreichs Bayern", Passau 1835
23. Lobmeyer, L. „Die Glasindustrie", Stuttgart 1874
24. Vopelius, E. „Entwicklungsgeschichte der Glasindustrie Bayerns bis 1806", Stuttgart 1895
25. Pazaurek, Gustav „Die Gläsersammlung des nordböhm. Gewerbemuseums in Reichenberg", 1902
26. Schmidt, Robert „Das Glas", Berlin 1912
27. Walcher, Alfred Ritter v. Moltheim „Oberösterr. Hohlglas mit Emailfarbenbemalung", Wien 1914
28. Berliner, Rudolf im „Münchener Jahrbuch der bildenden Kunst", Neue Folge, Bd. I, 1924
29. Ritter, Ernst „Eine Glashütte vor den Toren Münchens", aus „Der Zwiebelturm", 25. Jg.
30. Schmidt, Rudolf „Der praktische Glasschmelzer", Dresden 1951
31. Haller, Reinhard „Berg- und hüttenmännisches Leben in der Hofmark Bodenmais", Dissertation 1970
32. Seyfert, Ingeborg „Aus der Geschichte der Glasindustrie im Bayer. Wald", aus „Der Zwiebelturm", Jg. 1970
33. Lipp, Franz „Oberösterr. Glas", Schloßmuseum Linz, 1971
34. Lipp, Franz „Bemalte Gläser", München 1974
35. Hannes, Alfons „Glas aus dem Bayerischen Wald", Grafenau 1975
36. Schmidt, Leopold „Volkstümlich geformtes, bemaltes, geschliffenes Glas", Österr. Mus. f. Volkskunde, Wien 1975
37. Schack, Clementine „Die Glaskunst", München 1976
38. Dexel, Thomas „Gebrauchsglas", Braunschweig 1977
39. Schmidt, Josef in „Schöner Bayer. Wald", Grafenau 1978
40. Klesse & v. Saldern „500 Jahre Glaskunst, Sammlung Biemann", Zürich 1978
41. Uhlig, Ottmar „Bierkrugdeckel", Rosenheim 1980
42. Haller, Reinhard „Armenseelentaferl", Grafenau 1980
43. Reinartz, Manfred „Glas aus dem Schwarzwald", Kat. d. Heimatmuseums Villingen, Schwenningen 1980
44. Spiegl, Walter „Biedermeiergläser", München 1981

Orts- und Namensregister

Die halbfetten Ziffern weisen auf Seiten im Bildteil hin!

Schnupftabak und -behälter in den Ländern:

Ägypten 31, 54
Afghanistan 30, 46
Amerika 13, 16, 30, 33
Belgien 26
Böhmen 19, 55, 59, 61, 62, 67
Brasilien 13, 30, 33, 37
China 32, 33, 43 f
Dänemark 16, 25, 26
Deutschland 16, 25, 26, 36
DDR 26
England 14, 15, 25, 26, 28, 53
Finnland 16, 26, 34
Frankreich 14, 20, 25, 26, 55
Grönland 30
Indien 24, 32, 33
Irland 14, 26
Island 25, 36
Italien 20, 26
Japan 32
Kanada 30
Luxemburg 26
Marokko 37
Mexiko 13, 30
Mongolei 33, 44
Nordafrika 31, 33, 37
Norwegen 16, 25, 26, 34, 35
Österreich 14, 25, 26, 61
Ostafrika 31, 37, 45
Persien 30
Peru 13, 30, 37
Portugal 13, 14
Rußland 14, 30, 37
Schottland 36
Schweden 16, 25, 26, 29, 34, 52
Schweiz 26
Spanien 13, 14, 20, 36
Südafrika 31, 33, 37
Syrien 31, 54
Tibet 32, 33, 37, 46
Türkei 30, 61
Tunesien 33
USA 26, 29, 33
Westafrika 31, 37

Glashütten, -besitzer, -standorte:

Buchenau 69
Eisch 96, 100, 102, **168**
Falkensteinhütte 100, 105, **174, 180, 186**
Frauenau 99, 102
Freudenthal 62
Haida 61, 81, 83, 90, 102, **110**
Josephinenhütte 67, 69, 70, 102
Kaiserhütte Grafenau 54
Ludwigsthal 74, **172**
München 54, 59
Oberfrauenau 55, 67, 69, 71, 72, 74, 77
Oberzwieselau 69, 77
Poschinger 67, 72, 74, 78, 82, 84, 99, **170**
Regenhütte 67, 70, 81
Riedlhütte 74, 78, 82, 84, 94, 102, **182**
Schachtenbach 61, 67, 70, 81, **110, 112, 124, 128**
Schlägler Hütten 62
Schottwerke 94, 95, **172**
Schwarzenberg 62
Spiegelau 70, 74, 76, 77, 78, 82, 84, 89, 91, 94, **128, 130, 156, 170, 184**
Spiegelhütte 74, 78, 82, 84
Stangl 70, 75, 77, 78
Steigerwald 61, 67, 68, 70, 71, 81, **112, 148**
Steinschönau 56, 61, 80, 89, 90, 102
Theresienthal 55, 67, 69, 71, 74 78, **172**
Venedig 14, 54, 92

Glasmacher, Veredler:

Blechinger **166**
Brunner 72, 80
Büchler 99, **184**
Ertl 74, 80
Gaschler 71, 74, 78, 79, 80, 82, 89, 91
Geyer 97, 99
Glasfachschule Zwiesel 101, **176, 180**
Görtler 61, 74, 81
Hackl 79
Hetzenecker 71 f, 89
Hölscher 102
Jung 102, **180**
Kapfhammer 102, 105, **182**
Kreuzer 100, 105, **174**
Linsmeier **174**
Plechinger **170**
Polzinger 71 f
Pscheidl **166, 168**
Schiedermeier 61, 72, 80, 82, 91
Seidl 101, **176, 178**
Ulbrich 61, 75, 78, 79, 81 f, 89, **114, 142, 144, 146, 150, 152, 154, 158, 160**
Wagner 102, 105, **184, 186**
Walter 73, 74, 75, 80

Sonstige:

Bernard 19, 25, 26, 52, 66, 78
Friedrich der Große 37
Katharina v. Medici 13, 14
Lotzbeck 20, 26, 27
Nicot 14
Pöschl 26, 53
Sternecker 28
Wittmann 28, 53

Sachregister

Apothekerfläschchen 54
Brasiltabak 19, 25, 36
Dosen 36, 41, 50, 53, 57
Drucke 93, **138**
Emailmalerei 93, **140 f**
Fadenglas **116**
Fälschungen 103
Filigrangläser **120**
Flakons 54 f, 56, 58, 69
Flaschen 51, 55
Fleckenopt. Gläser **122**
Flinsgläser **122**
Fotografien 93
Gerissene Gläser **118**
Geschleuderte Gläser **122**
Geschnürlte Gläser **114**
Gesponnene Gläser **126**
Glas
-beize 92
-bestandteile 105
-perlenbesatz 93
-rezepte 105
Grafenauer Schnupftabakmuseum 22, 23, 30, 39, 45, 46
Hohlgeschnürlte Gläser **130**
Horn 34, 36, 37, 38, 39, 51
Kuglerei 90
Lithyalin **110**
Lüstrierung 93
Malerei 81, 92, **140 f**
Malmotive 49
Mangotes 19, 33
Mascherlgläser **120**
Motive 49
Museen 103
Neidfaust **124, 168**
Optische Gläser **128**
Parfums 55
Peroptische Gläser **130**

Riechsalze 55
Sammler 11, 50, 72, 103
Saugtabak 26, 29, 30, 32
Schliff 89, **132**
Schmalzler 19, 20, 25, 26, 51
Schnitt 89, **136**
Schnupftabak
-behälter 34 f, 53
-behälter neu 52
-fabriken in Bayern 25, 220
-produktion 20 f
-reiber 18, 19, 20
-rezepte 18, 20
-ursprünge 13
Schnupftabakglas
-formen 58
-herstellung 106
-Hüttenfertigung 76
-preise 89
-öffnungen 52, 56, 57, 58
-veredelung 79
-verkauf 76
-verschlüsse 57, 66, 74, 102
Snuff 26
Snuff-Bottles 43 f
Snuff Mull 36, 39
Steingutflaschen 52, 63, 75
Sterzingerdosen 37, 42
Stobwasserdosen 36
Trübgläser **110 f**
Überfanggläser **108**
Uranglas **132**
Vergoldung 93
Verschlüsse 57, 66
Verspiegelung 93
Waldglas 62, 65, **128**
Zwieseler Waldmuseum 71, 103
Zunftgläser **142 f**

Bildnachweis:

Abb. 1, 3, 4, 5, 7, 17, 18, 19, aus: Bo Bramsen „Nordiske Snusdåser"
Abb. 2 Claus Hansmann, München
Abb. 6, 12, 59, 60, 67 Verlag Morsak
Abb. 13 Frl. E. Becker, Kapstadt
Abb. 14 Gothsche, München
Abb. 23 aus: Walter Loewe „I gyllne dosor"
Abb. 25, 26, 27 aus Katalog „Schnupfen & Rauchen", G. Dimt, Linz
Abb. 20 Africana Museum, Johannesburg
Abb. 28 Ann Kreuger, Frankreich
Abb. 29 Journal Sept. 1977 (Intern. Chinese Snuff Bottle Soc.)
Abb. 41 Museum für Kunsthandwerk, Ffm.
Abb. 42 Heyne Verlag München
Abb. 46 Staatsarchiv München
Abb. 47 Katalog Schloßmuseum Linz 1971 (Oberösterr. Glas)
Abb. 62–66 Grotz, Viechtach
Abb. 80, 81 Schott, Zwiesel
Abb. 82 Eisch, Frauenau
alle übrigen, sowie der gesamte Tafelteil vom Verfasser